LUMINAIRE

光启

守 望 思 想　　逐 光 启 航

我的母亲
做保洁

张小满 著

上海人民出版社　光启书局
LUMINAIRE BOOKS

献给妈妈春香

前言

　　我的母亲有一种独特的回忆时间的方式。她不是按照公历，也不是按照农历。她的记忆以我、我弟弟、我父亲，以及她自己和身边亲人的重大生命选择和经历为坐标。她经常无法精确说出具体的年份，但她记得那一年发生了什么。

　　"我跟你爸结婚那年。你外婆去世那年。"

　　"你出世那年。"

　　"你弟弟出世那年。"

　　"你考上高中那年。你外公不在那一年。"

　　"你上大学那年。"

　　"你毕业那年。"

　　越是久远的记忆，母亲的细节描述越清楚、生动，年份却越模糊。

直到我工作多年后，一个五一假期结束后的下午，我和朋友在咖啡馆里聊起各自的母亲。我带着一些抱怨，跟她说起我跟母亲分离多年后，又同住到一个屋檐下的种种不适。我常常不知道要怎么跟母亲沟通，我提到一个细节，说，每当我向母亲询问她生命中发生的大事，她总不能给出具体的年份。并且，她常常把生命中一些很痛苦的事情集中在一起讲述，比如躲计划生育，跟父亲一起在矿山打工……除了母亲识字少这个理由，我无法理解这背后的真正原因。

朋友向我提到一本书《记忆的性别》，我花了一些时间读完了它。我想，母亲记忆的"错乱"，也是一种"被塑造过后的遗忘"。当我越来越多和母亲聊起她的成长经历，聊起她那曾经经历过又失去的世界，我才发现，母亲的生命虽然被时代挟裹，但并不同频。在母亲的记忆里，她的世界从二十一岁时外婆自杀离世起，便陷入了坍塌状态，直到她自己成为母亲，才又在废墟上重建。她生命里的一切都围绕着"家"这个字展开，她总能记得家庭成员都忘记的那些陈年旧事，让人惊喜。

我从进入母亲的记忆开始，尝试去理解一个与女儿分离多年、历经磨难的女性。

母亲不仅仅是我的母亲，也是外婆的女儿、父亲的妻子、大家庭中的妹妹和姐姐。更重要的是，母亲也是一个女人，一个独立的人。她经历了跟我截然不同的人生。我们母女，经历长长的跋涉，在深圳这座城市相聚，终于能长时间住到一起。这其实是我们重新连接的好机会。

她是我的母亲，我是她的女儿。我们有扯不断的血缘。我早早离家求学，工作，自己选择爱人，选择生活的城市。母亲说的很多话，我都只是表面上应答，但实际并没有听。她和父亲拼命做工，供我读书，但我学会的似乎都是跟她的意愿背道而驰的东西。我的世界离她越来越远，不再跟她母女连心、心心相印。

我们有一样的臭脾气。生气的时候，像炸毛的狮子，摸不得、碰不得、气不消，好像与全世界为敌，陷入坏情绪的漩涡，也伤害身边真正在意自己的人。

每当我与母亲起争执，她说得最多的话是："你不听话！到时候有你后悔的！天上会响雷的！"有时候，母亲会气呼呼地操起方言："你连我针尖一点话都没听，指甲盖一点话都没听！"

我的丈夫与我的父亲，有一样的默契，就是在我们母女发脾气时，要么离开家出门买菜，要么闭嘴。那样的时刻，我很讨厌自己，变成了母亲的样子。

很长时间以来，尤其在她年富力强、我不断增长知识的阶段，我和母亲是彼此的对抗者，我们互相批判对方，但更多还是我依赖她。随着她年龄越来越大，天平逐渐向我这边倾斜。

她最经常批判的是我的穿衣风格，哪怕我已经三十多岁了，每次看到我从快递盒里拿出的新衣服，她总是摇头。我不在家时，母亲有时候会帮我拆快递。从快递盒里拿出来的毛衣，像是我的罪证一样被摊在沙发上。母亲拍照发给我，也发给弟弟。她用微信语音轰炸，表达她的不满。她不理解为什么我总是因为喜欢就去买一样的东西，不理解为什么买看起来不是那么需要的东西，她觉得我已经"衣满为患"了。她跟弟弟更多是吐槽，对我是责难。她理直气壮地不认同，而我理直气壮地穿。

她对我迟迟不要小孩很在意，她说人很快就老了。我问她，妈妈，在哪个时刻，你觉得自己老了？她说，四十五岁，有一次，要缝一件衣服，发现眼睛模糊了，没法准确将线头穿进针孔里。

每当我不"听话"的时候，她总是带着哀怨的语气跟我说起外婆跟她说过的话：世上只有瓜恋子，哪有子恋瓜？哪有牛儿不抵母？我问她，妈妈，我是怎么抵你的？她回答，用头抵的！每当她说出"刻薄"的话又有一些后悔的时候，便会用理亏的语气对我说：除了你妈，这世界才没有别人管你，等你生了孩子就明白了……这句话有点像是威胁，又有点泄气。

虽然我们母女的对话总是有着长长的似乎无法跨越的裂缝，但并不妨碍我跟她对话。作为女儿，我按照她的愿望，在学业上让她高兴，并通过"小镇做题家"的路径走出乡村，进到一个综合性大学学习，在大城市的互联网大厂谋得一份工作。我进入到一个她从未进入的由知识构造的世界。经由学习和阅读，我获得用文字解释生命经验的方法。即使如此，我的母亲仍常常为我现在已有的生活担忧，一旦我不再工作，似乎一切都摇摇欲坠。

当我不理解她时，当我遇到困境时，文字和书写时不时拯救我。我想，我同样可以借写作为由去记录母亲的生命史与打工史，捋清楚那些在她记忆里模糊的每一年都发生了什么，以及那时候的我在经历什么。我必须这么做，去了解母亲的过去，记录她正在经历的当下，也追寻过去的自己。我不必去刻意追求理解，我把这当作一条我们母女共同在走的路。

目 录

第三章　高级写字楼

第一章

超级商场

"我怕个屁！"

2020年，对母亲来说是一个重要的年份。

如果要让她描述记忆里的2020年，她会说，新冠疫情发生的那一年，女儿带我"上"深圳的那一年。

可能是因为我老家所在的陕西商洛地理位置偏僻，交通不便，一直处于边缘，那里的人们心里自认为在"底下"。所以我母亲这一代陕南乡民，去哪儿都用"上"：上西安、上北京、上广州、上上海、上深圳……上深圳，是因为母亲失业了。她连续十年的打工生涯中断了，在县城找不到工作。

在她大半辈子的生命历程中，挣钱是最最要紧的事。她希望多挣钱。她说："钱又不咬人，你还嫌钱咬手？越多越好。"

我的母亲出生于1968年春天，因为春天的缘故，她的名字也与春天紧密相关——春香。外婆连生了六个儿子后，又连生了三个女儿。九个兄弟姐妹，母亲排行第八，因为众多无可奈何的原因，她小学三年级只上了几天便辍学了。

那年母亲九岁。此后，整个童年与青春期，她都与我不识字的小脚外婆及其他陆续结婚或待嫁的兄弟姐妹生活在一个大家庭里。母亲与外婆形影不离，接受她的教导，就连和我父亲结婚这件人生大事也是听了外婆的话。

二十一岁那年，她遵父母之命与同村的我的父亲结婚。此后便是漫长的生育、养育过程。九十年代中后期，父亲每年有一半时间在外地打工，母亲操持起家里的所有事务：种田，养猪，养鸡，照顾我的弟弟，监督我学习，处理人情关系，还上山搞副业——主要是挖或采摘中药材卖钱。我和弟弟开始上学之后，父亲基本都是家里的"甩手掌柜"，只负责从外面带"钱"回家。但有时候也会出状况，打几个月的工，却没路费回家。

到我们姐弟俩先后考上重点高中，我高三、弟弟高一时，我们整个家庭经济最紧张，父母在为供两个大学生做准备。

当我们姐弟俩开始真正长时间离家生活，母亲已人到中年。四十二岁那年，她开始以一整年为期外出打工。她和父亲常常正月离家，冬月或腊月归来。他们有时候去同一个地方，有时候分开，哪里能挣到钱就去哪里。假期的时候，我和弟弟经常在各个亲戚家流转，或者干脆待在学校所在地，偶尔也去父母所在的工地，很少回家。

在漫长的劳作和家庭生活的消磨中，母亲已经把小学三年学的汉字忘得差不多了，她只会写自己的名字。几十年来，她几乎不看书，很少写字，认路靠记标志。但母亲也有她自己的生存智慧和逻辑，她用乡土社会那一套熟人关系运转自己的世界。她聪明，敏感，记忆力极好，善于捕捉细节，说故事像唱歌一样。她也争强气傲，不甘人后。也许正是因为母亲没有受过多少正统教育，语言与行为方式都遵从本能，我常在一些时刻觉得，母亲的思想比我自由，行为更不受拘束，活得更真实。最重要的，我很确信，她爱我。

在母亲的记忆里。她这么回忆那些她拼命做工挣钱，耗费心力经营的打工年月。

"在离家十里路之外的矾矿上当了一整年大锅厨师，给五十多个工人做饭。一个月1000块。"——2010年

"仍旧在那家矾矿上给工人做饭，做到九月二十几，一个月1100块。后来回家休息了半个月，然后又去蓝田栽树，春节前回来。多劳多得，挣了1万多。"——2011年

"我在韩城下峪口煤矿工地上给老板、会计、货头、修理工们做饭，顺带开了一个小卖部，一个月能赚2000块。你爸在矿上递料，多的时候，一个月赚4000块。初秋，休了十五天假，回老家一趟，把被大雨淋塌的厕所重新修整。随后又跟你爸去矿上，待到腊月二十几回来。回来的路上，得知你邻居金枝阿姨去世了，才四十五岁，那年夏天走的时候，她把我和你爸送好远，回来人没了。那年暑假，你还去矿上跟我住了一星期，站在山头看到了黄河，你还记得吗？你弟考上大学，我跟你爸没工夫送，你给送到学校的。"——2012年

"我先在镇上的另一座矾矿'滚球子'（处理矿土的一道工序），做到七月二十几，又去给老张家摘香菇。还去垃圾场上做了半天，跟经理吵架，干不成，就走了。最后在卢氏县的建筑工地上给工人做饭，冬月回来。回来后在山上打连翘，搞副业，准备过年。那年，我挣的总共有2万块。"——2013年

"春天去砖厂，干了一天，干不了，活儿太重了。随后去河南洛阳矾矿'滚球子'，四月回县城，在县城做了一天小工，又去城郊的矾矿'滚球子'，'滚'到冬月，山里下雪，路上结冰了，才停工。回老家村里打连翘，准备过年。这年挣得多一点，有3万块。"——2014年

"本来要去茶厂摘茶叶，但西安工价更高。正月就去灞桥盖房子、做小工，做到冬月回来，跟你姑姑、六舅舅一起，挣了2万多块。冬月回老家后，上山打连翘搞副业，赚了四五千块。"——2015年

"一整年都在县城附近的古磨沟农场给工人做饭。1600块一个月。"——2016年

"正月，腿痛开始暴发，但我坚持又在农场做了一年饭。那年搬家到县城。"——2017年

"休息了一年，治腿。冬月，你表叔给我介绍了做保姆的活儿。"——2018年

"一整年都在山脚下的别墅里当保姆，照顾董事长的妈妈。一个月2000，做到腊月，你回来过年，我就不做了。"——2019年

"我在县城找了一些活儿干，都干不了，你让我和你爸上深圳。"——2020年

2020年整个春天，父母都待在陕西老家的县城，商南县。

那是一个位于秦岭南麓的小县城，没有可靠的支柱产业，近些年因为扶贫攻坚，大量山区的农民搬迁到县城，我父母也是借着"移民搬迁"的脱贫政策在县城安了家。

对父母而言，那是一个被焦虑围绕的春天。大半辈子靠打零工赚钱养大我们姐弟俩的父母，找不到赚钱出路，一时间有点慌张，尤其是母亲，每打一次电话都感受到她的焦虑多一分。

于是，我建议父亲和母亲来深圳，我帮他们找一份

工作。我大学毕业后来到深圳，在这里工作生活已六年，也在这里遇见自己的爱人，成立家庭。我们租了一个两室一厅的房子。

这一年，母亲五十二岁，父亲六十岁。这是他们第一次一起出门远行，来到1500公里之外的南方。

一开始，母亲是拒绝来深圳的，她担心给我带来负担和麻烦，担心找不到工作，毕竟她来深圳的话，最重要的目标是赚钱。她的担心不无道理。2017年，她的左膝被确诊为滑膜炎。经过一年多治疗，才慢慢康复，但走起路来还是有些僵硬。

我那些住在县城的亲戚，我的舅舅们、舅娘们、大姨、小姨，听说母亲要来深圳找工作，也大多是阻拦态度。甚至父亲也有意无意对母亲透露出对她腿疾的担忧，不明确支持或反对。我一直鼓励她来，哪怕是来看看也好。从秦岭深如矿井的大山往出走，无论往哪个方向都是开阔之地。

"妈妈，你怕什么？以前外出打工的时候，你的口头禅可是'我怕个屁！'。"这一次，母亲听了在她心中一直是"叛逆"女儿的话。

夏天就开始提议的事情，到秋天快结束她才做好准备。

母亲把县城的家里里外外都清扫了一遍。她和父亲还回了一趟秦岭大山深处的老房子，采摘了门前树上的核桃，把留在粮仓里十年前的小麦铺在席子上晾晒，把种有中药材的田里的杂草拔了，把屋后长了三十多年笔直的杨树伐倒了，把房前屋后的杂草全砍了。留下一个清清爽爽的屋场。

他们从老房子出发，走山路搭班车去县城，一路上还扯了不少野生的韭菜、野生的黄瓜和南瓜。离开的前一天，母亲在县城老家做了丰盛的午餐邀请亲人们相聚，生着病的姑姑也到场了。

在流动不便的2020年春天，母亲也获得了难得的闲暇。她和父亲在县城郊区的山脚下花20块钱租了一块20平米的地，种粮食和蔬菜。没有钱挣的日子，母亲和姑姑一起在租用的田里，种玉米、种青菜、种花生。两人还约着一起上山摘茶叶、挖荠菜，一起下河洗衣，和亲人聚餐，走长长的路，聊长长的天。母亲离开县城的时候，地里的芝麻还没完全成熟。她把这片地托付给了姑姑。

等可以自由出门的时候，她开始在县城找工作。但她处处碰壁。

母亲先去了家附近的一家养猪场，准备干起大锅厨师的老本行。但是，她的腿立马就受不住。强撑了半个月，拿着500多块钱的工资离开那里，回家。

休息了一段时间后，她在家门口的超市找了一份理菜员的活儿，每天要整理上千斤蔬菜，指甲里经常全是泥。她一心想学会打秤，这是超市里最轻松的活儿。为此，她让父亲帮忙，把菜名和价格抄在纸上，在心里默记了几十种蔬菜和食物的价格。但她始终没能争取到这个活儿，另一位年轻的打秤员知道她在学习，便故意刁难她。母亲虽念书不多，但一辈子最恨别人看不起她，一气之下，辞了职。这份工作让她赚了2000多块。

这时候已经5月了，茶山上的茶叶开始收获，县城茶厂开始招女工去择茶叶。母亲敏锐捕捉到了这一信息，约着几个平常相熟的阿姨，每天准时去上工，在人工流水线上一待就是十几个小时，5块钱一个小时。这份工作倒是不用走很多路，但得长时间坐着。她的腿活动太少，有时候就肿了，肿了就歇一天，又去。勤劳写在她的基因里，怕缺钱也写在了她的基因里。只要有机会挣钱，她一定会去试试。

母亲一直坚持到茶叶季结束，她把每天挣的工钱记在小本本上，算起来有5000多块，但直到她离开县城，直至我写完这本书，这份工资也没拿到。按照老家惯例，工钱一般是春节前几天给，一连三个春节，母亲发去微信询问，得到的都是"抱歉"的回复。

8月，她又找到一个新活儿。县城附近的大棚蘑菇开始采摘了，收回家的蘑菇需要有人剪茎。雇主住在城郊，每天凌晨五点，母亲拉着父亲起床去往雇主家，在蘑菇堆里一待就是一整天。蘑菇多的时候，他们深夜才能回家，每天能赚百来块，零零碎碎，一季蘑菇采摘结束，两人挣了1000多块。

母亲2020年上半年的工作还是延续她以往的打工经验，且更加零碎，每份工持续时间更短——做大锅饭、择茶叶、摘蘑菇……都是繁重的体力活。

9月的这次启程，她实在是花了太久的时间做心理建设。好在她终于决定要来了，趁着国庆我们都放假。

这是她第一次坐长途火车，第一次经历如此远距离的行程。

在来深圳之前，她去得最远的地方是河南洛阳。2014年，她在一个当地老板的介绍下，到一家钒矿上"滚球子"，按车计算，一推车1块4毛钱，她每个月挣2000多块。2月去，4月就返乡了，活儿实在太重，她干不了。

我买了2020年9月26日上午从县城出发直达深圳的卧铺票。一夜之后，第二天下午，经过不断的电话、微信语音联络，她和父亲终于找到了指定位置。

我在深圳火车东站接到了他们。

母亲穿着长袖长裤，见到我第一句话是，这里真热啊。她和父亲带了很多行李，两个人都肩背手拎的。母亲包里的东西，大部分都是那片花20块钱租种了七个月的土地上的收成，一小包一小包晒干的成品——干木耳、干芥菜、干南瓜丝、干辣椒、干玉米。她还带了从老屋门前树上打下来的白花花的核桃，小姨给的传统制法辣椒酱，两双在县城大润发买的、有点像玛丽珍样式的软底方口鞋——她计划找工作的时候穿。

"你妈什么都要往里装。"父亲说。包里还有亲人们送给他们、在路上没吃完的零食，苹果，爽歪歪饮料，达利园面包，营养快线……她还懊悔忘带了一些东西：在韩城煤矿上打工时摘好晒干的花椒，一罐她亲手做的用来拌凉菜的酱料。

我正月离开家后，已经有七个月没有见到她，她的腿看起来还没完全好。对于能否找到一份工作，母亲显得信心不足。

她不认识多少字，不会普通话，不会骑车，智能手机用得也不是很顺溜，尤其是导航不熟练。在深圳头几天，她很慌张，总是紧跟着我，去到每一个地方她都生怕丢了，让我告诉她怎么辨别方向，但还是害怕。她以一种笨拙的姿势开始学习怎么与深圳这座巨型城市相处，我也在十几年后，再一次尝试与她在同一个屋檐下长期生活。

我在心里说，我们要一起成长。那时，我还无法预想到，母亲会跟我一起经历疫情三年，我们会一起经历那么多事。

来深圳的头一周，她第一次坐了地铁，第一次坐了双层巴士，第一次看到了大海，触摸了海水，并尝了尝它的味道。海边像电线杆一样笔直的风景椰让母亲惊奇。她也第一次看到了深圳湾对面的香港。母亲第一次观看到了我在深圳并不如她想象中那么轻松的生活，体验到了深圳的高物价。她跟老家的亲人们在视频里开心地分享自己的新见闻，但同时也不忘告诉他们，自己最担心的是能否在这里找到工作，实现再多赚一点养老钱的目标。视频结尾，她也不忘跟老姐妹们说，如果没找到工作，过几天就回县城啦。她说："深圳人很忙，都在忙钱，路上那些骑车送外卖的年轻人，冲天冲地的。"

　　经过一个国庆假期的整顿与休息，考虑到希望母亲可以每日回家，所以她的工作就从我们住处1公里范围内找起，而她能选择的工作种类十分有限。我在求职网上给母亲投了简历。先排除了住家保姆；钟点工、家政工需要灵活使用智能手机，也暂时放弃；去服务行业，她不能太长时间站立或坐，放弃。最后家人一起商议，从能够按时上下班的保洁找起，等她慢慢适应了深圳生活，再从长计划。

倒是有不少电话打来，但要么地址偏远，要么需要上16小时连班。一系列沟通过后，我们决定去线下看看。

最终，她的保洁工作，来得比我们想象中容易。

找到这份工作的流程十分简单。我们去了楼下的商场、写字楼、小区，去问那些正在工作的保洁员和清洁工，那些跟她差不多年纪的叔叔阿姨，他们是怎么找到工作的。在一连串的否定及拒绝之后，在一家高端商场的门前，一位身穿灰白色工作服的大叔告诉我们，这家商场正缺保洁。他给了我们管理保洁员的经理的电话，顺便问了母亲的年纪，跟我们说，应该能应聘上，现在很缺人。

我带着母亲去管理处找经理。

管理处设在商场的负一层，屋顶是各种管道通风设备，我找到里面最大的管事人，王经理。她看了看母亲，问母亲都干过什么活儿，母亲用方言一一答复，我又重新翻译成普通话给经理。母亲的话汇集起来只有一个意思：能吃苦。经理拿来一张表格，我在那张简易的办公桌上，帮母亲录入基本信息，签完一份简单的合同，带她录入指纹。

合同上写，全日制员工一个月可以休息4天，每天工作8小时，一个月2500元；每天工作16个小时，5000元。4天休息日不休的话，8小时制，加班费80元一天；16小时制，加班费160元一天。母亲在大半辈子的打工生涯中，不知道五险一金为何物，这次同样没有。

当时，深圳市的最新最低工资标准是：全日制劳动者最低工资标准为2200元/月；非全日制劳动者小时最低工资标准为20.3元/小时。

她选择了8小时工作制，每月2500元，早7点至下午3点。这符合她最初的预期。

紧接着，经理叫来一个保洁阿姨，说让她带带我母亲，看看活儿应该怎么干，算是"培训"。母亲带着清洁工具跟着她的"老师"走了，虽然她只会说方言，但很快掌握了工作流程。不到一个小时，母亲就算是入职了这家深圳福田区的高端商场，成为一名保洁员。

她拥有了一套工衣，一个名牌，一个盘住头发的发卡，办到了招行卡。人生中第一次，母亲拥有了自己的职业名称：保洁员。虽然只是一名保洁员，她还是很开心终于找到了工作，满心期待着拿到工资的那一天——那将是第一次，她的工资以准时到账的方式打进银行卡里。此前她每一次拿到的工钱，都是现金。

她的工衣是白色的立领外套、黑色的直筒裤，盘发的发卡是古典的深蓝色蝴蝶结，她在县城大润发超市买的薄底黑色玛丽珍方口鞋果然派上了用场。编号为"6165"的不锈钢制、长条形名牌，必须正正地戴在右胸口上衣的第二粒扣子上方。

2020年10月10日清晨，母亲着一身标准的保洁员装扮，穿过熙攘的人群，迎着深圳熹微的晨光走进深南大道旁的超级商场，正式开启了她在深圳的保洁工作。

"这就是生活呀！"

　　没有准确的统计数据显示，深圳有多少座面积超过5万平米，需要一支保洁队伍来做卫生清洁、维持光鲜的大型商场。

　　深圳是一个狭长的多中心城市，从不缺购物的地方。我们租住的房子在福田区中心区，以我的日常经验观察，每隔两公里便会有一座购物商场。在这里生活的人，几乎都会把"搞钱"作为待在这儿的重要目标之一。年轻人如是，年老者亦如是。

　　母亲工作的商场在香蜜湖，豪宅聚集的地方。这个商场附近是每平米售价超过10万的公寓楼，市值万亿、最赚钱的银行，需要面试家长才能进的国际幼儿园，以及靠高分和学区位置才能被录取的中学。在人来人往的繁华商场，几乎没有人会关注这些五六十岁的清洁人员是怎样在这个超级城市生活的。也没有人会在乎我的母亲，这个从陕西农村来的五十二岁阿姨，为什么会在这里做保洁？她是谁的母亲？她为什么而来？

母亲负责的保洁区域是商场负一楼电梯、地板及扶梯。这是整个商场最难打扫的地方。这一层聚集了众多餐饮类店铺，还连着地下铁的出入口，每到上下班和吃饭时间，人流量巨大。

保洁这份职业的工作职责就是它的字面意思：保持环境清洁。如果要追溯这个名词的来源，它其实源自英文"House Keeping"，简称"HK"，"HK"也是香港的简称。

母亲对远方最迫近的想象就是深圳湾对面的香港，这还是她来深圳后觉得可能抵达的远方。来深圳之前，她从未想过可以来深圳；来深圳后，站在与香港一水之隔的深圳湾，看着对岸天水围的灯火，母亲说："他们不知道过的是什么生活？跟深圳差别大不大？"

"香港"这两个字让母亲想起1997年，想起她带着孩子们去村里的王医生家看"香港回归特别节目"。那天，一村的人只看到了升国旗，电视机屏幕就变成了一片纷纷扬扬的雪花。十七年后，我来深圳工作，有一天无心上班，便在下午跟老板请了假，从白石洲坐公交车去深圳湾口岸。我坐在木棉树下看海，看着对面的高楼，像是完成一种"终于抵达远方"的仪式。那时候，我对将要在深圳这座超级城市如何展开生活没有规划。我跟所有没有背景的大学毕业生一样，像一叶孤舟被扔进社会这片大海。

五十二岁的母亲，也像当初的我一样，试图在这座城市找到属于她的海域。

对母亲来说，"保洁"两个字是动态的，意味着一连串动作及一系列流程。

就保洁员的微妙心理来说，他们希望商场里人越少越好。这样的话，就不会有那么多脚印、手印要去擦拭，也不会有那么多奶茶杯、脏纸巾、头发、广告纸、口罩需要捡拾。然而，对商场来说，顾客是上帝，只要不是发生特殊情况，它就敞开大门，从早上10点到晚上10点。保洁员们需要保证，每一个顾客走进商场看到的一切都是干净的，这是引发消费的前提。她们几乎不能停下来，每一个毛孔都要被"劳作"填满，这也是管理处采取两班制的缘由，早7点至下午3点，或下午3点至晚上11点。有的保洁员会选择连上两班，一天工作16个小时。母亲选的是白班，她到下午3点就可以下班了。

打扫卫生间被母亲认为是商场里最适合她的岗位，因为不用过多走动且面积不大。但这个岗位需要连上16个小时，况且早有别的阿姨在岗，不会轻易退让。虽然知道自己的岗位任务艰巨，母亲还是决定先干起来。

她每天早上6点半起床，收拾完下楼，出小区，走一段马路，过红绿灯，扫码，跟保安打招呼，坐货梯，到达商场负一层管理处，这时大概6点50分。录入指纹打完卡，经理会给他们开一个简单的早会，分配一天的活儿。然后她就要立即开始工作了。

她最集中工作的时间在上午10点以前。10点，是商场开门的时间，她和她的同事们必须确保给顾客呈现一个干净得发光的商场。经理对保洁员的要求更严格，不能在眼见的范围内有一丝污渍。母亲先花一个多小时拖地板，然后用半小时擦电梯，给电梯消毒。这中间，她去地下车库的水龙头下洗两次拖把。

擦栏杆是所有流程里最简单的活儿，被母亲放在了最后，这是她做事的逻辑，把最难的先做完。10点半，有半个小时休息时间，一些没来得及吃早饭的保洁员，便会抓紧时间吃点东西。这同时也是午餐时间，上白班的保洁员是没有中午休息时间的，唯一的吃饭时间便是这半小时。为了方便，母亲头天晚上就会准备好自己的饭食，放在帆布包里，到吃饭时间拿出来在微波炉里热好。十几个保洁员只有一个微波炉，谁先热到饭要靠抢。

吃完饭之后，她所有工作内容便是拿着清洁包在负一层来回转悠。遇上有污渍的地方，用毛巾擦干净，一圈又一圈。到下午3点下班前，这5个小时的工作显得很无聊，也是异常难熬的时光。长时间来回走动对母亲来说不仅无趣，也会影响她的腿。但是在当初入职的时候，为了得到这份工作，她向经理隐瞒了自己腿部曾患滑膜炎的事。她也不能随意跟商场里的其他人说话，被经理看到了会被批评不务正业，某种程度上，这压抑了她爱表达的天分——她必须时刻在场，况且，商场里到处是监控。

每隔一个小时，母亲都要去电梯间的签到表上签到。母亲自从十岁离开校园后，再没拿起笔写过字。签到表里，她的名字写得歪歪扭扭。"春香"这两个字共十八笔，母亲要写上三十秒，一笔一画凑起来，超出了边框。

按照保洁公司对保洁员的规定，保洁员在工作的8小时内，不能停下来休息，商场公共区域里也没有可以坐下来休息的凳子。母亲只能趁监管不在的时候，溜去女洗手间进门处的长凳上歇几分钟。

负责给这家商场做保洁的是一家环境类外包公司，专门承接各个商场、写字楼、小区、政府单位的保洁绿化工作。他们是乙方，商场是甲方。商场的管理处有一支专门监督保洁员的队伍，大多是年轻男女。他们的工作任务是在需要清洁的区域巡逻，及时发现保洁员没打扫干净的地方——有时候是纸团，有时候是口罩，有时候是饮料杯，有时候是树叶，有时候是泼洒在地板的污渍，五花八门。他们会把这些遗弃在地板上的垃圾拍照发到微信群里。每次"垃圾"被监督人员在有领导的大群里公开发出时，母亲的经理就会如临大敌，毕竟是让甲方不满意了，她会立马通知相应责任区域的保洁员去打扫，严重一点则会罚款。这就跟我自己若在公司犯了错，老板也会立马让我把错误弥补回来一样。权力都是分层传递的，我们都在这个系统里。

保洁员们很讨厌这些年轻人，说他们没有同理心。

在一次检查中，母亲被一个女孩当面指责地板上的黑色污渍没有擦干净。她当场就哭了，说着对方听不懂的方言，大概意思是，那块污渍根本就擦不掉，她要让女孩自己来试试。检查的女孩听不懂，有些悻悻然，没再投诉，以后也很少再去母亲打扫的区域检查。后来母亲听到女孩们在背后议论说，山里来的人很难缠，耍赖打滚，她又独自生了一场闷气。

但她也常遇到好人。

有好几次，她都被监管的年轻女孩抓到她坐在洗手间供顾客等人的长凳上休息。她跟女孩解释，自己腿不太舒服，很幸运地获得了谅解。后来，当再发现母亲在洗手间的凳子上或马桶盖上歇息时，女孩大多只是温和地提醒她休息时间不要太长，或者假装没看到。她对此很感激，有时候我会在商场里偶遇那个总是对母亲"视而不见"的女孩，母亲会认出她，要求我跟她说"谢谢"。

对母亲来说，她还需要慢慢适应深圳人与人之间的复杂性。人是不能以纯粹的好坏来区分的。

下午的时间太漫长，有一些保洁员会趁监管不注意，利用这些时间捡垃圾来卖，主要是捡纸盒，以获得一些额外收入。但这也有风险，被管理处发现了会被开除。母亲心里痒痒，但她无法行动，因为她的腿不能支撑她到处奔走。每当谈起这些，她总是恨自己没用，恨自己为什么老了老了腿不中用了。我告诉她，你能坚持把这份工作做下来已经很不错，人不是总要跟人比，挣跟别人一样多的钱。

禁止保洁员捡纸皮，意味着全深圳都在倡导的垃圾分类第一步在超级商场这样的地方是失效的。保洁们评判一件东西是否能成为垃圾的标准是能否卖钱，而不是脏不脏。按理说，像我母亲一样的保洁员是最懂深圳垃圾市场行情的人，能敏锐察觉废纸壳、废铁、玻璃、塑料的价格涨跌。 然而，因为保洁公司严厉的惩罚制度，保洁员们在收垃圾的时候，都是一股脑装进黑色大垃圾袋，从货梯运到停车场的垃圾中转站。

后来，一位四川阿姨把捡来的纸皮藏到装消防栓的盒子里，藏到洗手台的挡板后面，楼梯道的铁门后面，都被管理处督管一一发现。阿姨不仅在大群里被通报开除，还被罚了500块。

母亲也就再没提过想去捡纸皮卖钱的话，尽管她还是很羡慕小区附近那对专门捡纸皮的夫妻——他们有自己的三轮车，有库房，一个月可以赚几万，给儿子们在老家的市区买了房。我说，妈妈呀，你忘了他们比你早来深圳很多年，比你有更多的"关系"。母亲认识的人多了，就逐渐发现，原来在她年轻的时候，深圳是一座希望之城，是一座只要来了就有可能发财的城市。如果那时候有人能带她来深圳打工，而不是去工地，去矿山，去农场，她的命运或许会不一样吧。现在是她的女儿带着她在这里，虽然心里还想着努力赚钱，但身体已经跟不上了。

母亲常开玩笑说，要是年轻的时候能在深圳买块地，她的子女们就不用如此辛苦了。我亲爱的母亲，她的想法是如此天真又实际。就像我在深圳遇到的很多人，他们回忆起关于人生的重大选择，都会带着一种哀伤又调侃的情绪提到：如果那时候，我把我的钱都用来在深圳买房就好了。可是人生哪有那么多如果呢？母亲也只能认命。

虽然工作中净是条条框框，需要不断擦拭沾染污渍的栏杆，捡拾被顾客丢掉的垃圾，但这依然是母亲做过的最轻松的工作，不需要付出沉重体力，她表现出在农村生活时那柔韧的乐观。在来深圳以前，那些在建筑工地上做小工，在矿山上帮工人做大锅饭、开小卖部，在新建成的楼房里刷漆，在国营农场里养鸭的日子，她一天都不愿意再去重复。

时间久了，母亲摸清了工作的门道，流程也熟练了，便开始跟周围的人打交道。虽然她的普通话不好，但她一点也不害怕交流。几乎所有的保洁员都是从农村来的，大部分都是女性，都五六十岁，普通话都不怎么好。她先观察谁比较和气，好打交道，便主动趁着空隙上前说出第一句话：嫂子，你是哪里人？

母亲是天生的跟人熟络的高手。还在农村生活的时候，她能在干完农活回家的路上，在沿路每一户人家的门口唠嗑。初来深圳的她对一切都感到新鲜，也常把她在工作中的一些见闻告诉我。我注意到深圳老年保洁员群体，便是由于我的母亲，她是我的另一双眼睛，帮我看到了这个城市里一些被遮蔽的现实。

和商场里同是做保洁的同龄人熟悉之后，母亲发现，他们当中的很多人都是靠着超市卖剩的面包、水果度日。有时候，附近酒店自助餐剩下的白米饭也会被这些保洁员捡来当作第二天的主食。有一个患有糖尿病的保洁员，每天的三餐就是将这些捡来的、冻在冰柜里的白米饭拌上老干妈，用开水化开了吃。

整个商场不止一个像母亲这样隐瞒身体疾病来做保洁的人。大多是胃病、糖尿病等一些慢性病，短时间内不会影响人的生命。也正因为如此，很多人便不把自己身体上的毛病当一回事，硬撑着，硬熬着。

像母亲这样只上工8个小时的是极少数。大多数保洁员是连上两班，16个小时，意味着没什么休息时间，常常有保洁员在商场的角落里靠着墙就睡着了，开着会就睡着了。他们尽可能想办法休息，比如频繁地去厕所，但去多了也不行，被监管发现，会在群里通报批评。

这些保洁员里，有一部分是因为儿女在深圳工作，跟随儿女而来，比如我的母亲；有一些是为了摆脱无意义的婚姻；有些是为了给儿子挣钱娶媳妇。更多是跟我母亲一样，给自己攒点养老钱，同时找点事干。还有人就是为了活下来。一位六十二岁的保洁员被老乡带到这家商场前，曾在北京扫过五年马路，北京的冬天太冷了，冻得手脸皲裂，痛得不行，一个月也只有3000多块。他来深圳，最大的理由是，深圳冬天不冷，他很担心在北京有一天冻死在路上都没人知道。

在商场里负责负一楼和负二楼四个女卫生间清洁工作的，是海棠阿姨。负二楼连着停车场，负一楼连通地铁，人来人往，海棠阿姨每天工作16个小时，一个月的工资5300元，为了挣到这些钱，她没有可以喘息的片刻，不停地来回于被水淋湿的台面，装满脏纸团的垃圾桶，被弄脏的马桶。

海棠阿姨做这样的工作已经五年了。她是广西人，与母亲同岁。她住在保洁公司为员工提供的宿舍里，八个人住一个单间。她没有时间做饭，常常捡拾商场面包店当天卖不完的面包吃，还把捡来的面包送给过母亲。在来深圳做保洁之前，她和丈夫在东莞一家玩具厂待了六年，每年正月去，年底回，一开始底薪只有900多，工资慢慢涨，到后来有2000多，再后来，公司要从东莞搬迁，厂里赔了他们几千块钱，夫妻俩就辞了工。

在玩具厂之前，她则在老家广东人开的烟花爆竹厂里做工；再往前，她在家乡的乌石矿山上捡矿卖钱。海棠阿姨有四个姐妹，她是老三，跟我母亲一样没读几天书。

此时，她的儿子在广州模具厂打工，丈夫在老家装修自家房子——夫妻俩投了几十万在那栋三层小楼上。盖楼是为了自己，也是为了儿子。儿子二十九岁了，尚未结婚，海棠阿姨心里很着急。母子俩虽然在相邻的城市打工，但很少见面。海棠阿姨说："我没休息时间，不能陪他。"

老董是整个超级商场里得到最多表扬的保洁员。他来自云南，岗位与海棠阿姨相同，负责商场负一楼和负二楼男卫生间的清洁。工作区域包含：洗手间的所有门把手、洗手台、水龙头、马桶、墙面、地面、垃圾桶、地漏。除清晨的一次大清洁，从早上8点至深夜11点，卫生间要每小时保洁一次，老董连轴转。他的工作很繁琐，但他做得很认真，从不敷衍。老董是超级商场唯一一个从来没有被投诉过的保洁员。经理开会的时候当着其他保洁员的面表扬老董："你们都向老董学习，老董做的都不用我管。"但除了口头表扬，老董从未得到过物质奖励。

保洁员是商场的隐形人，站在边缘处。商场对干净近乎失控的追求是通过保洁员的个人时间被严重剥夺而实现的。老董的时间被压榨到极致。"商场不让坐，一直干。"老董每天要工作16个小时，一天要走三万多步，他的脚后跟很痛，起了水泡，走起路一瘸一瘸的。他每天6点钟起床，凌晨才回到位于城中村的宿舍，还要煮第二天的饭菜、洗衣服，一天只能睡5个小时。2020年初，老董和弟弟及一位同姓叔伯一起来商场做保洁，保洁员们把他们三个称为老董、小董和董师傅。他们三人都上连班，互相关照，替对方热饭、带饭。有时，餐馆打烊前剩下的饭菜，好心的店员会送给老董，这样他深夜回家就不用再做饭了。

算上加班，老董一个月可以挣6000块，这些钱大部分都拿来补贴大儿子。老董有两个儿子。小儿子做上门女婿，不用怎么操心。令他操心的是患有糖尿病的大儿子，没法打工赚钱，要靠胰岛素和降血糖的药维持基本健康。儿媳妇在老家带孩子。"我没有办法。"老董说。在老董瘸着腿，一遍遍上楼下楼，往返于两个卫生间，洗洗刷刷的同时，商场播放的背景音乐是《天鹅》。这首优雅又温柔的大提琴纯音乐在干净的空间里流淌，让人感到舒缓。

　　来到超级商场的人因为这柔美惬意的音乐会在琳琅满目的货架前驻足更久时间。无论贫穷或富有，来到超级商场，人都只有一个代称——"消费者"。消费者们慢悠悠地闲逛，仿佛只有在这里才能停下来，获得一份安心和归属感。就像五星级酒店的大堂，永远有令人舒心的音乐，打着"欢迎回家"的广告语，顾客付出金钱，收获满足与幸福。

　　在舒缓的音乐节奏里，老董停不下来。他看得很明白："公司为了节省成本，宁愿让一个人多干，也不愿意多招人。"不久后，老董的弟弟因为回老家参加女儿的婚礼，丢了在超级商场的工作。弟弟之后重新找了一份工作，在"江南厨子"杀鱼，一个月5000多。老董还留在超级商场做厕所清洁。他快六十了，也许过一段时间，环境公司就不要六十岁以上的人了。"能干一天是一天。"

四十五岁的水仙阿姨在保洁队伍里算是很年轻的，是商场车库夜班的班组长。她皮肤很白，眉毛细长，化着淡妆。她是云南人，但是嫁到了四川仁寿，有两个孩子，儿子在成都打工，女儿在绵阳读大学，她手机里保存了很多儿子和女儿的自拍照片。水仙阿姨在深圳待了21年，一直在龙华的工厂打工，做得时间最长的是在一家包装厂制作各种包装盒。因为还年轻，她兼了两份工，另一份是在商场不远处的写字楼，也是做班组长，管理10个保洁员。她的丈夫在深圳做保安。问起她当班组长的感受，她说，不太好干，找事的人很多，督管时不时就来检查。

保洁员也会形成自己的共同体，他们不仅会互相介绍活儿干，有时候也带着乡土社会特有的"关系"色彩。

母亲工作的商场，有一个大型高端超市，一颗包菜可以卖到30块。她在这里认识了那位专门负责处理过期蔬菜水果的保洁员，江西人。

　　超市里的蔬菜、鲜肉很少打折，以原产地和新鲜为招牌，保质期仅一天，吸引周边的人购买。卖不完的即将过期的蔬菜水果会在晚上11点左右被江西大叔拉到停车场附近，他会从垃圾车里挑出还可以吃的蔬菜，分给在商场里打扫卫生的其他老年保洁员。有些过期的肉他会拿来低价卖，但这是很有风险的行为。

　　母亲是从被他送过菜的保洁员口中知道这些事的。

　　每天晚上11点左右，打扫完超市最后一遍卫生后，分菜的江西大叔会在停车场附近准时出现。

　　上夜班的保洁员这时候正好下班。他们常用黑色的垃圾袋带回江西大叔分给他们的菜：冬瓜、番薯、水果辣椒、莲藕、快过期的鲜切面……各种各样被划伤的菜、临过期的食品，被带回家。它们并没有坏，只是保质期过了一天，只是不够新鲜。超市的菜要想卖到足够贵而不被投诉，就只能每天都上最新鲜的东西，那不够新鲜的就会被丢弃，整推车地往外扔——这是人们获得

"新鲜"背后的代价，却恰好是部分老年保洁员们第二天的能量之源。生活如此充满随机性。

江西大叔送菜也分人，更多时候，送菜是一场交易。有时候，他需要对方用捡来的纸壳、废品跟他换菜。猪肉、牛肉等一些肉类制品他是不会送人的，只低价卖。这成为他保洁工作之外的一份额外收入，多的时候一天可以赚百来块。

不到两个月，江西大叔拿即将过期的肉往外卖的事就让超市经理知道了，他被开除了。不排除是被同事举报。不久后，他去了不远处的商场重新找了一份保洁工作，没有人问他的来处。新来的负责处理超市过期菜的保洁员，再也不敢送菜给他的同行们。

母亲还在商场里认识了做抛光的刘师傅。

抛光，是指用专门的工具将地板磨得光滑，不留印子。师傅们在晚上10点商场关门后开始工作，直到第二天早上八九点钟，负责检查的监工来验收。验收完毕，师傅下班，商场开业。

每天早上8点多，当母亲拖地板拖到男厕所附近时，就会看到刘师傅，这往往是刘师傅准备"起床"的时间。刘师傅是一个外包临时工，抛光的活儿三四个小时就干完了，那时天还未亮，他干脆就随身携带一个小折叠床，住在负一层的男厕所里。监工来验收完了，他就立马起身收拾，把床放在不被注意的角落。

母亲和刘师傅在清晨遇见的时候，经常这么打招呼：刘师傅说一声"哎呀"，她回一句"哎呀"，刘师傅再回一句"这就是生活呀"，母亲接一句"这就是生活呀"。这是两人之间的秘密，她没有告诉监工刘师傅在厕所住的事，他们心照不宣地结成了同盟。

租房太贵了，刘师傅告诉母亲，他在深圳一直"借"地方住，之前自己没有带床的时候，他曾经偷偷在一家餐馆的沙发上住过几晚。后来被发现了，管事的说，再"住"的话就罚他1000块。害怕被罚钱，刘师傅就买了便携床，搬"家"进了男厕所。母亲认识他的时候，刘师傅已经在这家商场做抛光半年了。

刘师傅不到四十岁，是个东北人，总是乐呵呵的。他有一儿一女，都在东北，老婆留在老家带孩子，几乎是他一个人养着全家。除了母亲所在的这家商场，他还兼了附近另外一个商场的地板抛光工作，每天上午八九点这边的商场验收完，他收拾好自己的工具，在附近小区楼下买一根玉米、一个包子做早餐，吃完马上就赶往下一处，晚上再赶过来，两点一线。时间就是金钱，他充分利用每一分钟。

好在，付出也是有回报的。虽然没有社保等其他保障，但每个月他也还是能拿到万把块，维持一个家的运转是可行的。在老家打工无法实现这个看起来简单的目标，因为疫情，东北的工作很难找。

一个简单的背包，里面装着他工作用的抛光剂等工具，一张便携床，一个水壶，就是刘师傅落脚这座城市的证据。

与以往不同，2020年是一个意外之年。很多人不是主动来做保洁，而是被动卷入进来，把保洁工作当作人生的一个过渡期。

这一年，商场保洁里的临时工尤其多。很多暂时找不到工作的人把保洁作为一个新路子。一个来自湖南的男人，家里的养鸡场倒闭了，他想着先来做几个月，形势好点了再把养鸡场重新开起来，但没想到一做就做了半年，到母亲离职时他还在；一位负责清洁商场外围地板的保洁员，之前在香港开货车，封关后他在深圳回不去了，只好一直在商场做日结临时工，220元一天。后来商场不招日结工了，他无法接受长期工的低工资，就离开了。母亲再也没见过他，也不知道他有没有回到香港。

这就意味着，保洁员这份工作的稳定性很差。

入职的时候，母亲的合同里写，一个月有四天休息时间。但现实中，她总是休不到假，经理总是以各种理由拒绝。比如，你看别人都没休息，你再多做一天，明天给你假……性格不够强硬的话，在这个群体里面会吃亏，最脏最累的活儿会被分配给最不会表达自己诉求的人，他们更不会利用相关法律手段维护权益。

在没有制度保护、工资低、住宿条件极差、纪律严苛、没有假期的情况下，大部分保洁员都受不了，干几个月就会离开。当然，离开的大多是比母亲年轻的。

母亲的目标是做到年底，过年前十天再离职。无论条件多差，比起她之前干的活儿都不算什么。她跟我说，只要不是被开除，她是不会辞职的。

因为人员流动性大，商场有一条不成文的规定，如果在岗的保洁员能介绍一位新保洁员入职，并且能干满两个月，就会有100元的奖励。可即使如此，依旧招不来长期工。

商场的经理也经常换，母亲才入职没几天，招她的经理就辞职了。

年底时，母亲所在班组换了班长。新班长是比母亲早入职几个月、从四川来的小棉阿姨。小棉要上16个小时班，主要负责的是女洗手间。母亲和她经常见面聊天。小棉阿姨很漂亮，扎着长长的马尾，大大的眼睛，白白的皮肤，做事认真，积极响应需求。有一天下班后，小棉阿姨坐在管理处的凳子上流泪。她从来没有在一天中走过那么多路，脚上起了核桃一样大的水泡，破皮了，透明的表皮和红色的血肉黏连，很痛。经理跟她说，你休息两天，要坚持。也因为做事认真，人又利落热情，快年底时，小棉被提拔为班长，升了职。她的工作转为监督其他保洁员，发现做得不到位的地方及时纠正，有时候也要亲自上手。小棉有两个儿子，都在成都。她一个人在深圳打工，春节不打算回家。来深圳前，小棉的工作经历跟母亲很像——在建筑工地上做小工，搭钢管架，刷墙。深圳没有让她感受到特别的差异："反正都是干活。"她的下班时间比上连班的保洁员更晚，晚上11点半，她还需要开一个总结会，给甲方总结一天的工作。

保洁员的队伍里没有年轻人，并且永远缺人，最终只有来自农村且年龄偏大的人会留下来做长期工。整个下半年，这家商场的保洁员人手都不够。一开始，管理处还会从外面找临时工，有一些是从"三和"来。一个临时工一天220元，需要付给劳务中介20元中介费。这招致了全日制保洁员的不满，要求涨工资。后来，商场效益看起来也不怎么好了，管理处就干脆不再找临时工，全日制保洁的活儿变得越来越多，一个人要顶几个岗位。

外包用工的模式几乎可以应用到深圳的每一个大型商场，每一个"美丽"的公园，每一栋高档的写字楼。深圳几乎所有的保洁和绿化工作，都是由一群五十至六十岁左右的老年人承担起的，他们来自广西、湖南、四川、江西、河南、陕西……如果有心留意，会发现，他们是如此庞大、如此卑微又被忽视的一个群体。他们大部分是农民——绝大部分是像我母亲这样的，在维持一座超级城市的"干净"。大卫·格雷伯在《毫无意义的工作》一书中说，社会中似乎普遍存在这样的情况，一个人的工作越是明显地对他人有益，他得到的酬劳就越低。我当即想到了我的母亲正在做的工作，想到了保洁员群体。想象一下，如果深圳没有人来打扫卫生，处理那些遗弃的垃圾，会怎样？往更细处想，你所在公司的厕所，连着两天没有人来打扫，你如何忍受？

我问母亲，第一天去商场上班的时候，你害怕吗？你担心你干不了吗？

"没有，第一天去试就感觉能干，但还是很烦总是被人催，老是让我们赶快些、赶快些！"

在商场，母亲经常碰到有人来问路。

"问我椰子鸡在哪里，一开始我不知道；还有问我'四个椰子一只鸡'在哪里，我说我不晓得；还有人问我'金爸爸'在哪里，我说'金爸爸'我知道；又问电影院在哪里，我说电影院我知道；又问厕所在哪里，我说厕所我晓得。"她知道的，她就一一指给问路的人。

椰子鸡餐馆不是母亲负责的区域，但是，她被问最多的就是"椰子鸡在哪里？"。她很纳闷，有一天终于搞清了椰子鸡餐馆的位置。后来，母亲终于知道了，椰子鸡原来是深圳的"特色菜"。后来，商场内新开了一家牛蛙火锅店，椰子鸡店的人流量就屈居第二了。

疫情缓解的时候，每到周末，商场负一楼的广场，中间一小片地方经常会被围起来搞活动。有时候是音乐会，有时候是儿童歌唱比赛。还有一次，商场不知从哪里弄来了很多动物，圈成一个商场动物园，有名贵猫、梅花鹿、小山羊、宠物猪、羊驼，还有孔雀。动物们昏昏欲睡，任人围观。母亲去瞄了一眼价格，一只猫要3000多。她跟我开玩笑说，把你家吉祥（我养的橘猫）也拿来展览看看，说不定能卖一个好价钱。

商场里的盆栽有专门的人养护，一对湖南夫妻每隔半个月就会来换一次那些作为景观存在的绿植。让母亲尤其惊讶的是商场顶层的透明玻璃设计，玻璃上流动着晶莹的水波，还有永远是绿色的大叶植物。母亲在负一楼拖地拖累了的时候，常常抬头仰望头顶的"热带雨林"。

母亲在商场里第一次见到了外国人，白皮肤的，黑皮肤的。当遇上外国家庭，尤其是带着孩子的外国人时，她更是无法停止注视。一对有着金色卷发、雪白皮肤的混血双胞胎，是她见过的最漂亮的孩子了。她很好奇："他和一个中国女孩在一起，生的孩子怎么还是外国相呢？"

12月，超级商场进入节日时间。

先是圣诞节。11月，工作人员就开始造景。栏杆和扶手上被绑上了亮晶晶的星星、红色的圆球、绿色的塑料柏树叶子。工人们在餐馆聚集的负一楼中庭搭建起了两米高的圣诞树，上面是星星闪闪的装饰。餐馆的服务员们也戴起了红色的圣诞帽热情招揽顾客。母亲从来没见过圣诞树，不知道圣诞老人从哪里来，她无心享受欢快的背景音乐*Jingle Bells*。有人在观摩圣诞树的美丽，有人在圣诞树下捡拾垃圾。母亲还从未见过如此热闹又花花绿绿的景观："花了很大代价造给人看。"

圣诞节之后，便是元旦了。关于圣诞的一切人造景观被一一拆除，用拖车运走。紧接着制造新的景观。这次，中庭摆上的是"招财进宝""财源广进"，还有红色财神爷人形玩偶。玩偶们立于两棵繁花锦簇的塑料桃树下，手上捧着金黄色的大元宝，身边也堆着大元宝。财神爷的前方立起了两面红色的战鼓，经过的消费者都可以拿鼓槌敲一下。

商场还邀请了演员来表演节目，活跃气氛。越多的人，意味着越多的垃圾，越多的污染。为了不被投诉，忙不过来的时候，经理和班长都来边上守着，给母亲帮忙。

尽管进出需要严严实实戴好口罩，人们还是涌向为节日举行仪式的商场。人们在期待，被疫情侵袭之后，能迎来一个好年头。2021是牛年，超级商场打出的标语是："2021牛气冲天！"

商场是消费主义的产物，是景观社会的极致呈现。它以便利、干净和香喷喷的氛围，营造幸福的气泡。每一个走进商场的人，都会被门口穿白色套装的保安欢迎。总有几个住在周边的老太太，也可能是保姆，在商场带孩子，一待就是一整天，吃饭、购物。母亲感叹，还是有钱人的生活舒服。

我总在想，是谁在为消费者创造这幸福的镜像呢？

是像我母亲一样的保洁员，还有理货员、店员、服务员、保安……而我们作为消费者十分轻松就得到了这一切。在母亲未在这家商场做保洁之前，我也无数次出入这里，吃过椰子鸡，买过生活用品，买过花，看过电影……如今，正是因为母亲的眼睛，我才真正看到了干净背后的付出是什么。

我们租住的房子是小小的两室一厅，一个月的房租加水电费6000多块。母亲给老家亲戚打电话，尤其我在她旁边的时候，总是很大声地跟亲戚表达她很幸运，要不是女儿在这里，她都没有机会来看这座城市，来做这份"轻松"的工作。虽然这些对话里有些讨好的意味，但我还是为母亲高兴。

腊月二十三，北方小年的前一天，母亲辞去了超级商场的保洁工作，休养身体。她很开心，达成了自己的挣钱目标。每次工资到账的那一天，她都要让我查查数目有没有错。

我们一家人第一次在异乡团圆。

老家的亲戚们打来电话，询问母亲在深圳的工作情况。母亲没有告诉他们自己是在深圳做保洁。她每次都顾左右而言他地含糊其辞："做做歇歇，不是天天都做工，挣得不多。"

"猫都知道疼崽子"

　　我需要上班到腊月二十八才能休假陪母亲。

　　闲暇让母亲感到无聊，她终于开始认真审视这个由我们租来的月租6000元的房子，按照她在农村时的习俗，要在春节前洒扫庭院，迎接新年。

　　我们的"家"在一片豪宅楼栋包围之中的一处破旧小区里。这个小区九十年代末期由香港开发商承建，原业主大部分都去住更大的房子或移居国外了。住在这个小区的人在年龄上形成了两极分化。一部分是租客，来自周边写字楼，我的邻居便是一位做英语培训的年轻人；一部分是早年买房的老土著，住在这里，图一个方便、熟悉。

　　我们之所以租住在这里，主要是因为离上班的地方近，房东是认识的朋友。我们再也受不了深圳地铁1号线早高峰的拥堵，也不想再跟中介拉扯。更重要的是，在我毕业后的六年里，从城中村到合租房到大通间，现在，我迫切需要一间属于自己的房间，一个家门口有公园、去哪里都方便的住处。

父母来了，房子里原本计划用作我的书房的房间，便归他们使用。"家"从户型图上看是方正的正方形，实用面积36平方米，分成客厅、两间卧室、厨房、洗手间和阳台。当父母第一次跟着我踏进家门，把他们带来的行李放在客厅的地板上时，客厅顿时就满了。我租来的"家"，像一个肚子塞得满满当当、幼崽挤得即将掉在地上、咬牙切齿的袋鼠。我看到母亲脸上的喜悦很快消失了，飘过淡淡的愁云。但她已经来了。很久之后，当她评价深圳"家"的"小"时，都会拿县城房子的"大"来对比：客厅都比你这整个房子大。深圳房子很小，却需要那么多钱。"我两个月的工资都不够女儿付房租。"同时她又想到，自己住的这个小房子市场价值700万，是房东冲着旁边高级中学的学区位置买来的。

2020年初，深圳的房子又经历了一波涨价潮。也许是因为隔离与辗转，人们忽然意识到，有一个自己的房子很重要，那似乎能带来一些安全感。

父母的房间除了一张床、一个衣柜，其余的地方都堆满了书。母亲把她的东西塞进靠墙的衣柜，由压胶板拼合而成的衣柜"龇牙咧嘴"的，经常有T恤、袜子从坏掉一只把手的门缝里跳出来，表示抗议。实在塞不下的便放在床头，放在书柜上。因为床上堆了太多东西，她睡觉时很少能伸直腿。客厅没有餐桌，只有三只并排的与电视柜高度平行的方形茶几，我们吃饭、喝茶都在这里，也方便移动。厨房和厕所都只能容下一个人。阳台属于猫和植物。到处都是满的，我们夫妻和父母四个人同时在家时，就会交通拥堵，时常要为猫让道。

我想母亲一定是感受到了自己到来后的不方便，也感受到了我的不方便。她的上班时间比我们更早，怕每天喊她起床的闹钟吵醒我们，她便从不拉上窗帘睡觉，靠天光判断时间。同样怕吵醒我们，她起床后几乎不开灯，摸黑穿衣服。有好几次，她把打底的短袖穿反了，下班回家时才发现。晚上，我们都在家里时，她总是待在自己的房间，我喊她出来时她才出来。更多时候，她会上顶楼的天台，在那里给老家的亲戚打视频电话，跟人聊天，坐着发呆。她洗完澡会把用过的毛巾收到自己房间；洗发水用得很少；洗干净的衣服放在晾衣架的边角；我们买的菜她吃得很少……一切都给人一种她不是在跟我们过生活，而是在"寄人篱下"。

有一段时间，母亲爱上了在天台上数飞机。她从来没坐过飞机，却在深圳看到了最多的飞机。她坐在天台的水泥墩上，一架架飞机从海边起飞，飞过头顶时，她就在心里记下来，再起飞一架，便在原来的数字上加一。有一天傍晚，她数了36架飞机才下楼。"一会儿冒一架，一会儿冒一架。深圳真好。在农村一连几个月都看不到一架飞机，记得第一次有飞机飞过村里，全生产队的人都出来看。"她想起小时候跟外婆一起看飞机的瞬间，每次出门追飞机，外婆总是带着她和她的兄弟姐妹唱一句童谣："飞机飞机你停停，个个喜庆上北京。"母亲对于我可以坐飞机出差去全国各地感到羡慕。"你把妈妈也带上。"她在我打包好行李出发前跟我开玩笑。

春节前的那几天，母亲把在超级商场学到的保洁技巧用在了这个小房子里。她清理了每一间屋子，厨房和客厅的连接处铺上了地毯，再也不是湿淋淋、黏糊糊的了。茶几上摆满的杯子、零食也被小心地收纳进塑料筐。阳台上的植物也变得疏朗有致。

我们怀着一团乱麻终于被理出头绪的心情，在深圳等待2021年新年。

在此之前，我的每一个春节都是从异地返乡，跟弟弟一起与父母在商南县城完成一次双向奔赴。更早的年月里，我们一家是在县城会合，再搭一天一趟的班车回到老屋所在的乡村过年。

眼睛所及之处是绵延不绝的山，水泥公路在山上蜿蜒盘旋。车从秦岭的心脏里穿过，清新的寒风吹过脸颊，空气里有树木花草干枯的味道。

开班车的夫妇搭伴开车十几年了，司机的老婆从漂亮的年轻姑娘，变成了有两个孩子、身材臃肿的母亲。她见证了我们这些孩子从这条路上走出去。

春节是夫妻俩最忙的时候，司机的老婆总能凭着你的外貌，认出你是哪家的女儿或儿子，时间在她这里是没有作用的。就像这里的山一样，无论你从它身上开多大的口子，总能凭着它的形状、气味，找到年少时留下的东西。

随着年月往后延，村庄变得越来越寂寞。老人们被儿女接到城市的高楼里，有些老人无论儿女如何软磨硬泡就是不肯到城里住，儿女就只好开着车把一家人载回村。团圆，仍旧是春节最重要的主题。

2016年之前，我们在县城还没有自己的房子。每年春节，我们一家人都要在父亲年轻时盖起来的白墙灰瓦的房子里团聚。我在那里度过了26个春节。

搬到县城后，春节回老屋就变成了仪式性动作，虽然不会再在那里过夜，但对联是要贴的，祖宗也是要拜的，爷爷奶奶坟头的灯是要点亮的。

我记忆中的春节总是伴随着母亲对父亲口头上的埋怨，她总是因为家中有太多活儿要干而父亲又显得太过木讷，生出嫌弃情绪。虽然平日他们也因为彼此干活多寡而争吵，但这种情绪在春节时会达到顶峰。父亲作为一个再"典型"不过的北方男人，家务事对他来说简直是酷刑。每到春节一片混乱的时候，父亲总是不知所措，母亲形容他是提线的木偶，牵哪儿动哪儿。最终的结果就是，活儿都让母亲一个人干了，父亲落了个清闲。

春节前后，整个家都是母亲的主场。

年轻时，父母在乡村务农，年是从腊月初八就开始的。这大半个月里，母亲要找"杀猪佬"杀掉喂了一年的大肥猪。她喂出来的猪总是最肥最壮，每次男人们去猪圈逮猪之前，她都躲在家里，不忍心看这一系列惨状。煮出来的第一碗年猪肉要摆出来敬奉天地和祖先，同时感恩猪的付出。年猪杀完后便是腌制。外公在世的时候，母亲会把猪肚子、猪腰子挑出来，再加上一块瘦肉，随着大年二十九的那一背篓年货送过去。因为外公经常腰痛，在村里人看来，吃动物的某个部位，就能治疗人身上相应部位的疼痛，所以无论每年送给外公的年货怎么变化，猪腰子是必须要送的。

最重要的猪肉准备好，接下来便是磨豆腐，这项工作她也要承担大头。用当年收获的新鲜黄豆，放在清水里泡一夜，泡到发胀，然后用机器磨成糊状，更早是用石磨将泡发的黄豆研碎。然后在开水里煮沸，用酸汤水"点浆",再把呈块状的豆腐花放置到方形的竹筐中,用布包裹,用石块把水分逐渐压出,便是豆腐了。一整块大豆腐用菜刀划成十几、二十几个方块,天气寒冷,水桶就是天然的冰箱,一桶豆腐就够一家人吃一个春节。

母亲要花整整一天的时间才能完成所有流程。在这一天,全家人经常被她命令着,要喝一碗热豆浆,吃一碗豆腐花,最后豆腐做成的时候,还要蘸着辣椒酱吃一碗热豆腐,一天的午餐和晚饭就解决了。

那几天,一切都热气腾腾的。这种气氛与一直需要大火烧水有关系。记忆中,每到过年前总是要下雪,天气总是会很冷,而无论是杀年猪还是磨豆腐,都需要大量开水。父亲要提前几天就开始准备烧水用的木柴,把它们码在灶头,整整齐齐供母亲使用。

厨房有两个灶,一个是平时煮饭用的双门灶,另一个是外公亲手搭起来的独门灶,上面有一口很大的锅,这个灶只有在春节需要大锅烧水的时节才会用起来,平时都被母亲拿来做了置物台和储物箱,木锅盖上和锅里总是堆满了厨具和食物。当两个灶同时烧起大火,水温不断升高并冒出热气时，一切都变得活泼起来。不断燃烧的树木在炉子里噼噼啪啪，树身不断化为橙红的木炭。我和弟弟在木炭下埋藏土豆和红薯，将它们烤出金黄的外壳。有时忘记了时间，土豆和红薯也就跟着一起变成炭了。

如果那一年，刚好屋顶有雪，厚厚的积雪便会在厨房热气的蒸腾下融化，雪水顺着屋上的瓦片流下来，在地上形成泥泞。当一切劳作结束，炭火化为灰烬，泥泞结成冰土，便到了需要关起大门休息的时候。

还有件重要的事是大扫除，一般会在腊月二十八这一天进行。父亲会在家附近的竹园挑一根最笔直的竹子，留住最头部的枝叶，便是一根长达十几米的扫把，可以够到屋顶最高处。它最重要的功能是扫掉结在房屋各个角落的蜘蛛网——这项任务交给父亲。母亲的主要工作是等父亲扫完蜘蛛网后做收纳整理，把一年中用得凌乱的七七八八再重新归置。仿佛整理完这一切，我们又在新一年获得了一个新家。

腊月二十九这一天，是属于家庭的"炸菜日"，母亲要炸各种各样的面食，以供整个春节食用：麻花、红薯圆子、馓子、油馍……一天下来，全家人都觉得脸上油乎乎的，因为总要在母亲的热情邀约下，不断去厨房品尝这些东西炸得好不好。当然，答案肯定是以赞扬为主。

大年三十是母亲最忙的时候，虽然她早就计划好了晚上的"团圆饭"做哪些菜，但还是忙个不停，且看不上别人插手。早饭一般是北方敬财神的大花馍，父亲在中午十二点前贴完春联后，她便开始忙晚饭了。厨房是母亲的领地，我们只有打下手的份儿，经常是需要我们剥蒜，需要我们去地里扯葱……柴火被烧得红彤彤，冒着火苗，映照着每个人的脸。吃饭前依然要先敬奉天地，敬奉灶神和祖先，然后鸣鞭炮，最后才是一家人围在一起吃饭，一般是十个菜，意味着十全十美。有剩饭也没关系，意味着年年有余；吃米饭不能用水淘，不能喝汤。按照母亲的说法，这是老祖宗的规矩。破了这规矩，当事人每每在出远门的日子，就会碰上下雨的天气。在春晚还只是纯粹提供娱乐的那些年月，一家人会准时在八点前吃完"团圆饭"，等着春晚开场。

晚上十点左右，父母的亲朋好友会打着手电筒领着小孩来家中串门，母亲为孩子们分发一小挂一小挂的鞭炮。孩子多的时候，家中的一面墙会成为"挤矮子"的游戏场地。游戏规则其实很简单，即一排人贴着墙站，然后用力往中间挤，被挤出来的人退出游戏，往往最矮小的那个总是最先被挤出来，这个游戏因此得名。吵吵闹闹到凌晨两三点，村里各家都要开始准备"出神"。

"出神"是每家一年中最隆重的祭祀仪式，要把各种贡品摆上桌，抬到门外，大香炉里插满香烛，人们朝着太阳升起的东方跪拜、祈祷。内容大多是健健康康、平平安安这样的祝福语，我和弟弟也会跟着父母一起参与，直到太阳真正升起来，父母才会把桌子收回来。跪拜完后，父亲开始燃放大年三十夜就已经准备好的鞭炮，这些鞭炮缠在竹竿上，长达几米，要爆炸十几分钟，父亲在外面放鞭炮的时候，母亲带着我们躲在房间从窗户里朝外看。各家的鞭炮陆陆续续响起，一场场进行接力，父亲会朝着天空的各个方向晃动竹竿，算是呼应，响完后，往往是一地的红色炮纸。新年的太阳一晒，红色纸末便融进雪里，化进泥里。新的一年便开始了。

更早的时候，在北方乡村，正月初一，村子和村子之间还会进行放鞭炮比赛。我们小时候，奶奶讲过一个故事：七八里外，有两个村子，一个叫阴坡，一个叫阳坡。有一年除夕（传说往往没有确切的时间点），两个村子的村长打赌，比正月初一早上谁的鞭炮响声时间更长。阴坡比阳坡富，当然买了足够多的鞭炮。阳坡穷，鞭炮少，但有一个聪明人想了一个办法，让全村人在鞭炮快放完的时候，集合在一起扬连枷。那时还没有打麦机，北方农村给小麦脱粒需要用到一种手工制作的草编工具，叫"连枷"，将收割回来的麦子铺在地板上，扬起连枷，捶打麦穗，地板就会发出像鞭炮一样的砰砰声。连枷仿佛炮引子，村人齐心协力一起引燃，"鞭炮声"不断，一直响到中午。阴坡村民感到纳闷，跨过冷水河，来到对面，才发现了其中缘由，虽心中有怒，但从结果上来说也是输了。

据说，从此以后，阴坡的家族就逐渐败落，阳坡渐渐发达。多少年过去了，这两个村子至今还有人生活，名字也没变，上世纪九十年代，我的小姨就嫁到了阳坡。

正月初一清晨，我们还在熟睡，父母便起床准备饺子。在农村的时候，我和弟弟几乎每一次都会错过父母包饺子的场景，等我们起床后，面前已经是一盘盘待下锅的饺子了。母亲会在饺子里包硬币，有时候是六个，有时候是八个，吃到硬币的人意味着新的一年会有财运眷顾。

农村的年，真正意义上的结束是在正月十六。灯笼取下来，才意味着年过完了。整个正月，母亲不断接待亲戚，想着花样拿家中的好吃的招待亲人。她有九个兄弟姐妹，无论如何凑，都是一大桌人。母亲总是不让她的姐妹们插手，依旧一个人把控全场。后来，我才理解，很多时候，是其他人主动放弃了这些看起来又脏又累的活儿，而母亲不得不承担。

母亲送起东西来也很大方，亲戚们走的时候，怀里兜里被塞得满满的，还专门给小孩子们包了红包。有时候，亲戚们推辞不收，母亲要追出门好远，互相推搡，彼此说服，最终把红包送出去。她为此感到骄傲。亲人们也是这么对我们。她对亲戚们总是很热心肠，即使有时候被伤害。我在很多年后才明白，那些春节时在乡村家庭聚会中欢笑的亲戚们，在面对互相"借钱"的问题时，也会变得相当理性。结婚、买房这两样理由是最容易获得通过的，其余的"借钱"理由要经过重重考验。我的母亲同样谨慎、有分寸地对待"借钱"事宜，这是我学不来的。在面对亲戚间一些让她不愉快的鸡毛蒜皮小事时，她总是隐藏自己内心翻旧账和责难的冲动。我想，我的亲戚们大概也是如此吧，所以才能保持几十年的互相扶持。

在农村，每近年关时，母亲总是小心翼翼。她有些迷信，杀年猪之前她总祈祷一切顺顺利利，不要出现差错，比如猪半途没断气，又从案板上爬起来。"案板"其实就是厨房的一扇木门。乡村的木门是可以灵活取下来的。童年时，无数个放学回家后发现没有带钥匙、父母却不在家的日子，我和弟弟都是把木门取下来，自己去厨房烧火做饭，或者吃母亲留在锅里的饭。母亲磨豆腐之前也总祈祷不要失败，放鞭炮时祈祷一次性响完，贴春联前也总是嘱咐父亲不要贴反，吃饭时总是告诉我们不要摔碎了碗……在她的观念里，只有这些不出差错，按照她的祈祷进行，来年才会顺顺利利。

她常跟我们说，外婆去世那一年的春节，就有一系列的不祥的预兆。杀年猪的时候猪血泛白沫，外公把门神爷贴倒了，把灯笼里的煤油灯摔碎了，五舅舅玩鞭炮的时候把眼睛炸了……母亲常常在春节想起外婆，她在春节所进行的一切充满仪式感的流程，都是从外婆那里习得的。在母亲的记忆里，大家庭的年从腊月半就要开始忙了。在贫苦的岁月里，似乎一年到头的辛苦都是为了过年这一天。除夕夜吃完团圆饭，外婆不让别人插手灶台上的活儿。她会熬一大锅苞谷米，在深夜包饺子。初一早上，她一个个喊孩子们起来吃饭。"二女子，快起来吃饺子啊！"——外婆这么喊母亲，那是母亲一年中最幸福的时刻。后来，她也用这样的语气在每年正月初一喊我和弟弟起床吃饺子，我也觉得，那是一年里听到的最充满喜悦和希望的声音。

　　当我们一家人离开乡村后，上面这些习俗也就渐渐消散了，但记忆仍在。那些片段留在了母亲的记忆里，也留在了我的记忆里。母亲也在乡村度过了她生命力最为丰沛的岁月。这种仪式给她以尊严，也给了她面对来年生活的动力。

当要在深圳度过异乡的第一个春节时，母亲欢欣雀跃，充满期待。和我们在一起生活半年后，即使中间经历了各种不适应与争执，母亲还是在深圳慢慢建立起自己的世界。

除了审视和整理我们的"家"，她开始去探索小区周围的环境。她虽然只会说方言，但不怯于跟陌生人讲话，她的嗓门很大，经常会把人吓一跳，但她改不掉，她用真诚的热情感染别人。她认识了所住楼栋几乎所有的老人，了然于这些在小区买了楼的老人家里有几口人，子女做什么工作，一个月拿多少退休金。进出电梯遇上这些老人时，母亲都会跟他们搭上腔，有时候还顺手帮忙扔垃圾。她在天台上除了看飞机，也交到了朋友。天台上视野开阔，可以看到深圳湾，经常有老人带着小孩在这里晒太阳。有时候，我跟她一起上天台，她完全无视我的存在，跟老人热络地聊天。他们各自讲述自己的生活，那些话她跟许多人重复过很多次。那些老人从母亲的语气里感受到羡慕，尤其是当他们说自己是带孙子或者只是在深圳拿着退休工资养老的时候。

除了羡慕之外，母亲最常有的心态是自卑和贬低自己的保洁工作。她常跟我说："做娘的没有用，老了还要来拖累儿女。"她认为跟我住在一起是"拖累"我，因为我要承担她一些生活上的花费。而那些她在天台上遇到的，退休前做老师、护士、检察官、公安等职业，拿着退休金的老人，是"有用"的，因为他们还有余钱去补贴儿女。母亲年轻时，很希望自己的子女也走上做老师、护士、检察官、公安等稳定职业的"铁饭碗"之路，但是她的期待落了空，并且现在看来，几乎没有实现的可能。每当母亲跟天台上手拿退休金的老人们"谦虚"自称只是跟着女儿生活，又额外打点工的时候，那些有素质的老人都会赞扬母亲，告诉她，能挣一些钱，并且完完全全归自己，也是一件有价值的事。

我能感受到老人们也很享受和母亲大声聊天。我比母亲在这个小区住得时间更久，从来没有搞清楚对门的邻居是做什么的，而母亲来了一个月，就跟人家交上了朋友。

她逐渐开始试图掌控厨房，帮我从家务劳动中解放，缓解我面对高压工作的压抑情绪。她总是悄悄帮我洗好衣服，帮我给阳台上的花浇水，帮我给猫铲屎，把地板拖干净。她开始尝试自己去买菜，总是对比同一样菜老家的价格是多少，这里的价格是多少，一比，发现贵了一倍不止，于是她买回来的菜都是精心挑过的菜或者是超市快关门时的打折菜。

年底的时候，我的工作变得异常忙碌，也很复杂。

我常常在下班回家后一言不发，侧躺在沙发上，面无表情。母亲看到我的脸色，也不发一言。她经常要等着我回家后再上床睡觉，也许她有一些当天的见闻要跟我分享，但都被我的脸色挡回去了。我想我是故意的，被压榨一天后，我没有心思再吸收任何东西，哪怕是面对自己的母亲。她不懂我在工作中经历的，也不能提供帮助，只会问我，你吃饭了没？饿不饿？要不要吃东西？当我心烦意乱的时候，我更想一个人待着，但母亲只想一直关心你，直到确认你没事。

2020年除夕那天，虽然是租住的房子，我们仍然为它贴了春联。

大门——

上联：燕子堂前绕 桃花枝头俏

下联：人面相映红 欢喜春来早

横批：乐此桃源

阳台——

上联：天上聚仙佛 人间满欢颜

下联：蒲扇手中摇 悠游好似仙

横批：日日皆大吉

这真是一幅理想愿景。

同在深圳的表哥和弟弟也来家里。厨房仍旧是母亲的，我们在她的指挥下打下手。菜一盘盘上，又一一被扫荡，其乐融融的氛围、油污碗碟自动消失的餐桌背后，是一个看起来很快乐，随时准备为子女奉献的妈妈，脸上被油烟熏出微汗的妈妈，手脚不停的妈妈。

"妈，你真的喜欢做饭吗？"

"娘不给儿女做饭，给哪个做？猫都知道疼崽子。"

除夕夜，是一桌丰盛的晚餐，是一家人的团聚。她说："挺好的，一家人都在一起，也免去了你们姐弟俩奔波。"

没有了在乡村那些繁复的习俗后，母亲在深圳的这个春节，过得还算相对轻松。如若是在县城的家里过春节，少不了一家家走亲戚，今天在这家聚餐，明天在那家聚餐，半个正月在自己家待的时间没几天。她从空间上远离了那些热闹，摆脱了一些大家族走亲戚、送红包、人情往来的麻烦，也在某种程度上获得了自由。我们带她去看花市，去海边晒太阳。她对我专门为春节买的20元一斤的大米感到惊奇，她说，这大米，煮出来，在锅里是站着的。我想象了一下那个场景，大概是军训的时候，操场上立了一操场的新兵。

年底那几天，母亲晚上出门散步的时候，经常在马路边碰到"烧纸"的人。

母亲对城里人"烧纸"的随意嗤之以鼻："连头都不磕一个。"

母亲想到远在秦岭尾巴上、深山里那些孤零零的

"老祖先"们。

她有些惆怅："离得远了，连梦到他们都很少了，都不要老祖人了……"

春节过完，正月初三，母亲在电话里拒绝了小棉班长让她再回去工作的邀约。她在一栋政府大楼里找到了新工作——仍旧是做保洁。

第二章

政府大楼

"他们没有一个胖子"

短暂的春节假期结束了。

母亲的新工作是在路边接了一位保洁班长的传单后找到的。班长姓姚，后来成了母亲的主管，被称作老姚。他来深圳已经二十多年了，用在深圳做保洁赚的钱帮儿子买了房，现在则是给自己赚养老钱。

传单上写：政府单位保洁，2800元一个月，无加班，不管吃住，法定假期正常休。

2021年，正月初七，阳光很好。我带着母亲去见老姚，他站在政府大楼的门口迎接我们。他穿着一身黑色的西服套装，上衣中间的一粒扣子摇摇欲坠，皮鞋的鞋帮和鞋底即将分离，一看就是常干体力活的人。他乐呵呵的，带着我们一路扫码，经过安保，进到地下一层。

跟商场相似的入职流程，我帮母亲很快签好了合同。

母亲正式入职，成为政府大楼保洁队的一员。名牌上的编号为：20038。政府大楼的办公室格局还是沿用上世纪八九十年代的风格，公务员的办公室是一个个小房间排列在走廊两边，有的里面六个人，有的四个，有的两个，有的只有一个，似乎是按科室职位划分。这栋大楼还是八十年代所在街道上最早建起的几栋高楼之一，站在天台上可以远眺深圳湾。送母亲入职的那天，尚未到工作人员上班时间，大楼里有一种寂静祥和的气息，阳光从玻璃幕墙透进来，洒在一道道门上，分出一道道横竖交错的栅栏。

母亲的岗位工作是给其中两层楼打扫办公室里间、走廊和厕所。两层楼，加起来有近50个房间。要收拾垃圾的时候，母亲先轻轻敲门，再进去。经常有人跟她说"谢谢"，还有人跟她说"阿姨，先不用扫了"，母亲便安静地退出去，然后带上门。

第一天下班，母亲回家跟我说，这次的工作比上次的"自由"，感受要好，或许也因为是公务员办公的地方，人都比较礼貌。

每天早上7点上班，晚6点下班，中午有两个小时休息时间，一个月的工资是2800元。更高楼层大概是有更高职位的领导在办公，保洁员工资相应会高一些，一个月3200元。每周末，保洁员可以休息一天半（一般是周六上半天班）。

一周后，母亲变得坦然，一切跟招工传单上写的一样，这让她感到舒心。他们说话算话，不像在商场的时候，请假都请不来——这是母亲有生之年第一次获得有周末休假的工作。对于坐在家里还能照常有钱拿，她感到很不可思议，在她以往的生命经验里，都是做一天工才有一天的钱。

保洁员们的工作内容是固定的，就是保持厕所、走廊和办公室的清洁。早上拖一遍，下午拖一遍，收两次垃圾，看到脏东西要及时打扫。没有垃圾的时候，时间就属于自己，哪怕发呆也好。在政府大楼里，没有人监控她，也没有人让她必须时刻保持移动。母亲很喜欢这种"小自由"，觉得在这里被人当人看，而不是下层的农民工。

时间长了，母亲熟悉了自己的活儿，也在工作的空隙窥见了各式各样的面孔。

母亲以前以为公务员都很清闲。在她的印象里，只有很聪明、很会经营的人才能做公务员。但这里的年轻人都好忙，忙着写稿子、汇报，步履匆匆。有时保洁员都下班了，他们还在工作。

有时候，母亲去打扫，对方头都顾不上抬，像被电脑吸了进去。有一个女孩在厕所跟母亲倾诉，她的头发经常大把掉，孩子才不到一岁。她很灵巧，很活泼，经常给母亲一些自己的零食。母亲推托，但还是被硬塞了过来。一些遗弃闲置的日用品，大家也经常送给母亲，有的当垃圾处理掉，有的当废品卖，花瓶之类的母亲就拿回家。

母亲在办公室的工位底下清扫出最多的垃圾就是头发。她也发现，年轻人越忙，工位下清扫出的头发就越多，有的女孩工位下常常一次能扫出一小撮。

母亲虽然是"自由"的，但工作时间她需要遵守规则，不能随便去别的楼层。她常能待的地方就是厕所旁边的工作间。因此，她总能碰到一些人，他们来厕所并不是真的要上厕所，而是借用这个空间处理别的事情。

这时候，厕所就成了职场的"避难所"。

让母亲印象深刻的是一位中年女领导，她打了一个多小时的电话给孩子的班主任，说到动情的地方，几乎是哭诉。孩子青春期，太叛逆，太不听话了，沉浸在游戏世界，而她希望孩子认真上课，念一个好大学。

女领导个子高高的，很温和，她给过母亲很多东西：一大包口罩，一床小被子，几大包零食、水果。每次送出的时候，她都说，阿姨，你不要嫌弃，这些东西没坏，你拿回去。母亲还能怎么拒绝呢？她只能一个劲儿地说"谢谢"。

还有一个男生，总是肚子不舒服往厕所跑，一待就是半小时。母亲担心，他是不是工作上的事情做不出来，给急的。

母亲偶尔会跟一个比自己儿子大不了多少的男生聊几句。他每天带一个包子、一个鸡蛋的早餐来上班。男生从东北考上深圳的公务员，总是很忙，有时周六还来加班。母亲问他，结婚没？有孩子没？了解之后，发现这孩子跟自己儿女的境况差不多，都是工作压力大，在深圳落脚很不容易。男孩告诉母亲，自己的父母也做过保洁，母亲因此更觉得亲切。

工作中，细枝末节的苦恼也不少。

母亲负责的两层楼相邻，但卫生状况却截然不同。上一层楼的人爱干净，下一层则不然。每天下午三点，母亲要提着一个大垃圾袋去收垃圾，常常下一层楼的垃圾分量是上一层的两倍。有人吃完水果，果核会用纸巾包起来丢到身旁的垃圾桶，有人则将垃圾随地扔。

母亲对几间六个女孩坐在一起办公的屋子印象深刻。不论哪次去，垃圾桶里面都是饭盒、茶叶、纸巾，堆得满仓满栋。母亲曾经很委婉地跟她们说，也许这里需要一个更大的垃圾桶。

还有一次，母亲去一间办公室收垃圾，敲门许久不开，就多敲了几次，过了一会儿，门打开一条缝，里面的人探出头来，轻声说：阿姨你晚点再来哦！原来他们在里面蒸煲仔饭，锅碗瓢盆摆了一地。不用说，又有一大堆垃圾等着打扫。

另一次，母亲打扫到一个女孩的座位下，桌子旁边有一些纸盒，她问女孩还要不要，女孩说，可以扔了。

母亲把纸盒拿出来放在电梯口，先到下面那层打扫，准备返回后再一起收。但不一会儿，母亲接到管理处电话，问她打扫卫生时有没有拿女孩的快递。母亲有点懵，她确实没拿，但也只能跟女孩解释，自己只拿了桌子旁的纸盒，并且是跟她确认过了。女孩也没再坚持。

过了一会儿，母亲想想还是感觉自己被冤枉了。她对这种怀疑很在意，又走到女孩所在的办公室，倚在门框上，轻声问她：美女（这个称呼是母亲来深圳后学会的），快递找到了没？女孩说，是自己大意了，掺杂到桌上一堆东西里去了。

母亲又跟女孩解释了一遍，自己不会乱拿别人的东西。此后，母亲每次去女孩所在的办公室打扫，都能感觉到女孩其实有点不好意思，弄得母亲反而有点过意不去。

母亲最怕的就是她所服务的对象打电话到管理处，就像外卖员怕差评一样。

如果自己做得不好，她希望对方可以直接找到她，她就在几步路之外的工作间，有需要，她马上就可以去收拾干净，而不是大费周折打电话到自己的领导那里。

但是，越是害怕，越是会发生。一天，母亲突然又接到了管理处的电话，说有一位男士打电话来说自己座位底下弄脏了，需要打扫。母亲接到电话后去查看，原来是下雨天，他脚上沾的泥巴零零散散落在了地板上，其实是很小几块，用纸巾擦一下即可，但他却打了电话给管理处。

母亲不能理解，这种举手之劳为什么需要惊动一位保洁员的上级。她有些生气，但还是忍住了，拿着拖把，将地板拖了。

拖完后，她对这位男生说，帅哥（也是她来深圳后才学会的叫法），后面再有地板脏的时候，你直接来找我就行了，我不在楼道，就在工作间，几步就到了。她尽力保持笑容。

母亲通过办公室门上的标志牌确定里面人的职位。她认识了各种各样的"处长"（这并不代表真实的职位，母亲统统称呼他们为"处长"）。

其中一个"处长"看起来还很年轻，瘦瘦的，云南人。母亲正月去上班的第二天，"处长"就给了她一个20块的红包，这也是母亲第一次领到广东的"利是"。

后来母亲常去打扫，彼此就熟悉了。他很爱干净，垃圾桶里只有一些差错稿子的废纸。每次母亲去打扫的时候，"处长"总说，阿姨，我这里不用打扫。每次有新公务员入职，都是这位"处长"带着，一个个办公室介绍，让新人适应环境。

4月的一天，星期六，"处长"一个人在加班。母亲正在打扫走廊，"处长"看到了。

"阿姨，今天星期六，你咋来打扫卫生？"

"处长，你今天咋也来加班？"

"我今天有点事，也来加个班。加一两个小时就走。"说完，"处长"转身回了办公室，不一会儿，他拿了个红包递给母亲。

"阿姨，你挺辛苦的，我给你一个红包。"

"处长，我不要，这是我们的职责。我没有什么能给你。"

"处长"非要给，母亲无法拒绝。他可能把母亲当成养老没保障来深圳拼命的苦命人了。虽然事实确实如此。

"谢谢你的红包。"打大半辈子工，母亲从没遇到这种事。"真是好人。"母亲心里想，怀着感激和歉疚收下了红包。在她心里，欠了"处长"很大一个人情。

过了一段时间，母亲经常看到"处长"的女儿下午会来办公室写作业。

有一天，母亲下班回家后对我说，想把家里的云南薄皮核桃送一瓶给朋友。我很好奇，母亲居然在政府大楼交到了朋友。她告诉了我，"处长"女儿最近在大楼里写作业，想要把早前那份人情还回去——核桃小孩子可能爱吃。

第二天下午，母亲打扫到"处长"屋里的时候，看到"处长"女儿也在，她拿出了核桃。"处长"一开始拒绝，母亲说只是想着孩子可能爱吃。"处长"接过核桃，说，那我就拿着吧，谢谢阿姨的心意。即使这样，母亲仍然觉得还是亏欠了"处长"，无亲无故收了别人100块钱红包——她的道德观念就是这样，不能亏欠别人。

还有一位"处长"，是个广东人，总有很多人去他那里谈事。"处长"有五十多岁，很瘦，面相和善，笑嘻嘻。母亲说，他就是当官的面相。往往，母亲去他那里打扫的时候，垃圾桶几乎没有垃圾，地板也干干净净，有时候早上去打扫，会撞见"处长"自己在擦桌子、书架和沙发。母亲能做的就是把他的垃圾桶洗得更干净。

有一天，母亲斗胆问"处长"，深圳的房子为什么这么贵？跟黄金一样贵。母亲说，自己的儿子谈了广东的女朋友，却买不起房，焦虑得很。

"处长"安慰母亲，不要着急，在深圳连公务员都买不起，别说打工人了，慢慢来吧！母亲心里松了一口气，好像得到了一些安慰。

母亲也有遇到烟瘾和茶瘾都很大的"处长"。有一位看起来快退休的"处长"，一个人一间办公室。他的电脑总是停在系统碧草蓝天的界面。有时候母亲打扫到他那里，两人还唠唠嗑。"处长"有一个大烟斗，桌上和地板上总是有烟叶碎末和烟灰。他也爱喝茶，垃圾桶里总是堆满茶叶，茶锈斑斑。他笑着告诉母亲，自己快退休了，也没有太高的学问，年轻的时候运气好，就进到现在的单位，待了一辈子。他看起来不忙，经常有人找他签字。

母亲对这些"处长"们印象都不错，跟她脑子里刻板的、威严的形象很不一样。

闲聊时我问母亲，在政府大楼的时候，对公务员整体是什么印象？母亲说，她没有遇到过一个正在怀孕的年轻女性，也"没有一个胖子，他们都很友善，没有戾气"。

广东，特别是深圳和广州，被外界认为遍地是隐形富豪之地。最被人玩味的一个段子是说，在深广，如果你遇到一个保洁员腰间系着数量可观的钥匙，那他可能是家财万贯的"包租公"或"包租婆"。他们刻意低调收敛财力，踏实本分地劳作。此类故事组成了外地人对广东的富庶想象之一。

实际上，母亲在政府大楼的同事们大多都要打几份工。遇上这样的"富婆"保洁阿姨，还要等到她在深圳待得足够久的未来。

一位云南来的阿姨，比母亲大两岁，一天要上三个班。早上7点去政府大楼，做办公室清洁；中午休息时间，她要去附近一个家庭做家政；下午6点下班后，她又赶去附近一个单位给十几个人做晚饭。加起来，一个月的工资超过1万块。她一个人来深圳已经十几年了，交了社保，六十岁后可以拿退休金。前几年她当了奶奶，同乡的老人一般会选择回老家带孙子，但她不愿意，而是每个月出2000块给儿子，让儿子找保姆照顾孙子。

她的大部分工资用来接济儿女，一部分存着，和老乡们合租在附近小区，一个月租金1000元左右。云南阿姨有着和母亲差不多的口头禅：老了，挣点钱自己花，帮不了儿女，也不能拖累儿女。在长达三年的时间里，云南阿姨是母亲遇到的唯一一位在深圳自己交社保，老后有希望拿到退休金的保洁员。

作为清洁工主管的老姚，已经五十八岁了。他一个人在深圳打工，老婆在湖北老家带孙子，还有一个八十多岁的老母亲在老家需要接济赡养。他的好脾气常被其他保洁员拿来调侃或取笑，但他依旧乐呵呵的。保洁员们对他的评价是：老姚是一个好人。

母亲认为老姚是一个勤快的主管，有时候甚至有点主次不分了。他从不偷懒，人手不够的时候，很多活儿他都亲自上手干，多赚一点儿。也由于一天到晚都忙于多干活多挣钱，老姚并没有太多精力去管其他人。因此，每天早上打完卡，分配完任务，各自回到清洁岗位后，基本就不会再有人来打扰保洁员们，给他们安排一些其他的活儿。管理处的经理也很少去找保洁员麻烦，开早会的时候总是对他们说，你们辛苦了，只要干好自己的岗位，将来会帮忙争取给保洁员加工资。在这份工作里，母亲感到了信任。

相对于其他保洁员，母亲显得热情，也相对幸运。她和我住在一起，我承包了她生活的大部分开支，她做保洁挣的这笔钱，就能按自己的心意存起来作为养老钱。

我后来才知道，政府大楼这份保洁工作，即便有法定节假日仍不好招工的一大原因，是这里不包吃住。假期多，钱就相对少。很多来做保洁的老人，在乎的一是能赚多少钱，二是要包住。如若儿女不在身边，深圳的租房成本是他们承受不起的。政府大楼里一部分保洁员承包了打扫食堂的活儿，他们可以在正式员工吃完饭后在食堂用餐，一日三餐管饱。

给政府大楼扫外围广场的是保洁员里最年轻的一位。他看起来只有三十多岁，嘴里会一直嘀嘀咕咕，但表达不清晰，只顾低头干活，有一片树叶也会立马扫起来，像是有强迫症。后来母亲才知道，他是被老乡带过来的，可能患有自闭症之类的疾病，在老家找不到工作。

从另一个角度而言，深圳这座城市，容纳的是五湖四海的人，所以柔韧性很高。这些来这里工作的保洁员、清洁工，无法在老家获得经济来源，却被深圳接纳了。

政府大楼的可回收垃圾不会被丢弃，而是由每层楼的保洁员分类整理，送往负三楼的地下仓库累积起来，每个月卖一次。卖垃圾所得的钱，分给大楼里的保洁员。平均下来，每个月，因为卖垃圾，每个保洁员可以多拿150块钱。这令母亲感到公平，觉得政府大楼里的管理有方法。不像在超级商场里，捡纸皮还要被惩罚。

母亲就是在来来回回送垃圾的路上认识了小山叔。小山叔负责的是政府大楼活动室的卫生。活动室是用来让公务员们休息的场所，面积有上千平米。里面有健身房、图书室，还有咖啡机。活动室里人不多，小山叔主要的工作是拖地板，擦桌面、镜框及墙面上的灰尘，活儿不多，每天收集起来的垃圾一只垃圾袋都装不满。有时候，小山叔要协助活动室的管理员给图书上架，给墙上的镜框换照片。

常来锻炼的是几个已经退休，但在政府大楼里仍保留有办公室的"处长"。他们总是一早就来跑步，练太极拳，有时候还加入合唱团。周六的时候，常有中年女性带着孩子和瑜伽垫来，孩子在阅读，女人在练瑜伽。有一位"处长"每周三都把家庭郊游用的脏垫子带到活动室让小山叔洗，洗完了还让拍照反馈，确保洗干净了。后面有几次，小山叔不发照片了，"处长"就没再提出这种过分要求。"洗是小事，感觉没被信任。"小山叔说。

活动室里有两台咖啡机，每天都有一个年轻的小伙子过来清洗机器，一个月可以赚5000多块。小山叔觉得这工作也太好干了。但小山叔不敢用智能咖啡机，因为他听保安说，这台机器是进口的，值很多钱，用坏了赔不起。小伙子很热情，主动邀请小山叔品尝咖啡，他帮小山叔打了一杯拿铁。"尝起来涩涩的。"但此后，小山叔也没主动去打过咖啡。那是小山叔人生中第一次尝到咖啡是怎样的味道。小伙子每次来清理咖啡机，都会清出半桶咖啡渣。深棕色的碎末散发出浓浓的香味，他对小山叔说，咖啡渣是极好的花肥。小山叔把这些咖啡渣装进塑料袋，放进帆布包里。他把咖啡渣带回女儿一家的出租房，埋在阳台的月季花盆里，月季一朵朵绽放。小山叔觉得，月季也有了咖啡的香味。

保洁人手紧缺的时候，小山叔会利用中午和傍晚休闲时间打扫政府大楼的食堂，主要是拖地。打扫食堂没有额外工资，但可以免费吃和公务员一样的三餐，品类丰富。公务员们一个月900多块的餐费，每餐食物不限量，随便打多少都行。小山叔发现，其实公务员们都吃得不多，也不爱吃肉，反而是蔬菜、红薯、玉米、南瓜等素菜最受欢迎。对小山叔来说，打工管饭，这既免去了开伙做饭的麻烦，又省钱。所以他毫不犹豫地接受了加班。六十一岁的小山叔来深圳前一直在建筑工地上盖房子，他盖了一栋又一栋的房子，看着房价从几千一平米涨到几万。直到有一天，他觉得站在钢管架上有些头晕眼花，差点摔下来，意识到自己不能再干了，需要做轻松一些的工作。再说，工地上也不会再要他了。在深圳工作的女儿把小山叔带来深圳。广东的食物让小山叔感到甜蜜蜜的，一切都很甜，连馒头里都放了糖。他希望这样的好日子能持续下去。

几个月后，主管老姚被上级调走了，去华强北一家电子厂负责卫生清洁，他邀请母亲同去。但如同我们在职场上也会遇到的情况，领导换岗了并不意味着员工也得跟着走，母亲还是觉得政府大楼更方便，就留了下来。她说，有好几次，管理处领导去检查，表扬她的卫生做得好，她很开心。即使没有加工资，她还是感到得到了认可。这种认可，对母亲很重要。

面对并不稳定的环境，母亲不止一次跟我说，在政府大楼工作，让她感到被尊重，认识了不少好心人。母亲做得格外认真，她想着能一直做下去。

然而，并不是所有事情都会朝母亲期待的方向发展。即使她总是跟我宣称，她这辈子计划中的事情一定会想办法办成。

2021年春天，我们得到了姑姑病重的消息。

从4月开始，全家人都被姑姑病情恶化的阴影笼罩。那时候，母亲每天从政府大楼下班后，第一件事就是跟姑姑通视频电话，在路上，在天台上，在客厅，在阳台，在她自己的房间里。她们隔着屏幕说了很多话。

一晃到了7月，姑姑已经吃不了东西，眼看着状况一天天糟糕下去。

母亲形容自己焦急的心情：心焦得都撅得断。"撅"在陕南方言中是指把一根木柴抵在膝盖上用双手折断的动作，这个动作伴随着忍耐、疼痛和断裂爆发前的煎熬。这也像是琴弦断掉的过程，在崩断前，经历了无数力量的拉扯。

父母回乡的计划不得不被提上日程。

父母决定7月12日动身。我给他们买了从深圳直达县城的火车票。

出发前一天是周日，我带母亲去华强北逛逛。下午坐在街边休息的时候，母亲提到，老姚告诉过她，他的新工作是在华强北的电子厂做保洁领班。我建议母亲给老姚打个电话，约他见见，我们可以一起吃个饭。电话拨过去，母亲跟老姚交流了一番，挂了电话，她告诉我，老姚今天已经提早下班回家了，等下次他来香蜜湖的时候再见面。母亲有些遗憾。

父母如期出发。送他们去车站的路上，母亲一边说希望姑姑的病能好，一切平安无恙，一边又说要提前给姑姑"准备东西"，要买厚厚的棉花铺在棺材下面，要让姑姑的女儿买一套体面的衣服。她陷入对过往亲人死亡的回忆中，是如此地撕裂和混乱。

二十五个小时后，他们抵达位于秦岭南麓的小县城。他们离家不到一年。

母亲下了火车就直接去了医院。姑姑的癌细胞已转移至全身，癌痛让她身体蜷缩，大喊大叫，眼睛也已经看不见。姑姑抓住母亲的手，摸到了母亲手腕上我外婆留给她的银镯子，认出是母亲来了。她哭着说，春香姐，你咋从深圳回来了？你回来了怎么找得到工作？

母亲跟政府大楼管卫生的新经理请了两周的长假。她深知，这次回去，可能就要丢掉这份工了。在老家的日子，母亲的日常就是医院、家里两头跑。

事实上，母亲这次回乡，不仅是为了送姑姑走最后一段人生路，也是为了看望她的姐姐，我大姨。那段时间，大姨因为脑溢血刚做完手术，在县城中医院复健。母亲每天搭公交车，往返于两个医院之间，总是看完姑姑去看大姨，看完大姨看姑姑，一天天都消磨在医院里。无非是送些吃的，陪在她们身边，响应她们的需求。

微信群里不断弹出的工作群消息让母亲心慌。她甚至还抱着姑姑能够好转，她能立即抽身回深圳工作的想法与祈愿。事实却是，姑姑的病一天天暗沉下去，吃了止痛药便是昏睡。看着此情此景，母亲也跟着亲人们一起时不时流泪。

姑姑住院一个月后，医院不再接收。姑姑的农历生日要到了，她的儿女便把她接回了县城家里——亲人们都知道这意味着什么。

每到傍晚，姑姑便开始说胡话。那些已经离世的亲人的名字从姑姑嘴里冒出来，她迷迷糊糊地感到他们在喊她。

"哪这么多人喊我？""他们喊我去城里玩。"

她回答得很用力。

"哎！哎！""来了，来了……"

不久后，便又陷入沉睡。

五十四岁的生日过后，姑姑加速衰弱下去，也不说话了。8月7日晚，母亲陪着姑姑到后半夜，握着她的手，看着她的生命一点点流逝。

2021年8月8日，姑姑离开了这个世界。这一天，是东京奥运会的闭幕日。遵从她生前的愿望，亲人们围着她，将她抱在怀里，最后从县城运回商山深处的老家。她在那里出生、长大、结婚、生子，从那里走出去打工，经历波折，最后又回到那儿去。

等父母在老家处理完姑姑的丧事，政府大楼的管理卫生清洁的经理告诉母亲，她的岗位招到了人来代替。显而易见，母亲失去了在政府大楼的保洁工作。她和父亲干脆回到村里久未住人的老屋，在那里待了一个多月——母亲有件大事要做。

或许是因为姑姑的离去让父母意识到，死亡的阴影已经如此逼近他们这一代，办完姑姑的丧礼，在母亲的主力推动下，他们决定趁着回到老家的空当，趁着村里七十岁的老木匠还能劳作，把棺材做起来。他们没有问我和弟弟的意见，固执地安排，将来某一天自己人生走到结尾时，必须在老家的祖屋，与出生地相连。他们把这项工程称作"做大家具"。

开工之前，母亲给了自己很多心理暗示。比如告诉我说，外公在五十岁的时候就为自己准备好了"大家具"，但活到了八十八岁。奶奶也是六十多岁就做好了，也活到了七十六岁，所以不必在意。

花发多风雨，人生足别离。母亲从手机上给我发工程进展的视频，每一天都是阴雨绵绵。一个星期后，工程完工。母亲还是感到沮丧和虚无。"人生真是无意义啊，忙活一辈子，最后还要自己准备一个大盒子装起来。"

姑姑是母亲同性好友间最信任的人，每次出门远行，母亲都是把家里的钥匙交给姑姑，让她照看花草。

母亲和姑姑是以"换亲"的形式，决定了自己的婚姻。姑姑用她一辈子的幸福赌上我父亲的幸福，我母亲则是赌我六舅舅的。她们都是为了哥哥。三十二年前的秋天，她们同一天结婚，送亲的队伍相遇在村里的古树下，姑姑和我母亲彼此交换手中的花手帕，也许就是在那一刻，注定了她们此后的惺惺相惜与信任。

她们彼此都称呼对方为"姐"。两年时间，姑姑从确诊到离去，母亲虽有心理准备，但还是感到来得太快了。姑姑最后一次从医院化疗回来，在视频里跟母亲说，她走不了远路，托她照看的县城阳台上的花估计全部渴死了，城郊租种的那片地也已荒芜。

从深圳返乡的那天深夜，母亲坐了一天一夜的火车。从县城大医院看完姑姑回家，开门的时候却发现，花草竟然全活着。那些吊兰像是烟花般炸开，爬满了阳台。

"女的是菜籽命"

10月，陕南最好天气也来了，空气清爽。

我也利用国庆节假期返乡。

姑姑落葬，"大家具"也已完成。父母规整好老家的房屋，把一切收拾妥当，从村里回到了县城的家。

我除了要见见亲人们，也准备再次带父母来深圳。

母亲在深圳的时候，我经常感到她侵占了我本来就很"小"的家。她把捡回来的"垃圾"塞满床底，厨房里总是多出些瓶瓶罐罐，砧板和菜刀经常挪了位置，客厅的进门处总是有脚印，莫名的汗水味……她离开后，我重新规整、打扫了房间，把她房间的被套床单扔进洗衣机，被子拿上天台晒，床底的"垃圾"分类整理，砧板立在了我顺手的洗碗池狭槽处。一切都恢复了我喜欢的样子。

随着她离开的时间越久，房间里她留下的痕迹和气味越来越少，我发现我很想她。我发现她在深圳的时候，其实为我做了很多事。我经常一天打好几个电话给她，问姑姑的病情，问她在做什么，甚至有时候，她觉得我在浪费话费，表现出不耐烦，一句话没说完就挂断。她经常不带手机，不接电话。

在深圳的时候，她也是这样，不带手机出门，有时候去买菜，有时候去天台。当我打电话的时候，发现她的手机在她房间的床上震动，我气急败坏，在她回来的时候严厉地质询她：你为什么不带手机？要是出了事情怎么办？出门为什么不微信说一声？马路上那么多人那么多车，谁知道会出什么事？

她反而理直气壮：带个手机多麻烦，你还担心我被车撞，被人骗？我能出什么事，就过两个红绿灯而已，我这种乡下老太太，眼睛清楚得很！

没过几天，她照样把手机丢在床上就出门。

我在害怕什么呢？

突然的消失。

她在深圳的时候，我每天下班回家，必定是先喊一声"妈妈！"，以确保她在家。

　　她总是在我快下班时，发微信问我，回不回来吃饭？若是回来，她会掐着时间做好饭菜等着我。她总是用期待的眼神看着我，问，饭好不好吃？她肯定是希望得到肯定的回答，如若我否定了，她脸上会掠过一丝失望。一个女儿似乎是没有权利说自己的母亲做饭不好吃，但我通常会直接说出来：辣了，咸了。我发现，下一次她会调整口味，在我吃饭的时候试探性地问我："不咸吧？"母亲离开深圳回县城前，叮叮当当在厨房忙了一天，包了几百个饺子冷冻在冰箱里，留给我做早餐。

　　有一段时间我总是感到心脏不舒服。我被固定在板子上，医生给我一个圆球，说你要到实在坚持不下去了才能捏，否则不要捏。我被推进做CT的机器里，耳朵里一直传来"吸气——呼气——屏住呼吸——吸气——呼气——屏住呼吸"的命令。我听着照做，命令间隙是巨大的噪音，"叮……咛……"，间隔时间有长有短，重复了大概二十次。我头晕目眩，想呕吐，机器是白色的，从廊道另一头透过来的光也是白色的。我躺在那里，想到了死亡。此后母亲变得格外紧张，每天监督我吃药，把中药为我温好，每天见到我第一句话就是：你今天好些了吗？

在面对工作中的压力时，我第一时间都会想到，我母亲在付出比我大几倍的辛苦，仍旧在工作，我不能轻易从职场退出。小时候，她要出门，我经常会黏着她，有时候她带着我，有时候不带。她不带我的时候，我即使是在玩耍，也会在心里盼着她回来。如果她长时间没回来，我便会很焦虑，心猿意马，干脆坐在门槛上等她。

三十年后的焦虑跟童年时一样。

母亲把我的很多东西从老家带到县城的家里保存。我小时候背过的书包，戴过的帽子、耳环，用过的日记本，一沓沓的手写信、明信片，照片，笔记本……她就像是我的生命档案馆，我跟她一起经历的所有事，她都记得。她绣了印有"家和万事兴"的十字绣给我，为我将来的孩子亲手做了四双老虎头的千层底布鞋、四双针织毛线袜、四顶兔子造型的毛线帽。那都是她因为腿病来回跑医院做康复的那年抽空做的。

虽然我在亲人面前说，带母亲离开的理由是，故乡即将到来的冬天对她的老寒腿来说有些难熬，但另一个隐秘的理由是，我跟母亲相处得时间越久，我发现自己越离不开她。

从这个角度说，带母亲离开，有我的自私。

"人死如远游，他归来在活人心上。"

姑姑去世后，常常给母亲托梦。母亲跟我讲述她的梦境。

梦里正是姑姑病得很严重的时候，她穿着水红色上衣，头上绑着带子，头发汗湿了，直直地走到母亲在政府大楼上班的工作间，推开门。深圳在下雨，马路像是用镜子铺的，雨把地面淋得"光（三声）镜镜"的。

母亲在梦中跟姑姑说话："咋了哇？显兰姐（姑姑的名字），你咋爬上来了呢？你咋跑我跟前来了呢？"姑姑没有回答她。

"我心里知道她还生着病呢，怎么现在能走路的？怎么还来深圳了？我很着急，怕她摔倒，就想去扶她。

我正伸出双手准备去接她，就醒了。"

母亲又想起姑姑很多往事。

得知失去政府大楼的保洁工作后，母亲虽然遗憾，但也无可奈何。在那样的景况下，她必须送从青春时期就一直互相陪伴的姑姑最后一程。

那次返乡所有的聊天话题几乎都围绕着姑姑的癌症及死亡展开。

六舅舅掩饰了悲伤，在亲人的聚餐中依旧说说笑笑，但只要触及姑姑生前的具体细节，他总是无法控制强忍的泪水。

在县城化疗治病的日子，姑姑把植物养得很茂盛，家里收拾得十分干净整洁。为了不至于坐吃山空和拖累儿女，在姑姑生命中的最后两年，六舅舅还是断断续续在西安的建筑工地上打工。毕竟，吃药、住院，都是钱。六舅舅已经五十九岁了，他得趁着农民工"清退令"在他身上生效之前，抓住在工地务工的机会，毕竟每天300多元的工钱，是干其他工作挣不到的。每次离家之前，六舅舅都给姑姑准备好一段时间的食物，塞满冰箱。直到下一次回来再待几天，陪姑姑几天，又去工作几天。如此周而复始。好在不少亲人都住附近，儿女也都在县城，姑姑的日子还算不上孤单。每次六舅舅回家，即使身体虚弱，姑姑都会准备好饭菜。最后一次，姑姑包好了饺子等他。

如老家农村里因为各种机缘巧合结合的夫妻一样，他们也是争争吵吵一辈子，但也从来没说要放弃。

要如何去形容姑姑的一生呢？用最直观的说法，是被金钱困住的一生，是用吃苦来抵消生活磨难的一生。五十四年来，她总是为别人活着，为丈夫活着，为儿女活着，连婚姻也是遵从了父母的意见，嫁给了同村的六舅舅。

"挣钱"这两个字把她的人生缠得死死的。这好像是与生俱来的，一种被分配的命运。

姑姑第一次外出打工是被母亲带出来的。

一切都源于几十里外一个叫千家坪的村子发现了大型钒矿。在我上高中的时候，同村的很多人都去那儿打工，回来告诉村里的人，那边在新建厂房，开挖山头，正是需要劳力的时候。

我的父母便是其中一员。母亲在工地上给工人做大锅饭，一个月1000块，后来涨到1100块。父亲在矿区修大型水井，砌石墙，开始一天70块，过一段时间后涨到100块。工钱论天算，做就有，不做就无。从早到晚，一天要干十几个小时。

那时候，父母在村里还种着庄稼，所以经常需要请假。有一年土豆成熟的时节，他们花了一个月的时间回去收土豆。姑姑家亦如是。

我在高三暑假曾经在矿区待过几星期。我和母亲住在临时工棚里，每天给二十多个工人准备饭菜。母亲凌晨四点就得起床，晚上忙到深夜才能睡，起早贪黑。她既得精打细算不能浪费老板的粮食，又得让工人吃饱有力气干活，还要准时。

母亲常做的老三样就是臊子面、蒸馒头和大米饭。工地条件简陋，一口临时搭建的超大铁锅，灶火靠烧柴。每次光和面就得和两大盆。好在母亲热情又灵活，跟工人们相处得很融洽。他们常夸母亲的饭菜做得好吃。也许是因为习惯了做大锅饭，母亲在不干这份职业之后，在家里做饭，经常会放多了盐。

母亲充满干劲，忙得顾不上身边的女儿。我被她呼来喊去，打下手。工人们都很热情，有很多工人都有跟我一样即将读大学的儿女。母亲总是将我介绍给他们。母亲没有念到书，这是她一辈子最后悔的事。我考上大学，或许令母亲感到满足，对刻骨的遗憾有些弥补。更本质的是，对一个母亲来说，女儿比自己书念得高，走得远，本身就值得开心，这样我就不必重复她的命运。

然而，那时的我正在焦急地等待大学录取通知，想象大学生活，无心关怀我的父母正在经历什么，只盼望着早点开学，早点结束在工地又热又脏的日子。我待到弟弟也放了暑假，我们便一起回了老家，父母仍旧留在那里打工。

这家大型钒矿隶属于一家国有企业，公司的官网上介绍，公司成立于2007年，注册资金3.24亿元，目前已形成年产2000吨高纯五氧化二钒生产线一条，年产500吨优质偏钒酸铵（粉状）生产线一条，年产1000立方硫酸氧钒、电解液生产线一条。我的父母、姑姑还有其他一些亲人，便是在2007年之后，投入到这场轰轰烈烈的大型炼钒生产线的基础建设中。

姑姑得到的第一份工作也是在矿区做饭，50块一天，只不过是给老板们做。当时给老板做饭的厨子因为家中有事，请假一个月，紧急需要招工。母亲把这个消息告诉了姑姑，姑姑同意来顶替一个月。小老板有十几个，对饭菜的质量和速度要求比较高，姑姑做事慢，性格内敛，大批量、快节奏的工作要求让她无法适应。蒸出来的馒头往往没发酵好，用母亲的话说，结实得像石头。二十多天后，原来的厨子回来了，姑姑挣了1000多块，此后，再也没做过大锅饭的工作。

当时的矿业公司正蓬勃发展，资金丰厚。不仅要开挖矿山，建设钒矿提炼厂，还要盖房子给工人住，盖办公楼。丢了工作的人，很快就可以在这里找到活儿干。搭钢管架、和砂浆、刷墙、刷漆、箍水井、收拾垃圾……这些工作在建筑工地上被称为小工。女工一天80块。姑姑在矿上做了一段时间的小工后，听说西安的工价更高（超过100元），在一个熟人包工头的带领下，和六舅舅一起去西安的建筑工地了。

我的父母仍留在矿区，直到基本建设完成，再也用不到这些出力气的工人。

后来，矿区招来了大学生。靠近矿区的农民们也发了财，拿了拆迁、山林补偿，还顺带解决了工作。我上高中的时候，每次坐去往县城的班车，都要经过矿区。那里的房子、马路、巨大的水井，都令我感到熟悉，有时候还会碰上在那里工作的乡民，跟我打招呼。那仿佛是充满朝气的几年，一座矿山，解决了四里八乡很多乡民的生计问题。

姑姑和六舅舅去西安时，也正是中国房地产蓬勃向上的年头。他们加入建设城市高楼大厦的农民工队伍。他们跟着熟人包工头从西安市区到灞河、到宝鸡、到蓝田……他们是典型的工地夫妻，就像《百年孤独》里的吉普赛人一样，哪里有活儿干就去哪里。每到一处租最便宜的房子，吃最简单的饭，把汗水洒在城市，把年轻力壮的身体消耗在钢筋水泥的建筑里。

母亲离开矿区后，曾跟姑姑一起在灞河的建筑工地待过一年。姑姑虽然沉默，做大锅饭不在行，但她很瘦，身段灵活。她擅长具体的事情，与六舅舅在施工现场配合默契，递钢管，刷漆，装防护栏……姑姑像男人一样干活，爬得很高，有时候需要上到几十层楼。母亲害怕，姑姑却很轻松的样子。

那一年，姑姑和母亲所在的工程队，在一个叫杏园村的地方盖了32栋楼。母亲至今仍记得那时的房价，高楼层4370元一平米，别墅区7400元一平米。母亲认识当地的一家人，一户四口，拆迁补偿了四套房子，还有几百万。甚至有传言，某个村里的村支书选举，候选人要家家户户上门发红包，不花几十万压根儿选不上。

那时的母亲见过成群的人拿着现金去看房、买房。十年后，回想当时的情景，母亲还是觉得不可思议。母亲和姑姑一起盖那些房子的时候，丝毫不觉得这些房子跟自己未来有什么关系，母亲唯一的想法就是把我和弟弟供出大学。现在，那里的房子早就超过了单价1万块。当时，姑姑和母亲的工资是一天120块，年终的时候，老板耍赖，只肯给母亲算100块一天的工价，没有合同，门口人（方言，意思是"同一个地方的乡民"），又不能撕破脸，母亲心里很不爽快。她和姑姑从正月初七一直干到冬月，挣了2万多块。

那年冬天，姑姑和我们一起回到村里过春节。所有亲人聚在她家拜族谱，姑姑忙前忙后，十分开心。

第二年正月，亲人们又去西安跟着那个老板干。但我父母放弃了，他们在县城郊区的国营农场找到了修剪和绿化的活儿。

在建筑工地打工的年头，姑姑和六舅舅总是正月走，腊月回，坚持了六年。

2015年冬天，姑姑在递钢管的时候不小心扭伤了手腕，中断了她的工地打工生涯。那个春节，用我母亲的话说，六舅舅焦虑得两眉蹙一眉，担心我姑姑找不到新工作，家里断掉一份收入。那时候他们已经在县城买了房，这当然是他们辛勤劳作的结果，花去的一分一毫都是血汗钱。

正月里，正当六舅舅愁得很的时候，小区门口的修理厂缺一个洗车的，托人找可以立即上班的工人，管吃不管住。姑姑的手腕还没完全好，六舅舅便先代替她上了一段时间的班。不久之后，姑姑就接了班，六舅舅继续去西安建筑工地上打工。

直到确诊胰腺癌之前，姑姑都一直在这家修理厂洗车。最开始的时候工资是1500块一个月，第二年1550，第三年1600。到病情沉重到已经吃不了饭时，姑姑的洗车工作即将满四年，工资马上就要涨到1650元。她还惦记着检查完，回来继续做。

做这份洗车工作的几年里，姑姑双脚经年累月地穿着胶鞋，泡在水里，双手戴着手套，没有干燥的时候。然而，在县城，这是一份女性很难找到的"好活儿"，没有一点关系还无法获得。因此，即使在感觉到腹部非常不舒服，甚至肿起来的时候，姑姑都不愿意放弃这份工作。直到她吃不下饭，在亲人的催促下，才去西安检查，拿到确诊结果。姑姑辞了工，她私下跟母亲说，洗车的活儿不是很累人，还管吃管喝，淡季有时一天只用洗两三辆车，相比工地，算轻松的。

洗车的时候，需要用水管浇水喷洗，一些犄角旮旯里的灰尘杂物都会被清理出来。硬币是常见的一种。在老家的方言中，硬币被称作"分分洋"。姑姑在洗车的三年多时间里，积攒了几大塑料罐的分分洋，她还送了母亲一些，说可以在婚礼的时候伴着糖果送给孩子们。母亲帮六舅舅整理姑姑遗物的时候，看着那几百个一颗颗捡回来的硬币怅然若失。她与姑姑之间的关系，除却亲情，还有女人之间的理解与疼惜，毕竟她们的命运自青春期就早早地交织在一起，彼此托付，彼此帮衬。

也正是因着这种节俭、勤劳，姑姑一家经营的日子在一众亲人中间是令人羡慕的：女儿早早嫁人了，对方条件也不错；儿子有稳定的修车手艺；姑姑和六舅舅一年还能挣几万块。等儿子再把媳妇娶回家，她的人生任务就算完成了。可就在一家人都松了一口气的时候，厄运却来了。

姑姑什么都跟母亲说。

在母亲的记忆里，姑姑2018年就跟她透露过吃不下饭的问题。

那一年，母亲因为腿疾在家休养。7月，有一次见到母亲，姑姑说："春香姐，我一点都吃不了饭，你能跟我一起去医院看看吗？"

她们约好见面，一起搭公交车去县城大医院，找一个她们都认识的王医生。王医生告诉她们，要去挂号，要办就医卡，她们很害怕这一系列的流程，最后放弃了，转而去找在汽车站门口开饭店的孙姓表叔。他在县城开了十几年饭店，认识的医生多。

表叔跟她们说，去找一位姓曹的老中医看看，他门口挂个牌子，说是治了不少疑难杂症。

母亲和姑姑又马上奔赴中医馆。

曹医生边号脉边对姑姑说:"我先给你当胃病治治,最好去检查一下子。我给你开三副中药,要是喝得见效呢,你再来找我给你开,要是喝得不见效呢,你就赶快再去大医院检查。"

姑姑拿着中药回家了,继续干着修理厂的洗车工作。

几天后,母亲打电话给姑姑,问她喝完药的感受。姑姑说:"我强些了,喝完了我还上去捡两副喝喝。"母亲心里松了一口气。但姑姑其实还是吃不了多少饭,她也抗拒去医院。直到2019年端午节前夕,众多亲戚聚在一起吃饭,姑姑的身体从体征上看就知道不对劲,又黑又瘦。父亲罕见地发了脾气,让六舅舅赶快带姑姑去西安:"必须!一定去西安!"在一众亲戚的劝说下,姑姑决定听从亲人们的意见,去西安的医院检查。随后,她经历的便是漫长的化疗、放疗,医院到家,家到医院,两点一线。

那一年,母亲在县城郊区的别墅里给一位七十多岁的老人做保姆。老人患有肺癌,正在康复期,母亲像照顾一个孩子般照顾她。她们还一起种花生、种玉米、种秧瓜，一起逛超市，母亲为老人搓背、洗澡，饭端到手上，给她冲药、倒药。老人说吃什么，母亲就为她做什么。别墅有三层，很豪华。有鱼池，养荷花，有水晶石、转梯、古色古香的实木家具、昂贵的按摩椅。母亲包揽所有的卫生。有时候老人的儿女回来，母亲还要做一大桌饭菜。

老人是个热情又周到的人。姑姑每次化疗完，身体恢复一些，便会来老人这里找母亲。三个人一起聊天、散步，一起去山坡上捡板栗、挖野菜。那是姑姑生病之后相对自由的一年，癌症让她不得不休息，她终于不用再费心于挣钱，可以花很多时间跟自己的密友、亲人在一起。

姑姑如同商山老家的很多亲人一样，总是先想到他人，忘了自己，总是认为熬熬就能过去，包括疾病。得了癌症，姑姑第一时间想到的并不是自己的痛苦，而是担心会拖累家庭，每一次治疗都是在亲人的再三催促下才去。深陷癌痛，身体无法自主，但大脑依然是清醒的，她仍操心那件我买给她的红色羽绒服会被亲人放进棺材或者烧了，不止一次说，要留给自己的女儿。给她寄回去的抗癌药，她留着，想着有一天能好起来。她还没有看到自己的儿子结婚。去世之前，在病床上，姑姑喊得最多的话就是，老天爷不长眼睛。

她肯定曾经感到无比害怕。病情稍微好转的那段时间，六舅舅出门务工，姑姑一个人睡一间屋子，她总是在枕头底下藏一把剪刀。在老家的习俗里，枕头底下放剪刀是为了在梦里与"恶鬼"搏斗。

现在回想起姑姑，会伴随着很多"如果"：如果她没有在建筑工地上接触大量油漆之类的化学涂料；如果她没有长时间在经常吸收汽车尾气的修理厂洗车；如果她第一次发现肚子胀吃不了东西的时候就去西安检查；如果身边的亲人能多关心她一点……她打工十年挣的钱，最后大部分都给了医院。但没有人能指责什么。

秦岭南麓的商山地区，除了部分小县城，大部分山区属于典型的险山恶水之地。那里的人们不仅面临着地理上的闭塞，也面临着信息与精神上的闭塞。父辈的挣钱方式沿用着非常古老的路径——熟人介绍。以至于，我的部分亲人及一些乡民总是去矿山，去建筑工地，去修高速路、修隧道……去干那些又苦又累又伤身体的工作。这些挣来的血汗钱，他们自己舍不得花，大多用在自己儿女身上，或者一分一毫攒起来，在城里买房，给儿子娶媳妇。生病，一般都是去认识的那几个乡村医生那里抓点药；再严重点，就勉强去大医院做检查；到完全吃不了东西了或者疼痛难忍了，才会真的动身"上"西安。常常，从西安回来，都不会有什么好结果，这几乎成了一种常态，一种群体性悲剧。我总是听母亲说，她认识的乡里乡亲"突然"就得了重病，然后病逝的消息。

他们经历了跟我姑姑相似的一生，如杂草一般，顽强地生存，一场大风刮过，有的还能爬起来，有的便湮灭了。他们活得很用力，面对这些普遍性的悲剧，人们似乎也总结不出什么，也不知道该怪谁。说到最后，似乎只能归结于，他们的命不好，姑姑的命不好。这是陕南腹地乡下人的悲歌。

姑姑的坟在老家的青山之间，临着公路，亲人们回老家，都会下车去看看，在路边站一会儿说说话。老家村中的人越来越少，只留下几位高龄老人。故乡已经是一片事实上的孤寂之地。

姑姑去世后不久，跟她一起洗车的同伴彩菊也确诊了胰腺癌。她和姑姑同龄，比姑姑洗车的时间更长，姑姑去的时候，她的月工资已经涨到了2000块。2020年，她经常觉得脖颈痛，又是做理疗又是拔火罐，但还是越来越痛。去西安检查，癌细胞已经扩散，晚期了。

彩菊是一个更苦的女人。三十多岁时，丈夫就在煤矿上因事故丧命。她靠着赔偿金养大两个儿子，又靠着拼命洗车供两个儿子念完大学。大儿子做了老师，小儿子毕业后在西安找到了工作，她却病倒了。因为姑姑的缘故，母亲也认识彩菊，她腿痛在家休养那年，经常去修理厂串门唠嗑，冬天的时候还去烤烤火。生病之后，面对残酷现实，彩菊说着一样的话：我得活着啊，我还有两个儿子尚未成家。

母亲常跟我说，女的是菜籽命，撒到肥地里就长成卷心菜，撒到贫地里就长成黄菜苗。在母亲看来，彩菊这样的命运，就跟一粒菜籽撒在了贫瘠的石缝里一样——落到贫处苦一生。

修理厂的洗车工马上又有新人顶上。一切似乎都没什么变化。

　　我回乡经过姑姑第一次出门打工时的矿区，曾经热闹无比的山谷变得十分寂静。被挖出了巨大豁口的高山，张开了嘴巴，像怪兽，令人心惊。那些房屋，那些巨大的机器，那些曾经忙碌的生产线留在那里，锈迹斑斑，杂草丛生。没有了人。

"我们家我最有算计！"

"我们家我最有算计！"这是母亲最引以为豪的一句话。

她抱怨我父亲最多的话是："老头子一点算计都没有！"

哪怕她老了，她对自己在家庭中的地位仍然深信不疑。"我把家顾得圆圆的。""娘就是箍桶篾，一家人不会散。"

在深圳，每当看到我堆在门口的快递，穿不完的衣服，毫无章法的厨房，以及为什么养两只大肥猫而不养娃，她脱口而出的话都是："你这个女子一点都没算计！"

在母亲的语言里，算计是有计划、聪明、会安排的意思，意味着她利用好了每一天，把整个家庭的资源与人力都放在了合适的位置上。她在超级商场和政府大楼也是这样规划自己工作流程的细节。

我的母亲有两个信仰，一是挣钱，二是相信可以通过供孩子读书，送孩子们走出大山。而供孩子读书也需要钱。总之，挣钱就是母亲的信仰。她灵活变通，想尽办法，能省则省，能挣则挣，一分一毫地攒钱。

挣钱要专注。母亲说："一双手只能按一个鳖，哪能按两个鳖，人只能专注一样事。"

每当我显得好高骛远，或者想鱼与熊掌兼得的时候，她就这么提醒。

在地图上搜索，从商南县城往城郊的山区腹地，便能找到我的老家。首先映入眼帘的是一整片墨绿色，那是巨大的秦岭，滑动鼠标齿轮，放大，那些像山体血管一样的线条，有些是河流，有些是公路，密密麻麻，人也依着河流和公路居住。

俗话说"八分山一分水一分田"，从地名就可以看出，这里不是什么经济发达之地。"沟""村""湾""岭""坡""棚""岩""崖""垴""盘""场""滩""塘"

"墩"……这些都是地名里最常见的字。父母辈的婚姻关系也是围绕着这些地名展开，很少有人嫁到县城或外地，几个嫁到外地的妇女，还是因为被拐骗。在我的成长记忆里，读书、走亲戚、搭班车去县城，都要经过这些沟沟村村：东沟、文化坪、汪家岭、水井湾、梭子棚、千家岩、勒马崖、炭沟脑、吴家屋场、落马滩、芦毛塘、柳树墩……在我老家所处的位置，一条名叫"冷水河"的河流穿村而过，注入丹江。

2021年10月，我回到县城后，父母花了一天时间陪我回大山深处的老家。这里盛放着母亲年轻力壮时留下的物证，每一处都印证着，母亲在与生活搏力时是多么有"算计"。

结婚要住在新房里，这是母亲当初答应嫁给父亲的条件之一。即使在漫长的婚姻生活里，母亲无数次责备父亲的"冷漠"，埋怨父亲不回应她喷薄的表达欲和浓烈的情感，但她仍为这座白墙灰瓦、足足两百平、屋檐笔直、屋梁有手工雕花，一度是村里最漂亮扎实的房屋而透出隐隐的得意。

被遗弃的房屋如同消失在时间洪流中的过去。看着仍旧完好的房子，五十三岁的母亲回顾她的过往，第一时间想到的却是："如果是在深圳有这么大的场子该多好，哪怕只有四分之一，我的孩子也不用如此辛苦。年轻的时候，还想着老了把操场扩大，再在核桃树下盖一个洗澡间。你跟你弟估计要把老家丢了。"

这座新房标志着父母年轻时新生活的开始。

母亲做的第一件有"算计"的事是建议父亲在农闲时间利用自己的手艺，赚取务农之外的收入。父亲的手艺是制作蒸馒头用的木制蒸笼。整个冬天父亲都在家里乒乒乓乓伐木板，测量，装订，用竹子编笼顶。腊月末，父亲会把这些蒸笼打包挑在扁担上，一头两只或三只，到几十里外的城镇去卖。在镇上卖蒸笼的钱，父亲置换成年货挑回来。至今仍留在屋檐下的那只水泥做的圆柱体火炉是某一年最值钱的年货。

1997年，他们把"算计"着攒下的钱用来装修房屋。对于全中国人来说，那一年的香港回归是一件大事。对于我的父母而言，把土房子刷成白房子则是最要紧的事。母亲嫁过来八年了，她实在受不了房子的粗糙和简陋。"刮风的时候呼天呼地，泥土渣子从屋头上落下来，到处都是。你出生的时候窗户没玻璃，钉着塑料纸，外面呼呼响。"母亲擅长忆苦思甜，在深圳脚都伸不直的床上，被杂物围住的小房间，母亲不觉得苦，相比年轻时住过的"呼天呼地"的房子，深圳的房子至少不漏风沙，何况还能每天挣到钱。

他们装修好正屋，盖好厨房，还把厨房过道左侧的厕所屋顶改成了水泥平顶，用来晾晒粮食。1997年结束，母亲拥有了村里最敞亮的一栋房子。

二十四年后，连同母亲牵头做的"大家具"，堂屋里还有一台橘色的打麦机，一台灰色磨面机，一台压面机，一架手工木制风车，一个手工大木柜，一架大木梯搭在二楼楼板上。

这个艳阳高照的秋日，我同母亲一起沉入对过去的回忆。每一个物件都提醒母亲和我，我们曾如此扎实地在这片土地上共同度过了十几个春夏秋冬。在田园消逝之前，我曾感受过短暂得像羽毛一样，有光泽又能飞舞的日子，它们成为我的记忆风景，时不时在我的头脑中闪现。

在故乡，春天的开始意味着劳作开始。最先种在地里的是马铃薯，接着是玉米，接着是各类蔬菜：上海青、大白菜、娃娃菜。母亲管种菜叫"兴"菜。"兴"这个字第一次在我的脑子里变成了有场景的动词。如果允许的话，她在深圳，最"宏伟"的计划便是在公园的空地上"兴"萝卜、"兴"白菜、"兴"黄瓜……把公园变成菜地，而不是做保洁。

故乡的春天里，核桃树、柳树、桃树、樱桃树、李子树、连翘树、苹果树、泡桐树、香椿树，统统开始发芽的发芽，开花的开花。在深圳，母亲形容一棵树花开得好看，常常脱口而出的赞叹是："开得花嘭嘭的啊！""嘭"是爆米花炸裂时的声音，是夏天拧开可口可乐瓶盖时的声音，是拆面粉时塑料袋爆破的声音，是放学后发现父母在家时开心的心跳声。开得"花嘭嘭"的那些花，在母亲眼里，仿佛是在搞舞会，那么喧闹，那么轻盈。

深圳是一个四季有花的城市，"中国第一个国际花园城市"并非浪得虚名。母亲很好奇，家附近马路边花坛里的花为什么总是纷繁多样还永不凋谢？

直到一个周末的深夜，她在和我一起散步途中，碰到了正带着二十个工人种花的湖南大叔郑江河。江河大叔五十八岁，来自常德。正在种花的工程队成员也大多来自常德，年龄最大的工人已经七十五岁。江河大叔是工程队队长，他们在深圳一个园艺公司下面工作，负责整个福田区马路花坛里花的更替，一个月工资算上加班在6000元左右。

　　深夜马路上车少、人少，适宜工人们在路边安全开展工作。我和母亲遇到他们的时候，是晚上十点半，栽花工程才刚刚开始。身着橘色马甲的工人们，手里拿着小锄头，把旧花铲起，将一棵棵"千日红"花苗栽进泥土。被铲掉的还开着紫色小碎花的"蓝花鼠尾草"变成垃圾堆在路边，有市民挑选一些品相好的捡走，带回家栽种。

　　"千日红"装在黑色筐子里，从广州郊区花圃用卡车运过来，有一万棵。一筐筐"千日红"从车厢里搬下来，一盆盆卸在花坛边，等着工人栽种。车厢腾空后，司机要将卸完的空筐子摞起来，装回车厢，带回广州。他们要加班至凌晨才能将一万棵"千日红"栽完。

江河大叔告诉母亲："这些花一个多月后又会重新换一次，不等它谢就会有人打电话。"江河大叔的日常就是带着工人们在城市四处流动，在深夜种花，哪里有活儿去哪里。他做这份工作十多年了。一个月后，母亲又遇到江河大叔，这次从广州运来的是一万多棵绣球，花坛又一次穿上新衣——十多年里，他一直在为这座超级城市创造一种"整整齐齐"的美。

在老家乡村，花就是兀自长在山上、路边、田边、河边……花开花谢，顺应四季。即使是在县城，母亲也没有找到走出几百米就可以看花的地方。"深圳真有钱，这些花都是钱买来的。没想到种花也能挣钱。"母亲对买来的"花园"一样感到喜悦。在深圳，母亲最快乐的一个际遇便是，怎么到冬天了，街道两边还是"花嘭嘭"的！那些盛开似樱花的异木棉像是不知道季节。

而母亲在大山深处经历的冬天总是伴随着大雪。我小时候上学，要穿过一段竹林，才能去到学校。每到下大雪时，早晨，母亲推开门，发现门被大雪封住。往往这时，竹林里的竹子已被雪压弯，东倒西歪趴在小路上，挡住前去的路。母亲会拿起一把镰刀，或者找一根长竹竿，将一棵棵落满雪的竹子扶起来。此时，地上已是齐膝深的雪了，踩起来软软的。我常想象是踩在白砂糖上，很放肆，有时会抓一把雪，冰凉的雪碰到舌尖即融。天晴的时候，空气是清冽且干燥的，阳光荒凉得让人惶然，晒到五六点才落山。白日将尽未尽之时，枯黄色太阳照着房前屋后，像是永远也不会落下去。太阳落下去后，黎明又仿佛忘记到来。黑暗的夜空，黑暗的山，黑暗的村子，无尽的黑暗，令人束手无策的黑暗，黑暗像蛇一样在膨胀了的时间中爬行。

在黑暗中，我总喜欢跟母亲挤在一张床上。我的脚很冷，她把我冰凉的脚拉过去，放在她柔软的肚子上。她的肚皮热乎乎的，她用双手捂住我的脚并发出惊叹："你的脚冻得像棱冰一样！"在深圳12月短暂的寒冷里，母亲依然会保持这个习惯。我们坐在沙发上，她把我的脚搬起来，放在她的腿上。我们挨在一起聊天，似乎曾经疏远她的女儿又回来了。

深圳没有雪。母亲按照二十四节气"算计"日子。冬至那天被称作"进九"，2020年冬至，她准备了白萝卜瘦肉馅饺子，给我念了一个烂熟于她心中几十年的谚语：

> 一九二九不出手
>
> 三九四九冰上走
>
> 五九六九，河边看柳
>
> 七九河开，八九雁来
>
> 九九归一，耕牛遍地走

在故乡"不出手"的"进九"天，深圳的气温是16.2摄氏度。她终于不用穿那条穿上就让她几乎无法迈步的棉裤了，她那条有些僵硬的腿，也不再用毛巾层层包裹。

冬至时节，母亲还会制作酵母，用来蒸老面馒头，馒头带着点酸，又甜甜的，十分有嚼劲。酵母是母亲第一次在深圳蒸馒头时，用发酵过后的面团混合着玉米粉制成的。粉团揉成一个个小饼，放在天台上晒干，便是酵母头。此后每次蒸馒头就掐一点酵母头，那是母亲的秘方。

在这个没有明显四季的超级城市，母亲总感到在不休不止地过夏天。她有些微胖，夏天让她难熬。在超级商场时，空调温度开得太低，她受不了骤然变化的温差，冷热交替，让她像一包速冻饺子突然跌进了火炉里，又像烧红的铁块坠入冰窖里。政府大楼里的温度适宜，但她无法长时间在办公室停留。母亲可停留的工具房里只有风扇，她几乎要和那台摇头风扇长成连体婴儿了。一旦走在马路上，灼热的空气和阳光让她无处可藏，有时候还会遇到突然而至的暴雨，短暂得像是一个用尽巧思的玩笑，丢下便立即炸场。节奏快得令母亲还来不及撑开伞，便淋了雨。

在深圳，夏天从把落地风扇从床底拖出来清洗扇叶的那一天开始，洁白的扇叶吹出第一缕凉风，让拥挤的家变得凉爽。休息日，母亲会一早起床，在厨房叮叮当当，反复搓洗面团，制作凉皮。用黄瓜丝、胡萝卜丝、辣椒油、醋和酱油做调料。一个夏天，我省掉很多点凉皮外卖的钱。

没有空调和风扇，但母亲记忆里山中的夏天却是凉爽的。

山里的夏季，有着太阳照在成熟植物上让人晕眩的气味。是麦子收获的季节，母亲带着我在田里收麦，双手拂过麦穗，穿身而过，麦芒划伤皮肤。麦捆在收割后的土地上堆成垛，一群群麻雀"叽叽喳喳"捡拾遗漏的麦粒。麻色的野鸡也来凑热闹。麦田坡边有一棵杏树，母亲就像信使一样，告诉我们，杏子快熟了，颜色已经变黄了……某一个周末，她就会在一次农忙归来，给我们带回黄澄澄的杏子。母亲用黄色麦秆给我做口哨，编织手环和戒指，用大树叶和藤条给我制作遮阳的凉帽。我脚下是金色的田野，远山上有一阵阵蝉鸣。

夏天，也是河水疯涨的季节，家门口的小河总是哗啦啦唱起歌。母亲在河边的石板上浣洗衣服，塑料刷子刷过衣服的声音清脆悦耳。洗衣服时的母亲表情生动，动作麻利，像是与水在嬉戏。我的工作便是接过母亲洗好的衣服，晾在河边的灌木丛上。哪怕后来搬进县城，夏天母亲也总约着姑姑去找本地人才知晓的溪水潭洗衣裳。而在深圳，没有河流供母亲洗衣服，看着公园里雨后涨满水的池塘，母亲很快乐，她大胆想象："要是能在这里洗衣服多好！"

秋天。母亲便是在一年前的秋天第一次来深圳的。

她还会再一次来。

我们正站在故乡的秋天里。屋旁一百多岁的核桃树叶子已经落了，屋后的白杨也只留下笔直的白色树干，叶子落在了屋顶上，父亲花了好几天清理。母亲好奇那架常在童年时摘给我吃的"野葡萄"还在不在？坟园里的"八月炸"（一种野果）熟没熟？正屋白墙上还留有母亲"晒柿饼"留下的钉子。秋天里，一串串柿饼挂在白墙上，有特别的美感。再冷一些，柿饼上会长满霜，像是落满了雪花一样。白花花的柿饼，在阳光下，母亲看得很喜悦，很满足。厨房边的平顶上常常都晒有黄豆、油菜籽、花生……红薯丰收的时候，母亲会把红薯蒸熟，去皮，切成条状，晒成红薯干。有无数次，我感到孤独的时候，就爬着木梯上平顶，躺下来，把双手当枕头，看云。天上的云不断变幻，飘散，年少的我应该在脑海里幻想了不少故事。

深圳的秋天，没有果实。连行道树上结的芒果都是不能吃的。但母亲会在超市里买很多黄豆和绿豆种子。她在我那不到一平米的简易厨房里，把黄豆绿豆装进用矿泉水瓶制作的底部用针头扎了孔的器具里，把底部用豆子填满，盖上透气的湿毛巾。新鲜的豆子在毛巾下泡发，长出嫩芽。有很多次，她出门前忘记给豆子们浇水，便嘱咐晚出门的我，一定记得。在母亲的呵护下，豆芽茁壮成长。整个秋天，我家的餐桌上都是最新鲜的豆芽，充满香气。

回乡那天的午餐是在有着大理石桌面的方桌上吃的。冰凉的被切割成方方正正的石板背后有一个关于"财富梦"的故事。

年轻时的母亲把所有的希望寄托在我和小我三岁的弟弟身上。村支书曾问母亲："春香，你大字不识几个，你家娃儿咋那么会上学呢？"母亲说："我就是不识字才让娃儿上学呢！"父母将我们一路从小学供到大学，从乡村走向县城，再到省城，最后在深圳谋得工作。这一切，都有一种我们替他们实现了理想的错觉。

母亲紧紧抓住每一次可以挣钱的机会。那是在2000年前后，村里的人像是集体发了一场癔症，人人都做着一个跟暴富有关的梦。母亲在那时开启了人生中的第一次"打工"。

事情缘于村里很有威望的医生在自家田地里发现了

一块特别的石头。那块石头有着晶莹剔透的质地，摸起来光滑冰凉。懂行的人告诉他，是大理石，并且可能有一整片矿源。这个消息一传十、十传百，引来了一个河南的老板，他带来探测仪，用科学方法证明了整座山都埋藏着大理石矿。

传言说，负责开采矿产的老板背了一麻袋人民币去县政府财务局。不久后，一批批河南人住进村子。那时，经济浪潮的海风远没有吹到内陆的陕西山区，青壮劳力基本都在家务农。"世外桃源"般的农耕生活就这样忽然被打破。每个人都觉得，携带着财富而来的老板也会为自己带来财富。村中的男女老少都加入到修路、筑房、开采的工程建设中。我的父亲母亲也在工地上，父亲一天挣20块，母亲一天挣15块。

"那像是一段回到大集体的日子。"

财富梦破碎得比想象中要快很多。矿产开采了一年多时间，矿质变差，大理石滞销，机器的轰隆声停了，河南人消失了。留下的机器被当废铁卖掉，切割好的大理石被村民抬回家。现在回到故乡，依然可以看到"财富梦"遗留下的痕迹：坍塌一半的土墙，遗留在山坡边的钢管、储水桶和彩钢瓦，还有那堆积在已经荒弃的田地里的劣质大理石。最重要的印记是，一到下雨天，故乡的河道里，常常是泥水混合着碎石一起向前。矿产开采带来的"泥石流"危害经过了十几年的自然修复，仍然顽留。

这场春秋大梦，留下的是一个被抛弃的村庄。这一系列由一块矿石引发的变故，总让我想起马尔克斯在《百年孤独》里描述的故乡"马孔多"。香蕉公司进驻"马孔多"，一切都开始改变了，但最终，一切又回到原点。如同"马孔多"，我故乡的人们的生活被这些确切发生的事实深深改变，只是如今，人们只能在对往昔的缅怀中漂泊。日子照常要过。暴富梦破碎，村里人也开始各谋出路，外出打工的人开始逐年增多。他们去伐木、去金矿、去煤矿、去钒矿……

母亲第一次短暂而又付出沉重体力的"打工"经历，像是一个漫长的隐喻。在此后二十多年外出务工生涯里，他们的挣钱之路总是被各种不可抗力中断。他们无法做长期规划，总是临时决定，被动选择，没有告别就突然出发，突然归家。来深圳务工，是他们第一次抱着把"家"丢在身后的出发。

一开始，父亲跟着同村的乡民外出务工，母亲留在家里。这也是"算计"的一部分。

我能明显感觉到，困在农村里，被沉重农活包围的母亲，过得并不快乐。她参与了女儿的成长，又没完全参与。

她被沉重的农活缠得喘不过气，农忙季节，她一个人要处理田里大片的小麦、土豆、玉米，收上千斤农作物回家。而当时的我，只觉得母亲强悍又无理。记得有一次，我在卧室的窗户前，解一道怎么也解不出来的数学题，但身边没有任何人能帮我，我不断地擦眼泪。她看到后，第一句话是说："你怎么这么没出息！题做不出来有啥好哭的。"

我念到初中后，她便断断续续外出务工。把家里的牲畜和农田托付给亲戚。她像个男人一样，干活动静很大，用很大的搪瓷碗吃饭，穿得不修边幅，有时候还很粗鲁。但她似乎全然不在乎。每个星期天离家去学校的时候，她总是问，生活费够不够？不够的话再给一点。每当我表现出对学业不用心的状态，她总是能敏感察觉，要我多努力。

青春期的我怀着羞耻和愧疚面对强悍的母亲。当我身处那些家庭条件比我好的同学之间，当我看到别的同学穿名牌运动鞋、漂亮的新衣服时，我拒绝母亲给我的校服打补丁。尤其是他们的母亲是那么优雅和体面，而我的母亲与她们截然相反，但我又拿着她辛苦挣来的钱在念书。

初三，我转学到更远处的镇上，我的同龄人总是上学上着上着就消失不见。那些能结伴跟我去学校的人越来越少。我在路上遇到在河边玩水的女同学，她很冷静地告诉我，下周她就不来了。她们有的被提前招生去了职业学校，有的跟着家长去打工，有的谈起了恋爱、离校出走。

因为交通不便，没有公共汽车，我常被托付给来村里做生意的顺路货车司机。顺路去镇上的乡民大部分是男性，我要忍受他们在车上和其他村的男性一起说黄段子。在天色暗下来之前，我在内心祈祷，车快点开，快点开。每次抵达校门口，我几乎都是跳着下车，仿佛凌迟前突获缓刑的得救感。还有一次，母亲徒步五十公里把我送到了学校，在我的宿舍借住了一晚，第二天又走回去。

那时候的我无法理解，为什么人要吃这种苦，为什么从村里到镇上，怎么也走不出被群山包围的恐惧。但这一切似乎也给了我力量，让我更有意识地去读书，让我更坚信知识是有用的。很多年后，我向母亲讲起我每次搭车去学校时的无助与害怕，母亲只简单说了句："那时候，实在是没办法。供你们读书需要钱。"我在无数时刻，都有一种"幸存者"之感。但凡我在青春成长期的任何一天做了"放弃"的决定，我的人生也一定是随波逐流的。我那些从课堂上消失的同学，他们一定也曾感到害怕。

我上大学之后，意味着需要更多的钱，需要父母更辛苦地工作。其中有一年，母亲跟着父亲上了韩城煤矿，成为煤矿上的一名厨师，顺便开了个小商铺。

那一年发生的事，在母亲的记忆里如烧过的一场大火。

母亲通过老板在厨房门口石墩上留下的烟头数，来判断煤价是涨还是跌。跌的时候，总是有厚厚一层烟灰。煤矿上最大的老板，工人们叫他"大老金"。大老金很高很瘦很豪爽，在下峪口有一片四合院一样的四栋三层楼房，他极少出现在矿区。大老金嫁女儿，矿上所有工人也被邀请，流水席设在他家门口的街道上，马路上铺了红地毯，挂起红灯笼，来者不拒，来客不必随礼，宴席整整设了三天。

开采煤炭为"大老金"和包工头们带来了巨额财富，邀请工人们参与他们人生中的喜事，是一种财富炫耀，也是一种施舍。父亲所在洞口的小老板，儿子满月酒也同样邀请了矿上的工人去吃席。宴席设在豪华酒店里，还请了乐队来唱歌。工人们在暗无天日的矿洞冒着生命危险挣钱，从未也舍不得自己消费去豪华餐厅吃饭。有一个参加宴席的工人乘坐电梯从一楼到七楼，那是他第一次坐电梯，电梯到了的时候他不知道该如何出来，迟迟不肯迈出双脚。

那一年，陕西的年度煤产量为4.6亿吨，增长14.2%，平均煤价700元/吨。媒体如此形容那一年的煤炭价格：价格总水平大幅降低，中期市场价格急剧下滑，四季度以来基本保持平稳。

母亲最开心的时候，是老板给工人们发工资。会计拎着一大塑料袋100元的"红皮"进屋，等着工人一个个来结账。每次发钱，拆封的时候，会计都会问母亲借那把她在下峪口市场买的、平时做针线用的墨绿色手柄的剪刀，咔嚓一声，一万块钱就被剪开。母亲开玩笑说："一剪剪几十万，一剪剪几十万，剪子发财哦！"

领完钱，矿工们分成两拨去下峪口县城。一拨是汇款，像我父亲这样，把钱汇给在念书的孩子或留守在家的老婆；另一拨是更年轻一些的矿工，他们大多没结婚，去县城是为了玩"老虎机"（当时流行的一种赌博形式）。有矿工输掉了过年回家的路费，有矿工输到没了孩子的奶粉钱。

母亲的厨房只管小老板们的饭菜，不管工人，工人要独立搭灶。矿区的女性像我母亲这样挣工钱的很少。她们大部分都是跟着丈夫一起，照顾丈夫。那年夏天，母亲在矿区遇到了很多怀孕的新媳妇，带孩子的年轻女人，五十多岁的妇女。男人们下井之后，她们其实没什么事可做，就围在一起聊天、扯家常、打麻将，或者上山摘花椒、看黄河。

事实上，我的母亲也是跟随我父亲，才选择去了矿区，她没有更多的路径可选择。那些在矿区带孩子做饭，显得百无聊赖的女人们也是没有别的路可选。

在恶劣的环境中，父母为我和弟弟攒够了下一学年的学费。她想，从今往后，她再也不会去煤矿了。

这一年，是母亲整个打工史里面永远无法忘记的一年。她用"凶狠"的态度对抗来自生活的"凶恶"。

当她跟我讲起在煤矿的经历时，还是那么地"咬牙切齿"。母亲跟我讲述这些"苦"，总是会对比现在的"甜"。她常常带着后悔的语气："那时候还是太老实了啊！不够有算计！要知道深圳的钱这么好赚，应该早点来。"

我来深圳工作后，在这座超级城市遇到了各种各样的中产人士。他们没有一个跟我在老家遇到的人一样——从语言和着装能一眼看出，他是农民。初入职场的我也在极力避免让人从装扮和言语上，看出来我的自卑与心虚。幸亏我在的是一个包容的职场环境，大家都不在乎你从哪里来。

我进入一个崇尚自由的氛围，但我的精神世界仍在少年时代。因为曾经的记者工作，我接触到一些在深圳有名望、有权威、有见解的人。相比这些影响深圳的人，我更愿意去关注一些处于社会边缘的群体：丢了孩子的父亲，罕见病患者，自杀的母亲，写诗的打工妹。我很不喜欢有人用鄙夷的、恨铁不成钢的态度去讽刺和批评那些来自农村的城市"失败者"。我会在心里默默远离这种人。

我做了很多练习，从学会不再贬低自己的童年，到能自如地回答"你从哪里来""你的父母是做什么的"。到将自身的经历和感受坦诚地用文字讲述出来，我走了很远的路。

这一天，我在老屋拍了很多照片。把一些遗留在老屋抽屉，小时候用过的笔记本带到了县城。还带回了一个历经一百多年时光，奶奶的父亲编织的篮子。篮子有着辫子形的锁口、稳固的弓形提手、紧密的花纹，表面已变成深褐色，篾条上泛着铜色光泽，用它盛水甚至都不会漏——我要把它带回深圳。

2021年10月4日，我们一家从商南坐汽车至十堰，再从十堰转高铁至深圳。

离开县城前，母亲如第一次出发时一样，不断洗洗刷刷，收纳整理，将能送人的食物都送给亲戚们。她再次去大润发超市买了玛丽珍样式的软底方口鞋，两双，一共30块。她第一次带到深圳的那双，经历了超级商场和政府大楼的保洁工作后，鞋底已磨破了。

母亲又一次"肩扛手提"地在秋天来到这座"火热"的城市。相比第一次出发时的茫然，第二次有我陪着，她底气很足，内心更有打算。虽然丢了政府大楼的工作，但她相信自己能再找到工作。

"春香这次去深圳，肯定要待几年。"告别的时候，舅舅们说。

母亲常常在深圳做梦，梦到老家。她梦见自己在一片麦田里，在一片菜地里，在绿油油的草地上，在郁郁葱葱的树林里。这些梦都跟绿色有关，在母亲看来，梦见绿色，预示着想念亲人，或者要有亲人上门做客了。

我们在深圳，大部分亲戚都在老家县城，哪会有亲人这么频繁地上门呢。每次说完自己的梦，母亲都很恍然。

在那事实上已经荒芜的故园里，过去没"钱"可挣，现在更如是。年轻时的父母，正是奔着能让子女走出去才背井离乡，现在他们的目的达到了，而回归田园的生活，却变成了一场虚构的幻梦。这个梦，在深圳这座抹去农村的城市，在这个连家中的阳光也要靠更多钱才能买到的城市，更是没有实现的可能。

　　那个我曾经极力逃离，却在记忆里又一派田园牧歌的地方，构筑了我的精神内核。那些童年在山里飞奔的日子，躺在麦垛上吹口哨的日子，坐在屋顶看云的日子，在古树下乘凉的日子，等待炊烟升起的日子，在雪地里打滚的日子……那一个个瞬间绵延起来，时常抚慰和治愈在钢筋水泥里生活的我。如果有一天，我从深圳离开，回到田园，变成一无所有的人，母亲会支持我吗？答案可能是否定的。几十年来，父母所做的一切都不过是为了让我们走出来，在城市的缝隙里获得一个位置。她不能容忍我轻易放弃。尤其是，母亲为了这一切吃了那么多苦头，她更不能容忍白吃苦。

　　故乡也并没有我的"田园"，父母不在那里，那里便只有一日比一日更加破败的房子。被父母清理过后的屋场，只需一个春天，其中的荒草便能重新收复失地。

　　眼下，对母亲自己而言更重要的是，找到一份新工作。

第三章

高级写字楼

控制与匮乏

回深圳后，我给政府大楼的新经理发去了微信，询问是否有新的岗位，看母亲还能否回到政府大楼。经理答复我：都满了，确实没有岗位。

母亲还是用老办法找工作——去询问那些跟她做类似工作的人。她关注楼下的环卫工阿姨很久了。母亲主动跟脚下放着扫把和簸箕、坐在台阶上休息的阿姨搭腔。一开始，因为彼此都说方言的缘故，她们都没有太听懂对方的话，都以为对方是山西人。直到母亲告诉阿姨她的手机号，阿姨拨过来，显示归属地为陕西。

"我说我俩都是陕西的，你说你是山西的？"

"我还以为你说你是山西的。"

"我俩都是陕西人。"

两人哈哈大笑，就这么认识了。阿姨来自陕西汉中，离我老家商洛并不远。遇上老乡让母亲感到格外亲切。

母亲跟阿姨说，她想找保洁的活儿干。

"没找到活儿，我帮你找。"

阿姨告诉母亲，对面的写字楼就缺保洁。

原来，那些招工的人会把传单发给打扫马路的环卫工，让他们帮忙留意找人。阿姨租住的房子里有一大沓传单，都是那些招工的人留给她的。

上午跟母亲聊完，中午，阿姨就打来电话。母亲和她在第一次见面的台阶上碰头。她给母亲带来了上面印有联系方式的传单：

深圳市××环境管理有限公司现招聘身体健康保洁员多名：年龄18—60岁，男女不限。保洁员工资标准：底薪2900/月。上班时间：7:00—11:00，13:30—17:30。月休4天，有加班、加班费另算（有宿舍在车公庙泰然路××）。联系人：王经理13760××××××。

母亲拨通传单上的电话，紧接着下午就去面试，然后就这么入职了这座写字楼的保洁队伍。

我是在晚上下班回家才得知，母亲已经领到工衣，决定第二天就去上班。那一刻，我很佩服我的母亲，她凭着本能智慧，自己找到了工作。看来，我们白天上班，把她一个人扔在家里，以这种方式让她在深圳休息，对她而言也是一种围困。很明显，母亲是在通知我，她找到了工作，她要去上班。她的语气并不是在征求意见。

我只能答应母亲。我让她先试试，做不了就休息。

母亲工作的写字楼就在环卫阿姨打扫的马路对面。她们上班遇到，下班也能遇到，一天至少见两面。有空闲时，母亲就拉着她，在楼下的台阶上一起坐一会儿。

我问母亲，你为啥喜欢她？母亲说，深圳陕西人少，我们是老乡啊，并且她还帮我找了工作。

母亲按部就班地工作，几乎没有休过假。她度过了秋天，度过了冬天，在深圳过了第二个春节，再次迎来百花盛开的春天。

直到2022年3月12日，深圳这座超级城市开启陷入因新冠疫情停摆的一周。

母亲在深圳的工种，按照职业划分属于环卫类别，是与城市运转密切相关的一环。母亲因为没有住在员工宿舍，被动获得了一段难得的"假期"。

隔离并没有带来"浮生七日闲"。在无法工作的那一周里，她总是醒得很早。我起床的时候，常发现她在沙发上发呆，无所事事。如果是在村里，她可以下田，可以串门，可以做手工活。如果是在县城，她可以打扫，可以做早餐，可以去市场买菜。但在深圳，她总是有寄人篱下的感觉。她总是要征询我的意见，做饭是，买菜也是，打扫卫生又担心动静太大。如果我和丈夫不打开客厅的电视，她也从来不会主动打开去看。

生于春天的母亲在那一周度过了五十三岁生日。我买了松软细腻的海绵坯水果蛋糕给她庆祝，母亲嘴上说着"不要浪费钱"，但表情是欢喜的。这是她第二次在过生日的时候有蛋糕吃。母亲第一次过生日有蛋糕吃是在政府大楼工作时，那时候，她说："五十二岁才真正过第一个生日。"时间又过去一年，她吃了一样的蛋糕，许了跟上一次生日时一样的愿望。

在母亲"休假"时，我还是得线上工作。我们的房子没有书房，丈夫占据了卧室，我就只能在客厅。当我们同时都需要工作的时候，母亲就显得无所适从。她不知道她该干什么、待在哪里，总是在我眼前晃来晃去。

每当我动身去做点什么家务的时候，母亲总是不放心，唠叨个不停：拖把没有拧干，纸巾扯得太长，抹布没有叠方正，胡萝卜片切得太厚，菜品没有准备好就开火……她总是快我一步，或者从我手里接过拖把，夺过菜刀。"你去工作吧，别干了，你放下，让我来！"

她跟同住在一起的父亲因为小事冷战。她跟自己丈夫生气的方式是不跟他说话，无论父亲跟他说什么，她都沉默，直到父亲跟她道歉，或者她心里那口气吐出来了，氛围才会缓和。

有一天母亲又在生闷气。理由是父亲吃山药的时候，吐了渣在桌子上，她说父亲不该这么挑食。父亲回呛了一句：这关你什么事！于是，冷战就爆发了。母亲吵架时喜欢说一些极端的话，陈谷子烂芝麻的事情都往出倒，记忆力奇好，把很多罪名往父亲身上安。而我父亲，已经无力反抗。抵抗，意味着面临更大的冷暴力。

父亲是一个有点轴且认死理的人，但他其实一辈子都生活在母亲的控制之下。我不知道这里面爱的成分有多少。有时候，我同情他，觉得他懦弱。但我也同情母亲，觉得她更可怜，遇上的是一个跟她在思想和情绪上不能同频的男人，无法理解她那些敏感的心思。母亲常说，要不是为了孩子早就离婚了。以前我当她是玩笑，现在我会很认真地跟她说，你想离我支持。她却沉默。事实上，虽然母亲嘴巴不饶人，但在下雨的时候，第一个想起父亲没带伞，给他送伞的人是母亲。

无力从中调和的我，从书架上拿了一本书给她，杨本芬的《秋园》。母亲看得很投入。一早一晚，独自一人在天台上边吹风边看。看完《秋园》后，她又看了《浮木》和《我本芬芳》。

母亲仅有的小学三年级的知识，令她无法认全书里的汉字。遇到不认识的就盲猜，联系上下文，也能猜个八九不离十。母亲基本读懂了书里的故事，里面的人物让她共情，也让她想到她的父亲母亲、兄弟姐妹和她自己。他们都一样命途多舛，历经磨难，在时代的洪流中不断寻找生存的缝隙。

在《我本芬芳》的结尾，自认为用真心相伴了吕医师六十多年的惠才，有一天，问躺在轮椅上念诗、有几分可爱的丈夫：如果有下辈子，你愿意再和我在一起吗？"不愿意！"吕医师非常清晰地说出了这三个字。

我问母亲，看到这里是什么感受？她望向了坐在身旁的父亲。

母亲生命中自认为的很多不快乐、不幸福，用她的话说，都是源于听了我外婆的话，嫁给了一个错误的人。

外婆是自杀的。从小到大，母亲每次和父亲吵架，当父亲占理一些，母亲明显要败阵的时候，她便拿出她的杀手锏："你把我娘气死了！"

父亲每次听到这句话都会扭转头，脸色变得黑红，不发一言。

有时候，他们会互相挑最刺痛的话扎向对方。

"你像你娘！"

"你才像你娘呢！"

明明有一万种表达方式，他们却偏偏选择最戳心、最气人的那句。充满仇恨和敌意，惯性是如此顽固。

居家办公的日子里，我和母亲突然多了很多相处时间，必须要面对彼此。

一天下午，我终于向母亲问出了那个问题：外婆为什么选择了自杀？

长久以来，外婆自杀这件事在母亲那一辈亲人的语境里，就只有"她想不开，然后自杀了"这个含糊不清的解释。

我的话刚出口，母亲的眼泪就开始在眼眶里打转，不断奔涌而出。

一开始她还是回避的姿态，说，事情都过去了，提也没用。但显然，记忆并没有放过她。她也需要向人倾诉。母亲记得外婆自杀前后的每一个细节。只是我从来没有像今天这样坐下来，认真地向她询问、聆听。

她本来手里还在剥从外送平台上新买回来的蚕豆，不断涌出的泪水，让她的手顾不上蚕豆，全拿来擤鼻涕了。那半个小时里，我面对的是一个泪涕横流的母亲。我只能不断地拥抱她，递纸巾给她。

外婆自杀前，母亲跟外婆大吵了一架。

那是1989年秋天，正是黄豆收获季节，母亲刚嫁给父亲不久。母亲嫁给父亲并不是自主选择，而是外婆强迫的。用我母亲的话说，她牺牲了自己，给自己最小的哥哥（我六舅舅）找到了老婆，也就是我姑姑。

在母亲的记忆里，她先是跟父亲吵了架，然后回娘家找外婆诉苦。本以为可以得到外婆的支持，但外婆没有站在她这边，反而说她不听话，劝她好好过日子。母亲绝望极了。

"要不是你让我嫁给他，我也不至于过这么苦的日子！"无助的母亲把一切的责任归结于外婆。

作为外婆中年后才生下的孩子，母亲得到了不少疼爱，也格外依恋外婆。当时她很顺从地听了外婆"成全哥哥娶到老婆"的建议，以换亲的方式嫁给我父亲。这是一切悲剧的起源。

我认识母亲的时候，她就是我的妈妈了。她总跟我说，她人生中最快乐的时候是"做女孩儿"的年月，无忧无泪。我曾在老家木箱子中的布包袱里，看到过母亲少女时代的老照片，她和她的五个表姐妹站在一起，位于后排居中，穿着扣子扣到脖颈的衬衫，笑着露出了洁白的牙齿，一根长辫子搭在左胸前，她看起来那么有生命力，眼神亮晶晶的，充满喜悦。少女时代的快乐太短暂了，顺从我外婆的母亲并没有得到幸福，她对生命真正沉重的理解，是从结婚后开始的。

年轻时的她并不爱我父亲。婚后的生活简直太穷了，许多方面都与预想中差很多。那一天吵完架，寻求娘家安慰无果后，母亲简单收拾了包袱，离家出走了，去了三四十公里外的姐姐家。

第二天，有一个老家的人来送信，说外婆去世了。

母亲几乎昏过去，瞬间变成坚硬的石块。

她不知道是怎么跟着自己的姐姐、姐夫又回到娘家的。她就这么失去了自己的母亲。长久以来，母亲都觉得，外婆是报复自己，用死亡惩罚她这个女儿。

这成为母亲心里的一根刺，生命里的重大创伤。她没有与自己的母亲好好告别，没有好好完成分离。她与外婆的对话一直在持续，即使外婆已是一个消逝的人。三十多年过去了，母亲已经快到外婆离世时的年纪，她梦到外婆的次数越来越少。在梦里，外婆经常生气，一句话不说，脸色阴沉。还有一次，母亲梦见外婆跑了，跑了五年，突然回来，却不进家门，躲起来了，母亲到处找找不到。她常常在一身冷汗中惊醒。

外婆离世时，母亲才结婚两个多月，年轻的她承受着失去母亲的痛苦，承受着生活的重压。

三个月后，她肚子里有了我。

第二年秋天，生我那天，母亲在地里收了一天的玉米。晚上回家的时候，已七个多月身孕的她背着一篓玉米，上面还架了一小捆高粱。母亲说，那时候很有劲，像是骡子变的，驮重不知道驮轻。子夜时分，我穿过黑暗，来到人间。我出生后，母亲从窗户上看到了天边的亮光。我是一个早产儿，出生七天，都不知道如何吃奶，母亲用滴管一点点喂。"你跟小猫咪一样，整天睡在我怀里，胳膊就是你的枕头。"稍长大后，我仍是一个"药罐子"，三天两头去村里的赤脚医生家扎针、打点滴。有好几次，在生死一线上被抢救过来。"养你一个等于养两个孩子。"

对母亲来说，记忆是生动的，是炽热的，也是永恒的。只不过以往她没有说出来，现在有了一个偶然的机会，让我们母女穿过时间和痛苦，达成连接。我想，外婆也许怀着巨大的愤怒，怀着对奉献和回报有着巨大不平等的绝望，选择离开这个世界。母亲的眼泪让我感到不安。外婆自杀这道伤口，在母亲这里似乎永远无法愈合，也是我们整个家庭共同的哀痛。

七年前，当我选择了自己的爱人时，母亲表现出激烈的对抗情绪。我的爱人不是陕西人，家里不富有，跟我一样是"小镇做题家"，甚至还有些文艺，做一些不切实际、无法获利的事。母亲在亲人面前哭诉我的种种不是，不能自已。

她曾经无数次暗示我，重复讲一个我也曾见证的故事。这个故事的主题是"远嫁的女儿，伤心的母亲"。

2012年夏天，母亲和父亲一起在离西安250公里外的韩城下峪口煤矿上务工。大学二年级暑假的后半段，我从湖南长沙坐火车到西安，再转近三个小时的汽车到下峪口县城，然后坐5块钱一趟、专门从县城拉客到矿区的"黑车"，抵达父母所在的下峪口五里桥矿区，在那里待了短暂的一周。

父母住在半山腰的工棚里，那里有一排房子，蓝色彩钢瓦的屋顶，水泥砖垒成的墙。父母占据了其中两间，一间用来住，一间是厨房。空气很脏，每个人脸上、身上都是煤灰，房间里没有一处是白的，被套、床单都漆黑，杯子的杯底都是沉淀的煤灰。工人们放工经过我们工棚的时候，全身也是黑的，只有眼睛是亮的。他们称呼对方为"黑鬼"。我也变成了"小黑妞"，身上永远灰扑扑的。矿工们常跟父母开玩笑："你俩是给别人供的大学生，将来会被狼吃了。"

置身于那样的环境中，我感到很害怕。我跟母亲形影不离，她干什么我都跟着。

我跟她一起上山摘花椒。矿区的山头上是一片片的花椒树，矮矮的，一丛一丛。暑假正是花椒的成熟时节，母亲在中饭至晚饭之间，半下午的时候，在当地村民的招呼下摘花椒，摘一次能挣二三十块，我去给她做帮手。我们一起爬到高高的黄土塬上，成片的花椒树结着细小如红豆一般圆润紧致的果实。虽然采花椒时很扎手，但我还是很愿意跟着母亲一起去。我可以逃离矿区那呛人的煤灰。因为过度开采，山上到处是煤坑，这里一个大洞，那里一个大洞。我和母亲手牵手，小心翼翼，从来没有掉进去过。我跟她的关系变得像朋友一样，她问我在学校的事，帮我梳理头发，甚至问起我有没有喜欢的男孩。有好几次，我和她一起爬上山头专门去看黄河，河水很黄，很浑浊，在蛋黄般落日的光照下，平静得几乎静止。

有一天早上，我们听到隔壁的阿姨在哭。阿姨也是商南人，跟丈夫一起住，丈夫下矿井，她负责照顾日常生活。早前，夫妻二人在老家跑乡村班车，阿姨因为一场车祸受了伤，做了五次手术才勉强站得起来。母亲问阿姨，为什么哭？阿姨说，她的女儿在湖南念了大学，大三就嫁给了一个湖南小伙子，对方家里很穷，女儿给人家生了一对儿子。女儿、女婿这几天来矿上看她，刚刚搭车走了。看到女儿过得艰难，她塞了1000块红包给女儿。送走女儿后，阿姨收拾床铺时才发现，女儿又偷偷把红包塞回枕头底下。阿姨泣不成声，母亲劝都劝不住。当阿姨得知我也正在湖南读大学，便哭着劝诫母亲，不要让女儿远嫁。母亲紧紧抱住她，安慰着她。

我沉默着，见证了这个令人悲伤的场景。

第二天一大早，我离开矿区。母亲送我，因为要赶班车，她让我走前面，她走后面，手里还拿着干花椒。她走得太急，把我推上班车之前，她一脚踩到我右脚的小拇趾上。很痛。我在一阵锥心的疼痛中，驶离了矿区，把母亲甩在身后，甩在了那个肮脏的环境里。

我不知道自己为什么哭了。

我谈恋爱后，有很长一段时间，跟母亲变得疏离，我怕惹她生气，尽量少跟她透露我在深圳的生活境况，报喜不报忧。她在商山脚下，我在深圳，距离太远，我们彼此都管不着对方。

如今，她和我们生活在深圳。我不知道当年被母亲踩伤的脚趾后来是怎么好的，只是直到现在，我右脚小拇趾仍伸不直，也没什么知觉。但我将这件事说给母亲时，她怎么都不承认，她只记得我离开矿区的前一天，那位女儿远嫁湖南的"伤心的母亲"。她在那个场景里，似乎预感到了自己女儿未来的婚姻。

我想，除了我叛逃了她的"算计"之外，母亲当初极力反对我对另一半的选择的原因，有一大部分是担心我会落入跟她一样"一生为生计奔波"的命运。母亲原本有机会摆脱命运的安排。但她上小学的时候，时代动荡的涟漪在乡村还远未消去。

母亲在七八里路之外的村里走读。当时的校长发明了一个早上"抢红旗"的竞赛活动。哪个生产小组的学生最早抢到红旗，就能得表扬，有红花。为了抢到红旗，母亲天不亮就被喊起来上学。那时候也没什么零食，母亲常常饿着肚子出门上学。

有一天，同生产队的一位女孩说，我们别上学了，在家里搞副业吧！母亲就这么跟着失学了。当时的老师来家访，找母亲和她的同伴时，她们吓得躲到了山上。对于母亲的失学，外公外婆似乎很自然地接受了。母亲就这么不可思议又顺理成章地放弃了读书机会。

母亲曾无数次说起过她对放弃读书的后悔之意。天下若是有后悔药，她一定愿意吃一颗，在十岁那年，重新回去念书。她明白她是同学中间天资聪颖的那一个，母亲常说的一个例子是，二年级期末考试的时候，一道数学题是关于"闰年"的计算题。全班只有她一个人解出来了，连留级生都没有做出来。

后来，改革开放的春风终于吹到这个秦岭南麓的小村落。已经结婚的母亲了解到读书原来是他们这一代人跨越阶层改变命运最主要的途径时，除了后悔，还有对命运不平等而感到的深深的无助。她无法接受这样的结果，也无法原谅自己。她和父亲唯一可以做的，就是拼命供我和弟弟读书。

当母亲抱怨婚姻的无趣，抱怨怎么嫁了像我父亲这样的人时，会顺带提一句，如果读了书，她应该能走出去，嫁给一个医生、老师或者商人。总之家庭条件会比父亲好很多，会比父亲更浪漫，更会疼人。

当我提醒她回过头去看看跟她一起失学的同龄人，都嫁给了什么样的人，获得了怎样的命运；当我告诉她，妈妈，你也一直很努力，从没有放弃实现目标，你也很棒时，母亲陷入了长久的沉默。

即使她已经进入老年，也从来没有停止人生或许有另一种可能的想象。她与父亲的结合，就像是火与冰的相遇。他们生了孩子，一辈子为了生存挣扎。我父亲读完了高中，但限于贫困的家庭背景，他本可以当民办教师的名额被剥夺，成为一个农民。他一辈子辗转于各个工地打工，有时还带上母亲。

在生活的艰辛磨砺下，母亲不得不一次次认命。父亲成了承担母亲情绪的一个出口。随着年龄越来越大，他成了一个越来越沉默的人。基本放弃了对生活的掌控权，任由母亲安排一切。

我跟母亲相处的时间越久，越意识到，是她所经历的过去和所处的恶劣环境让她成为了现在的她。我无法改变母亲认知世界的方式，我也很难改变我自己。

与理想中的天伦之乐不同，我们面临很多摩擦，甚至是"冲突"。我们深陷彼此纠缠、负担和依赖的关系。我们是母女，只能磨合，她不会放弃我，我也不可能放弃她。

有时候，矛盾会集中在同一时段爆发。

小区终于可以自由出入的那一天，同在深圳工作的弟弟来家里做客。他带来了恋情进展并不顺遂的消息。整个晚上，母亲都心不在焉。

她一直在抱怨父亲，说他打断她的话、不长眼睛之类。即使弟弟到来，母亲明明是开心的，但她的控制欲和焦虑也让整个氛围处于紧张状态。她催父亲快点干活，说弟弟要赶车，要早点吃饭。可是弟弟第二天不用上班，当时才下午6点钟而已。母亲似乎从来没有学会从容，当她发现无法强迫我和弟弟按照她的意愿开展生活后，她有些气急败坏。她总是强迫父亲，但从没想过要和父亲真的分开。"女人是箍桶的篾，没有女人，一家人就散了。"在母亲的观念里，有了孩子，死都不会离婚。我七个月大的时候，母亲曾经带着我，要下河南，被父亲追了回来。那是她唯一一次在离婚上准备做出行动。

母亲看不惯我的花钱方式，认为我大手大脚，不存钱。我很生气地回怼了她，说她的逻辑总是我过得好了是因为她供我上了大学，我过得不好则是因为不听她的话。她强烈地批判我，说我像牛一样犟。她举了很多"失败"的例子给我听，说我将来会像村里最失败的人那样，过着穷苦又落魄的日子。

每当我做的一切决定，显得跟她毫不相干的时候，她最生气。

她用她理解的为我好的方式试图让我遵从她的计划，但我很少听从。她嘴上说着不会干涉我的生活，但又时刻观察我的生活。一旦我在家里表现得不开心，她总会怀疑我在给她脸色，嫌弃她。我以前不理解为什么有人说，家是令人窒息的地方，想要寻找一个地方遁逃。在这种时刻，我觉得那种能放下一切牵绊，去找到自己空间的人，其实是很自由的。

她是那么传统，愤怒，激烈，控制。我想如若我是生活在民国之前，我的母亲估计是那种会按住号啕大哭的女儿给她包小脚的母亲。我想如果我在生活中遇到像她这样的陌生人，我不会想跟她做朋友。但她是我的母亲。她又是那么软弱，她的眼泪总是比我先流出来。她表达强硬的唯一方式是："你给我买票，我要回商南！要不是为了挣几毛钱，我才不待在你这里！"

　　我想起自己对她态度不好的时刻：教了无数次查工资的方法，但她每次仍在发薪日让我帮她查验是否到账；教她拼音输入法，但每次需要发文字消息时，她还是让我代劳。我想逼她学习更多知识，但她总以眼睛看不清楚书上的字为由而百般推脱。我有些不耐烦，甚至有时候故意不立即帮她做。

　　她又有那么多爱我的时刻。她总是心细如尘，满足我的各种需求，尤其是当我想吃什么的时候。我爱吃包菜，冰箱里的包菜便没有断过。每当我说我饿了，母亲只要在场，总是动身最快的那一个。我口腹之欲上的满足由母亲承包。母亲发豆芽、包饺子、做包子、腌萝卜，生日的时候她用擀面杖擀出光滑又有韧性的面条，用豆腐、鸡蛋和瘦肉做成臊子。我在她的喂养下变胖，又拼命去公园跑步减肥。

母亲热衷于用微信步数来判断她关心的人那天有没有出门；通过早上锅里有没有剩下的面汤，来判断我是否晚起，是否来得及吃她冻在冰箱的饺子。在深圳，除了我这里，母亲没有别的住所可去。她不敢走远，一旦看不到家附近标志性的银行大楼建筑，就会心慌。我们教她如何坐地铁，但她总在临上车时打不开乘车码。像八爪鱼一样的地铁出口令她恐惧，万一下错了站，找不到回家的路怎么办？虽然她很想能够自如地搭地铁，去更远一点的地方，但没有我们的带领，她难以行动。受限于识字不多，她只能在熟悉的范围内活动。

我跟母亲求和的方式是，抱抱她，然后跟她说"对不起"。当她听到这三个字，大部分时候会羞怯地一笑。她听到"对不起"时的表情，跟听到我对她说"谢谢老妈"时的表情一样。

我是一个"坏"女儿。十分了解，母亲的软肋是她真诚、耿直、激烈又毫无保留的爱。

面对深圳美丽的公园，母亲总是感叹，深圳为什么

这么有钱？这么有钱能不能给贫穷的老家分一点？她
也很好奇，为什么每次去公园，无论什么时候，总是
有人背着手在闲逛？深圳作为一个打工之城，这些人
难道不用上班吗？劳动人民来深圳不是为了钱，还能为
什么？

带她来深圳，本意是想让她获得休息，学会更轻松
地生活。事实却截然相反。

我试图去总结和理解这背后的缘由，我想也许应该
是一种围绕她大半辈子、挥之不去的匮乏感与对缺少金
钱的恐惧。一种对失去控制的不安全感。

母亲至今仍可以背诵1976年她小学三年级语文课本
上，一个关于勤俭节约的故事。

我们班上有个同学

把馍放在桌肚里

时间一长发了霉

他就扔掉了

同学们发现后

及时帮助他

他满不在乎地说

扔点馍算不了啥

同学们说

每一粒粮食都是劳动人民用血汗换来的

滴水汇成河

粒米凑成箩

我们中国有八亿人口

每人节约一两粮

就可以节约八千万斤

这不是小事

而是大事

母亲成长于匮乏的年代，受这样的教育。饥饿的乌云从未在母亲头顶散去，在心底形成阴影。

母亲坚决反对浪费。

她对我首先不能理解的是，为什么不养娃，要养两只猫？

在她的观念里，猫是牲畜，是用来抓老鼠的。那只在我童年时经常冬天钻厨房锅炉取暖的狸花猫，是不用额外花一分钱去养活的。母亲长年在厨房的窗台上放一个瓷碗，里面盛着用面粉和鸡蛋混合做成的面汤。猫捉不到老鼠的时候，就固定去窗台取食。而深圳家里的两只猫，很少吃人类的食物，只吃猫粮和罐头，用的猫砂也要花钱。母亲不解："每年大几千块，干点什么不好？"

最重要的问题还是关于吃。

她对深圳的物价感到恐惧。母亲无法理解，为什么自己工作的商场里，一小盒牛肉可以卖到70块，一包青菜可以卖16块，一块豆腐可以卖9块……她常用老家的标准来换算，最常用的换算物就是面粉：这一盒牛肉，在老家都能买40斤好面粉了，牛肉一顿就吃完了，真划不来！

在刚来深圳，还未找到自己心目中价格公道便宜的菜场前，母亲吃得很少，几乎不买肉，她自己不吃，也不考虑爱吃肉的父亲。我曾多次劝说母亲，但收效甚微。

在我的记忆里，小时候，油脂并不十分缺乏，但不好吃。

全家一整年吃到的肉类，都来自母亲喂养了一年、到年底才会宰杀的猪。新鲜的猪肉只能吃到立春前后。没有冰箱，母亲会在天气变暖之前，把腌制好的猪肉炸出来。在家乡，这叫炼猪油。炸好的猪肉泡在炼好的猪油里面，几大坛猪肉和猪油的混合物放在板楼上。每天炒菜时取一点，从春天吃到夏天，再吃到秋天，直到冬天的另一头年猪长大。一头猪的肉和油，往往一年吃不完，就会留到第二年。等到把旧的吃完，新的又变成旧的了。回过头来，我们经常吃的都是不新鲜的猪肉。

夏天的时候，打开母亲封存的猪肉坛子，油腻的味道扑面而来，让人肚子里泛起涟漪，想要呕吐。有时候甚至会在坛口发现绿色的霉变绒毛。母亲用铲子刮掉霉菌，剩下依旧拿来食用。小孩子无法阻止大人，唯一的抵抗就是不吃。这些油脂混合物，也是父亲每次出远门必带的物品。用矿泉水瓶子密封起来，每次做饭的时候挤一些出来，成为重要的能量来源。母亲总说，外婆一辈子都没吃到一顿油脂丰富的饭，我们这样还算好的。

儿时的村子里，不止我们一家如此。物质上的匮乏，让人们无法舍弃任何一点油脂。人们往往把猪最好吃的部分留到最后，等食用时，肉早已远离了新鲜。这些看起来美味的肉块，经常一咬就掉渣，让人的舌头产生瘙痒感，难以下咽。

如今在深圳，母亲仍不会放弃任何剩饭剩菜。

吃饭的时候，她要求我们吃掉碗中的每一粒米。如若电饭锅里的米吃不完，她会仔细用勺子刮锅底，同样做到一粒米都不剩。

母亲的上班时间是早上7点，6点半起床的她常常没有时间做早饭。如果头天晚上的晚餐是米饭，她就把剩下的饭菜留到第二天早上，用开水拌饭吃。如果我们趁她不注意扔掉，母亲就会很生气。再后来，每次吃完饭，她都抢着收拾碗筷，以防止我们偷偷扔掉剩余，直到我们在这个领域失去主权。

来深圳100天后，母亲终于发现一家便宜的菜场，离我们租住的地方有两个红绿灯的距离。母亲从此便只去那里买菜。菜场位于马路边，在一排老居民区的一楼，三四平米的开间，长长的货架上摆满了菜，形成了一个热闹的集市。清早就开市，随着开门时间的延长，菜价越来越低，直到晚上打烊。

来这里买菜的也几乎都是跟母亲年纪差不多大的老人，母亲找到了同类。熙熙攘攘的人群中没几个年轻人，很吵闹，老人们夹杂着各自的方言，热烈交谈。

对这些老人来说，这家菜场里的东西不只便宜，还有别的超市所没有的优点：售货员会耐心地给不会用手机支付的老人找零钱，并且允许他们挑菜。每个货架前几乎都站着老人，他们的双手在货架上扒拉，做着同一件事——把蔬菜不新鲜的部分掰掉，只称新鲜的部分。卖杂粮的区域也如此。老人们把手伸进花生米堆，挑出颗粒饱满的，再装进塑料袋。

母亲每次买菜都要赶晚上7点钟之前去，否则菜品就所剩无几或者吃闭门羹。每到傍晚，菜场地板上到处都是被丢弃的菜叶。打烊后，员工把这些菜叶扫到门口，堆在一起。一些环卫工会来光顾，在这堆烂叶里面寻找还算新鲜的，带回家去。

母亲对价格异常敏感，从省钱中享受乐趣，甚至找到了一些道德优越感。她常常拿自己买的菜与我在网上买的菜对比：她2块钱买一大把葱，而我只买到几根；她买到的土豆只要2块4，而我的却要3块5；她买的豆腐有香味，很瓷实，而我买的，刀一切就垮架。遇上便宜的苦瓜，她会一次买五条，萝卜一次买三根，胡萝卜一次买一捆，洋葱一次买一袋——只是因为便宜。但她还是几乎不买肉，因为再便宜的肉也比蔬菜贵。每当我从连锁超市买回猪肉、牛肉，不小心让她看到小票上的价格，她都会惊呼："咋得了哇！你买的是龙肉吧！"

母亲最爱买的是土豆。还在农村生活的时候，他和父亲每年要种上万斤土豆。在深圳，时间充足的时候，她会在傍晚6点多吃完晚饭后，带上几个布袋子，去特价超市里挑土豆，然后等着，等到打折时间开始，再付钱。有时候，她能买到9毛8一斤的土豆，"简直太便宜了！"同是等着打折的老人看着母亲挑选出来的几大袋土豆，问母亲："你买那么多干啥？你家开餐馆的啊！"母亲笑笑，不置可否。土豆买得多了，母亲一个人扛不动，只能向父亲求救，父亲便晃悠悠去帮忙。我家的沙发底下永远有吃不完的土豆，沙发底相当于母亲在老家后山上的地窖，每次做饭，母亲就从"地窖"里掏几个，用它们做土豆面、土豆饼、酸辣土豆丝、土豆蒸饭、炖火锅、红烧土豆……

我的母亲就是这样，她对省钱如此"迷恋"。她的耳朵像兔子一样灵敏，眼睛像老鹰一样尖。在洗手间，在厨房，若是我忘了关水龙头，她会在离我几米远的地方大喊："水龙头没关吧？"有时，她会在我行动之前，忘记腿疾，健步如飞地冲进去关掉。我每天比她晚出门上班，有时候忘了关风扇，有时候忘了关洗手间的灯。母亲下班回来，看着转了一天的风扇，亮了一天的灯，她脱口而出的是："瞎了，这女子又费了好几度电！"

　　也许是一代人的共性，母亲很少表达她想要什么，经常说一些言不由衷的话。我每个季节给母亲买一套新衣服，但她很少舍得穿，总是穿着工作服。她总说，那些衣服，她一辈子都穿不完，不要再给她买了。但其实，她只是自己舍不得买一件，每当拿到新衣服，她还是很开心，只是试穿后就压了箱底。我不知道怎么改变她，只能在她每次出门的时候提醒她，可以穿穿新衣服。

　　我们常因为"衣服"问题吵架，她在我拿回装着衣服的快递时，总是皱紧眉头。在我童年的时候，母亲很少给我买衣服，一般只有过年时才有新衣服穿。关于我是如何缠着她想要一件新衣服的故事，她能说出一箩筐。她总给我买大一号的衣服，因为她"算计"着可以多穿两年，于是我一直穿着不合身的衣服长大。然而，现在每当我买回"大号"衣服，母亲都会做出"不合身"的评价。我如此爱买衣服，并且如此理直气壮，可能也是一种对匮乏的"复仇"。

保洁的职位，接触最多的东西就是各种被丢弃的"垃圾"。自从母亲开启她在深圳的保洁生涯，家里便经常凭空多出一些小东西，比如折了一条腿的小狗摆件，叶子变黄、根还有救的各种植物，已经不响的风铃，脏了的玩偶……她甚至还"为我"捡回了一个猫爪造型的沙发。一开始我很反对，但架不住她捡回来偷偷放进自己的房间里，只好跟她说，喜欢就捡吧，只要别有一天捡一个床回来就行。

她没有捡回床，但她捡回了一个老式的蝴蝶牌缝纫机。缝纫机是小区一户装修的人家送给她的，机身上写着"中华人民共和国制造"。父亲用拖车拖回了家。母亲搬来高脚凳，坐下来熟练地检查，原来机头生锈了，无论如何踩踏板都转不起来。母亲带着笑意，不断地调试，依旧失败。

我在五十三岁的母亲脸上看到了年轻的母亲。她坐在老屋卧室的窗户下，像水银一样的阳光一片片从窗子照进来，母亲坐在四只腿的高方凳上，脸上漾着笑容，弓着背，手脚并用。缝纫机机头上的针上上下下，线在针孔里飞速滑过，布料在她手里进进退退，变幻成各种边边角角。脚跟和脚尖轮换，在脚踏板上"扑通扑通"。她在缝纫机上给我和弟弟做衣服、扎花鞋垫、做书包，针脚整齐密实。同时，它也是我们的写字台。

我的童年在母亲的注视下长大。她总是用清澈如冷水河夏日碧水般的眼神，长久地注视着我。尤其是我趴在缝纫机上读书或写作业的时候，从背后都能感受到她的目光，有时我忽然扭过头看她，她会显得羞怯，假装看向别处。

母亲没修好捡来的蝴蝶牌缝纫机，它被用来做了一段时间的置物桌。后来，因为家太小，缝纫机又实在太占地方，就被当作废品卖掉了，卖了70块。

那些别人丢弃的东西，她总是觉得有用。一旦我说家里缺什么东西，母亲就会阻止我购买："你先缓缓，我帮你捡回来。"她不能理解好好的东西为什么要扔掉，万一哪天用得上呢？

我想，或许在这座富足的城市里"捡拾"别人的丢弃之物，对母亲而言，有着不劳而获的欢喜，带着探索和发现的趣味。

母亲工作的写字楼经常会有一些被丢弃的绿植和花束。

被丢弃在电梯间的白色满天星，用黑色包装纸、红色丝带扎着。母亲看到后，拍了照片发给我，问，这花挺好看的，你要不要？要我就带回去。我回复她，还挺好看的，没人要的话，就带回来用玻璃瓶养着吧。

但最终，母亲没有带回那束花。她说，下班后拿着这束花进电梯的时候，一个衣服上挂着"工程部"工牌的男人指着母亲手里的花大声说："这花是上坟用的，你看，都是黑色的包装纸。"母亲觉得不吉利，就把花塞给说话的人，让他扔到垃圾桶。"他不会说话，新嘎嘎、鲜亮亮的花，明明是别人送给办公室的美女的，他非得说是上坟用的。"

母亲也是家里的修理匠。她舍不得扔掉任何可以修补的东西，直到它们坏得彻底，坏到修理的价格已经超过了买新的价格。

有什么办法可以解决母亲的匮乏感呢？但我有时候想，来深圳的人难道不也大抵如此吗？深圳就像一条"贪吃蛇"，吃走我们的满足感。哪怕问年轻人，你来深圳的理由是什么？答案仍可能是两个字：搞钱。

我们和母亲一样，都在用各自的方式，抵抗着各自人生中的"匮乏"。

母亲和我在深圳的生活累积得越久，我们的相处模式越随意。我们用方言夹杂着普通话的形式说话。我的丈夫是湖南人，当他不在场时，我和母亲会转成方言对话，那就像是一种从记忆里蹦出来的外语。我意识到母亲是我在深圳唯一需要用方言对谈的人（父亲会普通话），这种方言代表着一种很低微的出身，但也让我感到一种独一无二的紧密联结——一些词句只有我和母亲能懂。

母亲拥有丰沛的方言词汇库，那是她的地下宝藏。聊天的时候，那些词语仿佛是从深层的岩石中沁出，朝着地下水的出口涓涓涌流。母亲的方言是立体的，构造出多维的世界，声色俱全。母亲经常用方言给我"放电影"。

我有时候会把头靠在她的臂弯里，闻着她身上从写字楼做完一天保洁后带出来的倦怠味道。我会想起，她带着年幼的我去山上背柴火的场景。我们爬了很久的山道，山里的树木散发出迷人的清香。中间走累了坐下，我在母亲怀里休息，她拨弄我的头发。说了什么我已经忘了，只记得那天阳光很好，我们坐在山路旁堆积起来的枯叶上。母亲那时候还很年轻，她身上的味道很和煦。

靠在母亲的臂弯里，我玩弄着她的双手。我发现她的手指关节凸出，皮肤上有红色的小孔，变得很粗糙。问起来才知道，这是漂白水腐蚀的痕迹。虽然她一直在吃钙片，但她的腿每到阴雨天还是像天气预报一样准时地疼痛起来。

母亲在这栋写字楼做保洁已经快半年了，我还没好好问过她，每天过得怎么样。

"保洁是城市的高级美容师"

在深圳的楼宇大厦、小区、学校、医院、工厂、街道、广场、马路、公园，只要有人的地方就需要保洁。它包含擦除、冲刷和净化，是苦工、单调作业和体力劳动。

若用宏大抽象的词汇来表达，保洁的工作是为人类的生存环境和卫生清洁提供有效保障，是为了让社会"更好"而洁净。对污物、排泄物的处理和清洁，不仅标志着我们需要一个干净的环境，也标志着文明。

当下，保洁已经不是仅仅拿着扫把就可以做的工作。

你可能难以想象，在深圳高级写字楼，一个保洁员要完成他的工作，需要将近三十种工具。

母亲的工作岗位内容是负责这栋写字楼其中三层的卫生，包括清扫楼梯、走廊、贵宾梯、消防道及卫生间。最重要的位置是卫生间。每个楼层的洗手间都会有一个专为保洁员设计的工具房。

母亲做清洁工作时所要用到的工具，都放在这个小小的工具房里。

以下是母亲会用到的物件和工具：

水池——用来洗拖把。

洗手池——用来洗毛巾。

一只灰色拖把——用来拖地板。

一只长方形墨绿色水桶——装水及常用的清洁工具。

尘推杆——清除玻璃、镜面灰尘。

垃圾铲——装垃圾。

工具房墙上的装置台上放着不同种类、不同功效的清洁剂，母亲常用到的有七种：

漂白水/去污粉/洁厕液——滴在马桶内侧，消除异味。

洗衣粉/洗洁精——洗抹布或拖把。

顽固污渍克星——滴在有顽固脏印的地方，一般是洗手间马桶及地板上的污渍。

多功能清洁乳——滴在地板，可以让地板变得光滑。

油性静电吸尘剂——清除木质栏杆或装饰品上的灰尘。

另外还要用到的十多种：氯水、化泡剂、尘推油、化油剂、不锈钢清洁剂、水泥溶解剂、二甲苯、天那水、家私清洁养护蜡、洁厕液、玻璃清洁剂。

这些清洁剂使用起来没有固定的顺序，但分不同场合，按需使用，不能浪费。

装置台的栏杆上还有三条抹布，黄色、蓝色和棕色，分别用来擦拭马桶、洗手台镜面及地板。

母亲要用到的工具还有：

圆形清洁棉——擦拭缝隙灰尘。

水刮子——刮类似口香糖之类的难以清洁的垃圾。

玻璃刀——刮除玻璃和洗手间镜子上的顽固污渍。

毛筒——把抹布卷在上面，擦拭洗手间台面溅出来的水。

马桶刷子——刷马桶。

磨片——磨地板。

长平推——扫积水。

黄色塑胶手套——消毒液会损害皮肤，工作的时候要戴。

一个写着"正在作业 小心地滑"的明黄色塑料立牌——警示及明晰责任。

无论是在写字楼外围、洗手间还是楼梯道，当保洁员用湿拖把拖地的时候，必须放上"小心地滑"立牌，来提醒走过的人注意。如果有人因为地滑而摔倒，有牌子在，就不会找保洁员麻烦，否则摔倒的责任由保洁员承担。但还是有人视明晃晃的牌子而不见，专注于手机而没有在意脚底。有人在楼梯道摔破皮，有人在外围广场摔骨折，还有一次，三个人一起摔了。母亲记性很好，每次开始拖地前都先放上牌子。没有人在母亲打扫的区域里摔倒过。

保洁还需要会使用一些现代化设备：多功能洗地机、吸水吸尘器、高压射流机、高温蒸气机、烘干机等。

母亲在写字楼的保洁工作流程可以总结为：由上至下，由里而外。母亲把常用的清洁工具都放在那只长方形墨绿色手提桶里，有十多斤重，走哪儿提到哪儿。长时间拎着水桶，导致母亲右肩经常疼痛，尤其是下雨天，她的右手连楼梯道的玻璃门都推不开。

　　每天早上，母亲要在上班的白领大队伍到达写字楼之前完成对卫生间的整体清洁。

　　她要先为自己负责的六个卫生间上齐手纸、洗手液、护手霜、消毒液、棉签。中途一旦发现缺了，要立即补上。她还要给洗手台边缘的绿植换水，一个卫生间两盆，一盆绿萝，一盆富贵竹。母亲养得很好，叶片青绿，生机勃勃。

　　六个卫生间包含三个男厕和三个女厕，共有十二个小便池和二十四个马桶。母亲备齐日用品，给绿植换完水后，便开始清洁工作。

　　首先，她会用蓝色毛巾把洗手台及洗手台前的镜面擦洗一遍，给墙壁、门框擦一遍。接下来，顽固污渍用玻璃刀刮掉。紧接着，她便开始清理马桶和小便池。

母亲把洁厕剂倒进马桶。她有时候会戴上黄色塑胶手套，但大部分时候她省去了这一步骤，戴上手套会让她的手指变得不灵便，无法快速干活。二十四个马桶要在上午9点前被清洁完，平均3分钟要清洁一个。还要留够时间清洁小便池，不快不行。日子久了，清洁剂将母亲的手部皮肤腐蚀，经常性脱皮，露出血丝，手指关节变得粗大。但她仍旧没有戴手套的习惯。我买给她的护手霜无法抵抗清洁剂的凶猛。

　　我们遇到的很多体力劳动者，他们的手都很粗糙且关节变形，农民的手，建筑工人的手，环卫工的手，拾荒者的手，绿化工的手……他们为什么不戴手套？答案都和我母亲一样，不戴手套可以让工作做得更快。

　　母亲一般先清洁女厕所。

　　隔夜的粪便、尿液发酵成黄斑污渍，滋生出霉菌和细菌。把坐垫掀起，清洁剂溶于水，用洁厕剂喷淋马桶内壁，刷洗，马桶内缘的污垢需要更加用力旋转刷洗。马桶外侧底座也要刷洗。用黄色干毛巾将溅在马桶边沿的水滴擦干。被母亲用毛巾擦干的马桶，洁亮如新，像一个完美的艺术品。

不是所有人都是文明人。母亲会碰到有人大小便后不冲水，排泄完盖上马桶盖就走；会遇到流在马桶边沿的经血，在地板上凝固成一朵鲜红的小刺花；会遇上有人像扯拉面一样一节节扯断纸巾，垃圾篓里的纸巾和卫生巾散落一地。母亲忍受着臭味、尿骚味和血腥味，收拾它们，收拾这些排泄污染物。似乎只要经过保洁员之手，一切都像是没发生过。母亲忍受，但她没感到恶心。母亲说，这是工作。"一个新马桶刷只能用二十天，就光秃秃的了。要不是为了挣钱，谁去刷马桶？"

接着，母亲开始拖卫生间的地板，腰、肩膀和胳膊一起用力。

男卫生间的流程类似。最难处理的是小便池里的尿渍，母亲只能用更多清洁剂，用更大力气擦洗。

上午9点，当写字楼的白领们来到工位，开启一天的工作，保洁员们的工作已经完成了大半。接下来，他们要保证的便是不要被"投诉"，应付各种突发情况，来回走动，不断擦拭，处理"污染"现场。

打扫男厕所对母亲来说是极其尴尬的，每次她都小心翼翼。每次要去男厕所处理"污染"现场时，她都把黄色挡板放在门口，但还是有对提示视而不见的人。有的人看到母亲在做卫生，仍会进去站在小便池前就开始解裤子，忽视正在打扫卫生的是一个老年女性。母亲只能在他尚未正式开始之前，撤出洗手间。

有一次，母亲正在里面低头刷马桶，一位男士跨过黄色挡板从外面进来。母亲没注意，她发现时正要问话，男士却先发制人，说母亲把他吓到了。为了避免冲突，她只好退出去。

疫情之下，写字楼不好租，物业对租户们很客气，生怕得罪了租户。保洁员就更不敢去得罪了。这让三者之间的关系变得有些紧张。

物业是保洁员们所属的外包环境公司的甲方，大楼里一家家的公司则是物业的甲方。物业害怕公司退租，保洁员害怕物业督管投诉，更怕租户投诉到物业。于是，事实上，母亲和她的同事们有三个负责对象——环境公司、物业、租户。

这天中午，母亲又被督管投诉了。

中午12点11分到12点30分的二十分钟时间里，物业的督管在写字楼发现了四处清洁问题，分别拍了四张图片上传到工作群，并通知保洁员们的两位经理。一般都是副经理出面解决这些小问题，涉及开除和上门道歉的话大经理才会出面。

（一）北广场地面油污太多，安排人员处理一下 @××

（二）A栋低区闸机口这里有好多水，麻烦安排处理一下 @××

（三）A座×楼女卫生间台面积水 @××

（四）A座×楼男卫马桶有污渍 @××

被投诉的洗手间问题全部属于母亲的岗位职责。督管发现的时候，是母亲的中午休息时间。她已经回到马路对面的家了。

这并不怪母亲。在离开之前，她来来回回去厕所敲了三次门。当时已经11点多了，母亲的上午下班时间是11点。她听到里面的人在玩手机，视频发出很大的声音。她听得清清楚楚，但她敲门，对方就是不理。第三次被无视之后，母亲回家吃饭了。

她刚到家，就收到了督管发来的投诉。证据确凿。

母亲很生气，她并不软弱。

她在群里语音回复：你还能管着不让人上厕所？洗手台面上的水避免不了。中午我要回去吃饭，我转个背人就来了，前面做完，后面就有人来上厕所……我难道不吃饭，一直守着洗手台？我难道得一直等着他上完？

她特意强调不怕被投诉，并建议换个男的来做她这份工。

副经理这次没有责难母亲，并对母亲说，辛苦了，不要担心。

副经理是个胖胖的有着蓬勃生命力的阿姨，五十岁，脾气很大，遇上违反规则的保洁员，常说的一句话是：罚钱！

虽然她害怕保洁员因为工作没做好而被投诉，但真的遇到一些有实际难处而被投诉的情况，她和保洁员会彼此维护。他们是一条船上的人。

被物业或租户行政投诉卫生没做干净都是"小事"，更糟糕的是保洁员跟租户起冲突。

一位东北阿姨被租户投诉卫生做得不干净，她气不过，就跟投诉者吵了一架，对方吵不过阿姨，就去找了阿姨的经理。

　　大经理带着副经理，一个走前面，一个走后面，带着礼品，低着头，上门，去给那家公司的领导赔礼道歉，说对不起。母亲是在东北阿姨突然走了之后才知道，她因为吵架被开除了。

　　母亲既同情被开除的阿姨，也替大经理、副经理感到委屈，觉得他们的工作也干得不容易。

　　在深圳做保洁员三年，母亲已经懂得如何在工作群里跟领导交涉。

　　只有小学三年级文化的母亲，从一个把智能手机当砖头，只用来打电话的人，学会了在微信群里上传健康码、行程卡，申报身份信息，学会了把微信工作群当作为自己争取权益的工具，遇到难处理的事情，她都拍图给领导反馈。

　　比如有一次，一个面积达四五百平米的办公室刚清空，地板上全是灰尘。大经理让母亲去打扫，母亲在群里反馈，办公楼里面的清洁不属于自己的职责范畴。这事不了了之。后来是母亲的副经理上来把这活儿干了。

在保洁员的世界里，系统对他们的规训细化到非常细枝末节的地方。

《员工行为规范》规定了保洁员们的仪容仪表、坐姿、行姿、蹲姿及着装要求。

《员工服务礼仪》规定了保洁员们的常用客户沟通语、公共区域作业服务礼仪、微笑服务礼仪、写字楼作业服务礼仪、洗手间作业服务礼仪。

这些加起来超过一百条需要遵守的行为与礼仪规范，需要保洁员们牢记并遵守。遇上甲方检查时，没被发现还好，一旦发现，轻则扣工资，重则开除。

保洁员在写字楼打扫卫生的工作时间，不允许大声说话、接听电话或手机播放出噪音。有保洁阿姨因为放短视频被投诉。在上班期间，母亲挂掉了很多来自老家的视频请求。

不能少打卡。一位阿姨少打了两次卡，一天白干，还被罚了钱。阿姨跟大经理吵架，要辞职，经理威胁她，不干了就扣两个月工资。母亲将打卡记得无比牢靠，她从未遗漏一次，少打一次也就意味着一天的工资没了。

有一次，保洁员老周早上起床太匆忙，忘了穿工衣。

副经理说，忘穿工衣，你来穿我的衣裳？

话语的伤害性带来冲突。老周拍桌而起，跟副经理闹翻了。

副经理意识到自己说错了话，又好声好气跟老周说，你赶快回去拿吧，我只是提醒你。老周回去换上工衣，继续上班。

保洁们被要求，在每天不同的时间见到租户要分别说：早上好、中午好、下午好、您好。这让我想到电影《楚门的世界》。母亲见到的，向那些说过早上好、中午好、下午好的租户，大概都是不会跟母亲有任何平等深入交流的陌生人——"如果再也不能见到你，祝你早安、午安和晚安。"我不知道母亲是怀着怎样的心情对陌生人说出这些礼貌用语的，也许是怀着祝福的心情吧。

母亲的两位经理很怕甲方投诉。尤其是副经理，把甲方的话当命令，但不擅于管理，经常给甲方赔笑脸，关系却越维持越破碎，不时被骂得痛哭流涕。

"她是硬干出来的一个经理，甲方看她能干，缺人了她顶岗，干得差的人她帮忙。"副经理一天要走三万多步。每天晨晚会，她总是告诉保洁员们，要认认真真地做，细细致致地做，要把这工作做好，不要被投诉；拍照投诉了要赶快去改正，不要找理由；上下班要注意安全，不注意安全，出了事故责任自负，还要罚钱。还有另一条不断强调的是：要听话，不要反对。她跟保洁员们开玩笑说："我真是又当爹又当妈。"但保洁员们并不怎么领情。"她总是车轱辘话来回讲，没多大水平，说话像磨豆浆一样。"

作为甲方的物业经理来开会则是另一种姿态，客客气气的。他对保洁员们说："你们是城市的高级美容师，不要感到丢人、低人一等，你们是最棒的、最优秀的。"他可能不知道，面对来自甲方的投诉，最委屈的就是站在台下，听他说这些赞美之辞的保洁员。他们宁愿甲方不要说场面话，而不是说完这些好听的话，转过头就投诉。

"保洁是城市的高级美容师，嘴上说得好听，没给一点尊重。"

面对厕所被投诉的问题，最终妥协的还是母亲。敲门无人理睬时，她总是走进去又退出来，等一等，走进去又退出来。无论母亲怎么语言暗示，反反复复，对方就是不出来，不断换着坐姿，手机砰砰响。

母亲感叹说，这里面的人，蹲厕所里上班是干什么呢？这些美女帅哥不就是在跟厕所上班？哪个倒霉的老板请了他们？

我无法回答母亲，为什么年轻人要躲在厕所里，一待几十分钟。因为就我的职场体验来说，在高强度的竞争压力里，有时候，厕所确实可以让人平静。

厕所的隔间是高级写字楼里，唯一一个可以把自己关起来，只要锁得够紧，不会被外人突然闯入的地方。当一个社畜被老板骂一通，没有比洗手间更好让人平息的地方。真正的职场人，哭完，洗完脸，还是要继续回到工位工作。毕竟翘班是可能会被罚钱和开除的。有些电话和信息只适合在洗手间里回复。母亲无数次听到有人在洗手间里约见面时间，有人跟电话里的人小心介绍自己，似乎是为了换工作。

母亲所打扫的三个楼层，加起来有十几家公司驻场上班。公司种类多样，包含证券、人力资源、投资管理、保险、芯片、食品，甚至还有一个高档会所。

因为没有办法跟这里上班的人直接对话（违反保洁员的行为规范），母亲只能用眼睛观察：在这里上班的人年龄跨度很大；年轻人加班多；周末通常都有人；年老一点的大多是在那家食品公司，工资不高，要靠提成，多劳多得。

有时候遇到上厕所的人多，母亲就在外面等着，或者先去干其他的。可想而知，半个小时、一个小时后，等着母亲的是什么。被弄脏的马桶，被淋湿的地面、洗手台……有的人还像打坐一样坐在马桶盖上，用母亲的话说，跷脚架手的，留下脏印子。

即便如此，母亲还是认为，自己接了这份工，就得做好。在这栋写字楼工作期间，她还没有被扣过工资，也认为没有遇到过特别不可理喻的人。

因为相比母亲的同事张阿姨所遭遇的，母亲遇到的事都只是小巫见大巫。

张阿姨跟母亲一样，负责三个楼层的清洁，也要负责男厕所卫生。这栋楼的男厕所每个单独的隔间里没有垃圾桶，意味着所有脏物都得靠马桶抽水冲下去。一位男士上完厕所后把脏纸巾直接扔在了地板上。张阿姨拦住他，说了一句，不要把纸巾丢在地上。第二天，张阿姨遭到了报复，有人把大便直接排在了厕所地板上。阿姨跟副经理哭诉，气得哭了好几场，说有人故意害她。但厕所里不会有监控，这件事最后还是以阿姨自己打扫了污秽作罢。

另一种麻烦情况是碰到抽烟的。

写字楼是明确禁止抽烟的，但总有人偷偷抽。

楼梯道上挂着铁牌，上面写着：

禁止吸烟

NO SMOKING

违者罚款50—500元

深圳市人民政府监督投诉电话：12345

但真正要抽烟的人并不会理会这些，楼梯道上总是有烟头和烟灰，还有令人恶心的痰。

物业不敢提醒租户，就找环境公司的麻烦，环境公司就找该区域经理的麻烦，到经理这一层级，就意味着母亲有麻烦了。

好在母亲是一个敢于表达的人。

她的原则是，不吵架。"一吵就瞎，一吵就要作怪，害的还是自己。"

一开始，在楼梯道抽烟的人很多，母亲首先想到的方式是给这些抽烟的男人说好话。她叫年龄大一点的男人"师傅"，叫年轻一些的"帅哥"。

她常碰到一个瘦瘦高高、大概四十多岁的男人坐在楼梯道上抽烟，一边抽，一边咳嗽。

见过两三次以后，母亲实在忍不住，走过去用方言跟他对话。

"师傅，你一天能抽一包？"

"吃不了一包。"

"烟瘾还不算大哦。"

母亲停了停又说："师傅，甲方经理光投诉楼梯道有烟头，你看，这墙上贴了这么大个牌子，吸烟要罚钱。要么你找张餐巾纸垫着，或者用一次性杯子接着，吃完了我给你扔。"

师傅听懂了母亲的话，后面很少出现在楼梯道了。

即使见到，母亲也发现，他会主动用塑料袋把烟灰和烟头带走。

母亲还常碰到另一个抽烟的年轻人，同样很瘦。

她笑着跟小伙子说："帅哥，我一天要做三层楼的卫生，你在这里抽烟，我会被投诉。我们这甲方经理光投诉啊，一点烟灰都投诉，我一直挪腾都不中，前面刚搞完，后面又被投诉了。

"你怎么还在咳嗽？烟不敢吃多了，吃多了对身体不好。"

话毕，母亲转身赶紧去拿了纸巾和毛巾，蹲下来，把小伙子跟前台阶上的烟灰烟头收拾了。

也许母亲的行为让这位年轻人感受到了道德压力，或者有了一些同理心和理解。

小伙子笑了笑，说，以后不会了。

之后母亲再遇到这个小伙儿，他都会把烟头烟灰放在塑料杯里，自己带走，扔去垃圾桶。

因为楼梯道烟灰、烟头问题总被投诉，母亲的经理对抽烟行为也很厌烦，就帮着母亲一起向上反馈。经理也不比母亲工资高多少，也照样要干活。面对这样的局面，可能是动了恻隐之心——打工的怜惜打工的。

后来，在楼梯道抽烟的人倒是少了，但他们把阵地转移到了洗手间。

有人常躲在洗手间的隔间，坐在马桶上抽烟。地上铺一张纸巾，一根又一根。抽完后，用纸巾把烟灰和烟头包起来扔到马桶里。也有人就站着抽，烟头和烟灰弹落在马桶内部，有时候冲不干净，母亲便会遭到投诉。这让母亲更加崩溃，她一次次反馈，表示抗议。

女卫生间避免了尴尬的问题，母亲做起来更顺心一些。但难处是，洗手台和地板永远是湿的，需要母亲不断去擦拭。

地板上、马桶里永远有毛发。母亲先用刮刀把毛发聚拢到一起，再用纸包起来，丢进垃圾桶。"一耙一大团，一耙一大团，多得很！"有一些女孩喜欢把束起来的头发解开，弯腰，低头，把头发从后脑勺甩到脸上，用手抓一番，再伸腰，仰头，把头发扎起来，像完成一种仪式。随之而来的是满地的头发。

垃圾桶里什么都有。有人为了图方便，会在洗手池洗碗，把快餐的饭盒及剩饭剩菜倒进厕所的垃圾桶。泡发的茶叶、果皮，胡乱塞在一起。垃圾袋拎出来的时候，底部流出脏水。

最可怕的是奶茶杯子。母亲在厕所的垃圾桶里处理过无数奶茶杯子，但没有一杯奶茶是真正喝完的。奶茶从杯子里淌出来，粘到垃圾桶的纸上、塑料上，甚至滴到地毯上，变得湿淋淋、黏糊糊。她要用手去把杯子扶正，拿起来放在水龙头下冲洗干净，给垃圾桶换上干净的塑料袋，把洒到的地方用抹布擦干净，这样才不至于让废弃的奶茶液破坏更多地方。

母亲被奶茶气得偷偷哭过好几次，她恨奶茶。从年轻到年老，她没有喝过一杯奶茶。她不理解这东西有啥好喝的，为什么年轻人如此热衷于它，又如此浪费？母亲跟我说："啥人都有，有的人文明，有的一点都不，人跟人的教养有差别，我也理解。我还不是为了要挣一点钱，只能慢慢做，能怎么办？你不知道，保洁员不知道受了多少气。"

保洁员们遭遇的投诉五花八门。

有一次，母亲被投诉男厕所小便池外壁底部有污渍。那是一个视觉死角。母亲得歪着身子，蹲下来，把头低下、伸出去，才能看得到污渍在哪里。那些污渍常常是洒出来的尿液，顺着外壁流到了底部形成的黄印子。母亲的身体要折叠成一个不规则形状才能够得到，若是身材很胖的保洁阿姨，还得扶墙蹲下去，以防跌倒。后来，母亲的经理告诉她一个办法：打开手机的前置摄像头，拍一张照片，看看哪里有尿渍，再喷漂白水，用抹布去擦拭，有时候还要用到钢丝球。

这是一份真正充满屎尿屁的工作。

母亲早、中、晚都要在表格里签到。有些阿姨会在打扫卫生之前先签到，有几次被物业发现了，对方就投诉。

督管在工作群里提醒："签到表的真正含义我都说过无数遍了，都提前签到了，卫生能做好吗？签到的考核将会在每月考核及费用结算里体现，这种错已经太多次了。@××（经理）"

"收到！谢谢领导提醒。"副经理回复。

母亲的工作群里经常有类似的通知。

"最近一周集团每天都有领导下来检查，员工着装，戴口罩，礼貌用语问题。今天是集团×总下来检查，没有具体时间。"

"收到。"

还有经理和副经理类似的对话：

"我知道×××做事很辛苦了，我都不知道怎么说他好了，但是老板拍的视频又确实是事实啊。"

"唉……我提醒他一下。"

在保洁员的世界，抑或是我们生存的这个世界，如果你抽丝剥茧，去看每一个行动背后的细节，你会发现，人，在本质上没有绝对的好坏之分。只在于你是否有心去了解事物的另一面。

负责给保洁员们发工资的环境外包公司经常不准时发薪，一般都会拖延十天半个月，这已然成为一种默认。

有一次拖了快一个月，工资还没动静。保洁员们很生气，决定不上工。开完晨会后，保洁员们都坐在休息室，保持沉默，无论经理怎么说好话，就是无动于衷。

平时对保洁员很"凶"的大经理决定站在保洁员一边，把问题往上报，第二天下午工资就发来了。

保洁员最关心的就是工资错没错。发工资当天，每个人都会用心核算自己的加班时间、打卡记录，工资一分一毫都不能算错。一旦银行卡上的数额跟心里默算的数额对不上，保洁员们便会去找经理。有一位阿姨被发错了工资，哭着说："我把花坛里的花都哭湿了。"经理一一核实，上报，帮保洁员维护权益。这时候，保洁员们评价起经理，常用的话是："他也有自己的难处。是个好人。"

嘴上经常喊着"罚钱"的副经理，在端午节，自费给保洁们买了好几百块的零食，还在保洁员微信群里发了红包，感恩大家的支持和付出，虽然每个人抢到的数额不多，但大家都很开心。当有人来跟她抱怨某某干活差劲时，她总是说："大家都差不多，你看看她多可怜，多体谅一点。"

母亲常在女厕所里遇到一位来化妆的江西女孩。

她把一排化妆工具摆在一张平铺的纸巾上。清洗牙齿，安假睫毛，画眉……化完了纸巾留在洗手台上，化妆品遗留下的碎末等着母亲去收拾。

但那个女孩也很热情，每次都会跟母亲打招呼，说，阿姨辛苦了。

有一次，母亲提醒："美女，你化完妆了把垃圾甩到垃圾桶哈！"后面，女孩化完妆便会清理干净再走。

女孩的工作是金融业客户经理，化妆也许是让工作变得更加顺利的武器。

母亲曾对化妆的女孩说："美女，你不化也漂亮，化更漂亮。"

美女问："阿姨，真漂亮？"

"真漂亮，漂亮得很！阿姨说不了假话！"

深圳这座城市以"效率"和"金钱"闻名。但当年，二十四岁的我第一次踏上这片土地的时候，第一感受却是，这里公园的公厕都相当干净、有设计感且纸巾永远不缺，博物馆、图书馆永远那么鲜亮，写字楼总是一尘不染。

在我母亲成为一名保洁员之前，我从来只享受我在公共场所里的窗明几净，公司里的井井有条，没有想过，这些我无时无刻不在体验的"干净"与"方便"是怎么做到的？现在想来，那些保洁员经历的，大致与我的母亲类似。

母亲跟我讲完她在厕所的遭遇，末了，不忘提醒我："你在公司上厕所的时候，听到阿姨打扫卫生的动静，你一定要尽快出来，不要让阿姨等，等得很着急。"

"经理做事太'绝'了"

2022年的春天快过完了。

4月23日。吃完中午饭的时候，母亲说，她的同事翠竹阿姨被开除了。翠竹阿姨五十九岁，四川人，被老乡带来深圳做保洁有二十年了。

被开除的理由是，她把电饭锅插头插在了她所打扫的一家公司门口的插板上，刚好被来看房的客户撞见。客户反馈给物业，物业在群里通知管理保洁员的大经理，大经理很生气。

这是发生在22号中午的事情。

12点23分，大经理在群里通知他的副手经理："查一下是谁，如果是我们的人，追责，谢谢！还不如把老板的办公室当饭堂呢！"后面跟着愤怒的表情包。

母亲把手机递给我，让我看群聊记录。我用调侃的语气问她："你在公司的时候不说话？为什么回家后如此愤怒？"

她有些不好意思地辩解："他没有说我，所以我才没有管。"

我问："那你是不是有些事不关己、高高挂起？"

母亲没有正面回答。她说："大经理做事太'绝'了，从一开始就不喜欢他，不跟他正面打交道。"

当天下午快下班的时候，大经理来到母亲工作的楼层检查，卫生间的马桶边沿有一点点烟灰，他拍了照片发到群里。"那时候已经6点多了，我都下班了，我理都没理他，也没在群里回他。"这是母亲表达愤怒的一种方式。

下班的时候，按照惯例，副经理要开一天的总结会，会场就在地下车库。本来都要散会了，大经理坐了顺风车来，专门为了批评翠竹阿姨。"直接开除，这是'死人'做的事。"大经理在会上大骂。

"奶奶气'瞎'了，当时没作声。奶奶哭得一抽一抽的，没吭一声。"母亲把同事中间比她大的老人都称呼为奶奶。

"那你们有规章制度说不准在中午时间热饭吗？"

"强调了，好几次开会都说了。"

"开除可能是违法的，即使开除，也不能这么骂人啊。"在道义上，我站在母亲一边。

那天下班回家后，母亲蒸了馍，做了土豆片汤。吃完饭，就一直坐在沙发上等我。也许当天晚上，她就想跟我倾诉一下。但那天是周五，我和丈夫跟朋友们约了聚餐，结束后还逛了夜市，回家的时候已经快12点了。

"我从8点开始等，等到9点44分，就上床睡觉了。"

"你怎么不发信息问问我，什么时候回来？"

"你们两个都没回来，肯定是一起，我不担心。

"12点多的时候，我醒了，发现家里的灯是亮着的，你们开门我都不知道。"

"那你等我们的时候想了什么没有？"

"什么都没想。"

"你也没看电视？"

"没有，不想看，啥都没想。"

几秒过后，母亲说，她其实想了很多。

"我想打工的奶奶，经理说话那么气人，奶奶为什么泪流满面却不说话。依我的脾气，我当场就要跟他吵起来，我娘都没这么骂过我，轮得到你这么骂人。你大经理可要永远在这里当大经理。恶人还要恶人磨，离了我们这些保洁你还就真过不了光景。

"我没有当面说，我还得待在那儿干活。他要说了我，我肯定反抗，我们所有人都走，看你们管事的能做成什么样。你说我们找不到工作，成千上万的人离了你们照样找到工作。

"要有一个厉害的人治治他，他会善一点。谁给他下的命令，让他可以说罚钱就罚钱？我们劳动人民是光荣的，我们刷马桶挣的是光荣的钱。气气他！把他气得好好的！真的！"

但这些话，母亲一句也没有当着大经理的面说出来。

那些因为不平等而激起的愤怒情绪，需要隐藏和否认，不能当场爆发，母亲不得不忍着满腔怒火。回到家中，母亲一股脑儿吐给了我们。否则，她要憋坏了。

23号上午，翠竹阿姨离开之前，在工作群里连发了五条语音。大意是说，她谁也不怪，走就走，但受不了这种侮辱人的方式。又不是杀人放火，不应该被如此对待。

母亲说："我本来想在群里点几个大赞，说得好，说得好。想想还是要不得，我还在这儿干活。要不然，我肯定点几个大拇指，说得好，我看你在这里当一辈子官不成。"

我问："大经理为什么这么容易动怒呢？"

"上面也有人找他的麻烦，大经理说他来这边一定要把这里管好。但他在工人面前那么有官样，却是住在车库里，没有办公桌，也没有电脑。春季人员充足，他威风大，今天说让这个滚蛋，明天说让那个滚蛋。"

最近大经理的发泄矛头指向一位姓圆的保洁员。

圆大伯"七十二岁"，被老乡从四川带到深圳打工，目前负责写字楼外围的清洁。他的实际年龄是六十二岁，早年托人改了身份证上的年龄，人情费前后花了1万块，才把新身份证办好。

经理一开会表达警告时，就当着所有清洁工的面说，首先要开除的就是年龄最大的。圆大伯心里惶惶然，只能做一天工赚一天钱。他没有结过婚，是个光棍。他的生活与他那寓意着美好愿景的本名形成了巨大反差。

"你看，你妈妈打工也是有情绪劳动的。"丈夫插嘴。

一家人都笑了。

母亲感叹："你在哪里打工都是一样的，做一天工有一天钱。没有十全十美的。有时候，把人气得要死，大岗位、小岗位一样多钱，有些人啥也干不了还得表扬，活儿多的还挨骂。"

但后来，我却从母亲那里得知，这位身高一米八、身材魁梧、看着像当官的、脾气暴躁、被工人称作"土豹子"的大经理，曾经对工人说，自己在外面欠债很多。前几年，他的老婆病了，借了亲戚不少钱。这位经理的微信头像是一家三口的自拍照，他的老婆看起来文静秀气，温温柔柔的样子。

我安慰母亲，你姑且就将他对工人的残酷理解为他对生活不如意的发泄。他本能选择了挥刀向更弱的弱者，生活将他变成了一个"恶人"。

被开除的翠竹阿姨在离职前发的语音，没几个人回复。大经理也没说话，母亲将此理解为经理不敢回复，我提醒她"他更多是不屑于回复"。

"你应该加一下阿姨的微信，私下给她支持。"丈夫建议，母亲表示认可。

"如果他要是这么对我，我一定把他好好说一顿再走，不然这口气怎么能出。我的岗位没有被额外关照，有些人岗位小，年龄也大，他们讨好经理。

"奶奶语音里说得我心里很痛快，就应该这么说说经理。"

翠竹阿姨被开除，当月的工资还扣了100块。

我曾经碰到过这位翠竹阿姨。

一个周六，我去帮母亲打扫厕所卫生，下楼的时候，在电梯口碰到了她。她叫住我，说自己的手机出了问题，下滑的时候看不到流量和无线网络信号使用的标志。那是一个运行很缓慢的手机，我尝试了很久，也没能帮她解决问题，她又急着要去干活，就放弃了。

母亲说："还是在政府大楼的时候轻松。那个姓胡的经理挺好，经理也挺好。胡经理从来不说脏话，一直对我们这些保洁说，你们岗位大，你们辛苦了，争取明年给我们加工资。实在做得不好了，有时候还给工人们说好话，不会说让你滚，经理也基本不投诉工人。衣服、工牌都是免费的。这边工衣60块一件，工牌20块一个。

"即使是在商场里，也不用像现在这样天天开会。也没有像现在这样，动不动就让人滚蛋，洗手间里什么都不让放，有一点水渍就要拍照投诉，你前面搞完后面就有人要上厕所，怎么可能没有一点水。工人捡一点纸皮卖、打卡迟到，都要罚钱投诉，在会上不允许任何人插嘴，别人都是错的，一说就是'闭嘴！'。

"在商场工作的时候，有一次，我站在银灰色的大垃圾桶旁边，商场的物业督管一只手打电话，另一只手拿个白色的手机。我看到他对着我'咔嚓'一下，我并没有害怕，我没有违反任何规定，我没有喝水，也没有坐在那里，只是他看到我的时候，我站在垃圾桶旁边。我不怕他投诉。"

母亲的倾诉如滔滔江水。但当我要她实在受不了就离职时，她拒绝了。她说服自己的理由是，这些活儿可比她年轻时在农村务农，中年时在矿山、工地打工轻松多了。

"那后来你被督管投诉了吗？"我问。

"没有，他没待多久就离开了商场。"

母亲在决定离开政府大楼之前，一直重复一句话："我再也找不到那么好的工作了……"想到当初我再三催促母亲回老家照顾姑姑，现在想来，心里有一些内疚。当时我没有站在母亲的角度去考虑，只觉得她和父亲怎么能迟迟不动身，而忽略了一份"轻松"的工作在他们心里有多么重要，更忽略了他们再找到一份相同工作的难度。

"那我再去找找原来在政府大楼的经理？哪怕给他送点礼？"

母亲拒绝了。

她现在工作的写字楼，算上加班，一个月最多可以拿到3500元左右的工资。政府大楼周末和节假日没有加班需求，工资固定在2800元左右。因此，现在虽然辛苦点，但也赚得多一些。

我再次私下问了政府大楼的经理，他说，2022年政府大楼换了供应商，他也已经离开，去别的环境公司上班了。

母亲常常在写字楼的电梯间遇到一位保安，通过对方的口音，她判断这个年轻人应该是陕西人。闲聊之后，她了解到对方老家在蓝田。

差不多十年前，母亲曾经和父亲一起去蓝田打工。在他们的印象中，那里的人很穷，穷到本地没有压面机，吃面条要去村头富裕人家专门压。压完拿回来在院子里晾干，一顿吃一点。稍微富裕些的几家人，都是用柿子制作食用醋卖钱。

父母那年的主要工作是去山上栽树。老板用个人承包的方式，谁栽得多就挣得多。栽一棵树4毛钱，父亲早出晚归，两个月挣了1万多块，栽了3万多棵树。母亲在那里负责做饭，五十多个工人，她一个厨师。他们租住在当地人的房子里，一个老奶奶常来找我母亲聊天。两个月的工期结束，离别之际，老奶奶送给母亲一双手套，跟她说要保护好自己的双手。

后来母亲再次在电梯间碰到那位年轻保安时，他已经不记得她了。母亲反复提示，我们是老乡啊，年轻人还是想不起。

妈妈，我提醒她，这里是深圳，每个人最终都要相忘于江湖。

母亲也常遇到另一个年轻的保安，只有十八岁，长得很清秀漂亮。母亲打心底觉得这么整天站着拿几千块钱工资，对一个正处于成长期的年轻人来说很是人生上的浪费。

有一天，母亲跟年轻的保安说："帅哥，你可不能一直当保安，过两年，你去学个手艺。"年轻人笑笑，不说话。

翠竹阿姨离开后，母亲不知她的去向，也没能加上她的微信（或许是手机问题）。但一段时间后，母亲遇到了她，她在附近的小区里找到了清扫楼梯道的活儿。

"我又没长翅膀会飞"

深圳盛夏炎热的天气，令一切都在腐败。高高耸立的写字楼在浓烈的阳光下晒焦，泛白，显现出疲软的姿势，仿佛要化掉。

暴雨快来了。

写字楼里的马桶都是日本品牌，马力很足，冲水很利索。

即便如此，卫生间地漏散发出令母亲五脏六腑都翻腾的味道。

一位保洁阿姨果然被投诉。

租户跟物业告状："厕所有尿骚味！"

味道是从地漏里渗上来的。虽然表面上看起来已经很是干净，但实际上打扫厕所的阿姨也闻到了。

阿姨承认事实，但心里不服气。她没有可以去除异味的清洁剂。最近，环境公司为了降低成本，清洁剂的种类少了很多。洗厕所只靠一瓶漂白水。

副经理在微信工作群里发了投诉的截图。

阿姨争辩："不给清洁剂，绿水（应该是氯水，阿姨不认识，就叫绿水）都不让保洁员用，就只给了一点漂白水。"

物业经理和环境公司经理有一个专门的对接群，保洁员不在里面。一旦有投诉，物业经理先把照片或截图发到双方经理都在的群里，管理保洁员的经理再把投诉截图转到保洁员所在的大群。微信群的出现，让保洁员的工作变得更加即时性，且要求效率。母亲手机里的消息提示音总是响个不停，这也导致母亲的工作令人更加异化和工具化。母亲无法接受我将她的微信在手机锁屏时设置为静音状态，即使在下班时间，母亲也总忍不住去反复查看微信群消息。有时候，深夜11点还能听到她的微信叮叮响。

虽然这个错误不是母亲的问题，但她实在看不下去了，在群里连发了几条语音。

"拿什么香？得有东西才能香。

"你说楼下商场的洗手间是香的，也不看看别人用的什么材料。

"那里还配有香薰蜡烛，你这给了什么？"

在写字楼打扫卫生一年，母亲渐渐成了一个很勇敢的人。每次面对投诉，她总能守住自己的立场和节奏。

有一次，她在群里被副经理点名，又是有人投诉洗手间的台面上有水。那时，母亲正在更高的楼层打扫另一个洗手间。

母亲看到群里的图片，没有忍住。她最讨厌别人不停地催促她。她发了语音过去，条理清晰。

"我看到了。台面有水她拍让她拍，那是她的工作。

"我还在上面，要一层层地做，我又没长翅膀，能马上飞下去。

"赶快去做得有一个过程，我要用腿走路，我又不是孙悟空会变分身，一飞就能飞下去。"

母亲不喜欢有人对她指手画脚。在母亲看来，保洁班组的副经理，虽然能干，但挡不住事儿，分不清轻重缓急。上面一投诉，她怕得要命，马上就截图转到保洁员的大群里。

"作为领导，有些事能揽就应该揽了。有些事情，明明是甲方物业的问题，怎么能全部推到乙方和保洁员身上。比如纸巾太差，清洁剂太少，作为经理就应该向上反映。

"给她权力她不用，跟我们村原来那个村支书一样。总是怕这个怕那个，让别人把你当下饭菜。你要抓住甲方的漏洞和问题。"

但副经理是一个听不得意见的人。每次开会，只要保洁员一插话，她就让人闭嘴。有时还骂很难听的话："你这个聋子！一脚给你踹死。"

她也让母亲闭嘴。

"我们都长嘴了不让我们说话？我们长嘴了不让我们说话是什么道理？"母亲不明白。

这些意见母亲只跟我说了，并没有机会对她的经理说。副经理每天忙着应付各种检查和投诉，也累得够呛。她的胸前总是汗津津的，有着大块的汗渍。

检查卫生的督管虽然经常拍照投诉保洁员这儿干得不好、那儿干得不好，但碰上有租户在楼梯道抽烟却睁一只眼、闭一只眼。有一次，母亲看到督管迎面碰上几个在楼道抽烟的人，督管什么也没说，等他们抽完，拿着扫帚去把烟灰扫了。所以，人与人之间的相处态度，与他们所处的位置是紧密相关的。屁股经常决定了脑袋。

副经理在开会的时候要求保洁员们每次见到她，必须说"经理好"。母亲很少说，她要么打个笑脸，要么点点头，这就表示说过"经理好"了。

面对投诉，母亲的态度是——做不成就不做了。

经理说，我又没罚你钱。

"你凭啥罚我钱，我一没捡纸皮，二没犯错误。

"你上午罚我钱，我下午就不做了。"

有些阿姨性格弱，也确实需要一份工作，被罚钱了还留在那里干。

有一位阿姨，一个人负责六个楼层的卫生，还经常被批评，常常哭得眼睛红肿，要离职，又拿不到离职书。但是，有的保洁员却被安排到没有人办公的空楼层看房子，一天也不用干什么，工资照拿。母亲觉得很不公平。

副经理想让人额外做事的时候，嘴巴就变得很甜，又是管保洁员叫家人们，又是叫姐。

有的人围着副经理转，但母亲绕着走。她觉得，只要把自己岗位做好，什么都不说，对方就拿你没办法。

面对不在她工作范畴的要求，母亲总是态度冷淡。"待会儿再说"是她的口头禅。

有一次，开完会，副经理拍拍母亲的肩膀：

"姐，你把十三楼再带着。"

十三楼公司多、人多，难打扫程度在保洁员中是出了名的。并且多打扫一层楼并不会多一分钱工资。

"我一个人顾三层楼，这么大个岗位我还带十三楼？做不了，你去找岗位小的人做。"母亲把副经理的要求挡了回去。

"要是我哪天被开除了，我要把心里话说完了再走。"原来，母亲是抱着时刻准备辞职的心态在工作。

她虽擅于隐忍，但从来不是一个擅于讨好别人的人，且受不了被不公平对待。在她几十年的打工生涯里，有好几次都是跟管事的闹翻后愤而离职。现在年龄大了，脾气还柔和了一点。

"妈妈，你好像在哪里打工，都会跟人吵架。"我跟她开玩笑。

母亲外出打工第一次跟人吵架，也是跟"垃圾"有关。

那是2013年下半年，母亲四十五岁，很健康。她的腿还没开始疼痛。我和弟弟在念大学，她和父亲供养了两个大学生，她感到充满希望和干劲。

一个乡民给母亲在县城附近介绍了一个垃圾分类的活儿，管吃管住。那时候，我家在县城没有住处。姑姑家已经在县城买了房安家。母亲坐班车进城，头天晚上住在姑姑家。

第二天一早，母亲去找介绍人。他把母亲带到了十公里之外的废品处理厂。母亲和同伴们要做的工作是从已经捡来的塑料里挑油瓶，大的和大的，小的和小的，厚的和厚的，薄的和薄的，各归一类整理。这些塑料瓶被机械碎成粉末，清洗，装袋，拉走，再制作成新瓶子。

母亲被安排专门挑大瓶子，干到上午10点时，她已经装了十几车。紧接着，她又收到通知，马上要去另一个地方干别的活儿。

她停下来，站着休息了一会。这一站，就被管事的班长看到了。

班长指着母亲的眼睛说，不要偷懒！

他的动作和说话的语气刺激到了母亲。

"我就站了一会儿，你凭啥这么说我？"

母亲用激烈的言语骂回去，对方也被母亲的人身攻击激怒了，两人闹到了老板那里。

老板好言相劝，让两人彼此放对方一马。但母亲坚决要走。她连中饭都没吃，就收拾东西离开了。

"不能让这样的人给我管着。"母亲甚至连工钱都没要。那时，干一天活儿的工钱是60块，半天30块。

在保洁职场，尽管母亲显得如此"强硬"，但这份强硬是十分脆弱的，建立在她十分"小心翼翼"的基础上。

在高级写字楼，母亲别在右胸口第二粒扣子上方写有"保洁员"三个字的名牌编号是：0364。母亲每天都要佩戴名牌。入职的时候，经理明确告知过，若是没有佩戴会被点名批评，若是将名牌丢了，就要罚款30块，重新去领一个新的。我去购物APP上以"保洁员工牌"为关键词去搜索，跟母亲所佩戴的名牌样式相同的，定价大多在3至5元。

有一天，开完晨会拍集体合照的时候，母亲被副经理发现没有佩戴"保洁员"名牌。头一天晚上她洗了外套，把名牌摘下来放在桌上，第二天上班忘了拿。副经理让母亲站到队伍后面去，免得被甲方发现。"只要没发现都好说。"保洁员们怀着这样的侥幸心态面对不遵守规则时的小失误。

为了让自己不那么热，母亲尽量待在有空调的卫生间里，但人们进进出出，她也不能待得太久。空调的冷气和热风在楼梯道交汇，黏稠的质感令母亲眩晕。有时候她很困，就坐在楼梯道的台阶上打一会儿瞌睡，但不能睡得太沉，总是在迷迷糊糊中惊醒，起来干活。她很担心被督管"捉"住。有一次，一个保洁阿姨坐在空置办公室里遗留的真皮白沙发上，把头靠在沙发边沿，似睡未睡。这一幕正好被巡逻的督管撞见，拍了照，被投诉，照片从甲方微信群流转到保洁员微信群，阿姨被一顿批评。"她运气太差了，被捉住了，罚了200块钱。"以前，母亲还有在空置办公室偷一会儿懒的念头，现在完全打消了。"那里在人眼睛皮下，太容易被捉到。"

母亲的工服外套是灰色的，入职写字楼的时候，花120块买了两件。衣服不是很合身，XL的，外套把她的屁股都包住了。"穿得够够的，一天也不想穿了。"但无论天气多热，母亲还是得穿这件她从来没有看上过眼的衣服。

衰老

　　盛夏快过去了。天空呈克莱因蓝，云彩像棉花糖，一会儿变成海豚，一会儿变成花朵，一会儿消散了，一会又聚起来。太阳晒在皮肤上不疼了。

　　8月25日，星期四。天气预报说台风"马鞍"即将登陆深圳。

　　这天，我被安排去上海出差。下午5点的飞机，这意味着我上午可以在家办公。

　　父亲这天也被安排在家休息。

　　母亲6点多就出门去一街之隔的写字楼打扫卫生了。

　　8点多，我被父亲接电话的声音吵醒，语气很焦急。我匆忙起床，从父亲手里接过电话。是母亲的经理用母亲的手机打来的，说母亲突然肚子痛，需要赶快去医院。

我问母亲在哪儿，她说在工作间。我让她待着别动，和父亲去找她。我带上了她的身份证和雨伞。马路上，雨尚未下起来，只是风很大。母亲在写字楼工作一年来，除了偶尔腿不舒服，很少喊疼。虽然只有几百米的距离，但我的脑子里闪过了很多可能性：食物中毒？胃溃疡？我想立马奔到她身边。我跑到大堂门口，扫场所码，坐货梯上到她工作的楼层。在工作间没有看到她，折返，下楼，再打电话，跑出一身汗。母亲说她在路边。

　　她挎着帆布包，用手捂着肚子。

　　"妈妈，你怎么了？"

　　我和父亲奔向她，将她扶住。

　　"7点多干活的时候还好好的，突然就疼了。"

　　"哪里痛？"

　　"肚子拐角这里，一阵一阵。"

　　"你是不是没吃早饭饿的？"

　　"吃了面包的。刚刚经理也让我喝水吃东西，吃完就吐了。"

　　"赶快去医院吧！我来打车。"

母亲坚持要先回家把工作服换了，换上日常的衣服。我和父亲扶着她回去。到家后，我用开水冲了一碗鸡蛋粥，但母亲喝不下去。

我帮母亲去换衣服。

此时，我的父亲，居然拿出一个碗，盛满清水，试图在碗里将一双筷子立起来。

"爸爸！快出门！"

那双筷子并没有立起来。

父亲这么做，是有理由的。很小的时候我肚子痛，父亲也这么做过。在陕南农村，传说如果筷子能立起来，就是被逝去的亲人在天堂说坏话了，祷告祷告，就不痛了。

但此时，我真的感到很无语。

我们下楼，出租车开到半路，母亲说她好一些了，要返回家休息，不去医院了。我坚持要去。到了医院门口，她又退缩，自我欺骗，对我说，我的身体我知道。

无论如何，这次她是不会赢过我。

扫码，测核酸，排队，挂号，抽血，验尿，做CT。测核酸的时候，棉签深深捅进母亲的喉咙，她在垃圾桶边呕吐了很久。不适感让她咳出了眼泪，满脸通红。快中午的时候，同在深圳的弟弟也请假过来了。

很快，我们拿到了检查结果。让母亲痛到出汗的是尿道里的小结石。医生建议先输液，吃药保守治疗，告诉母亲要多运动，争取把结石尿出来，不用做手术是最好的。我的心稍稍放下了一些。不过想到，医生让她多跳跳，尿出来的可能性更大，而她的腿是无法使劲跳的，心又提起来了。

把母亲交给弟弟，我返回家中拿行李赶飞机。好在台风天并没有影响飞机正常起飞，我如期到达了上海。

因为尿结石，母亲休息了三天，经理一直催她去上班。母亲把在医院的检查凭证发给经理，经理没再说话了。

我的母亲，对医院有着天然的不信任。因为那里是"花钱不眨眼"的地方。我不敢告诉她这次进医院的花费，但她还是在一堆单据中看到了，并表现出震惊。"半个月白干了！"

母亲的腿疾之所以至今还是隐患，与她对医院不信任有极大关系。

第一次腿痛发生时，县城医生给母亲开了400多块钱的药。他建议母亲住院，母亲拒绝了，说自己还要挣钱，有很多活儿要干。药很灵，母亲喝了两天就明显缓解了，她觉得腿好了。第二次腿疾发作于她徒步十几里去参加亲戚的满月酒之后。当晚，她用烧酒加艾草敷腿。一敷，第二早上母亲就站不起来了。到镇上，医生说得去大医院作核磁共振。膝盖全乌了，肿得像石头。去大医院一检查，膝盖积水了。医生抽了两针管黄色积液出来。随后，在我的强力劝说下，她来到西安检查。左腿被确诊为滑膜炎。此后几年间，她无数次进医院做康复，忍受银针扎在腿上的疼痛，体重从154斤降到124斤。虽然花了不少钱，最终还是医院让她的腿不再那么受折磨。

在深圳，她没有医疗保险，没有可以报销的项目。她总想着有病要回老家县城医院治，那里可以报销。

有一次我发现她状态很低迷，一直咳嗽。买了感冒药吃了并不见好转。连着两天，她拒绝了我帮她请假休息的提议。第三天下班，晚上9点多，她用方言跟经理请假。"经理啊，给你添麻烦了，我咳嗽得没用了，上气不接下气，浑身百节都痛。"在家待了一天，吃了药没有好转，她再次用同样的话请假。经理都准了。

她坚持认为，感冒了不能沾凉水，不能洗澡。户外的温度有37摄氏度，两天没洗澡让她的身体散发出汗味。我说，医生从来没有说过感冒不能洗澡，并且水是热的。她不为所动。我放弃了沟通。母亲就是这样，她认定的事情很难被说服改变。

她躺在沙发上，很痛苦的样子。我觉得她洗个澡，好好休息一下可能会舒服点，但她不会听我的。我们之间看似很近，但隔着跟银河一样的距离。

母亲的经理们很可能非常了解她这种想要多赚钱的心理。每次母亲想休息的时候，经理都会跟她诉苦："找不到人替代""别人都没休息你为什么休息""你看你还这么年轻，多做一天多赚一点"。母亲往往心软，休假就变得不了了之。回到家中，她给我的一贯说辞就是：经理不给假。这像是一场合谋。

母亲在做保洁的三年里很少请假，这是其中一次。

对于母亲，她更在意的是，每去一次医院都意味着她那天的工钱"凭空消失"。她希望自己健康，并且常常安慰自己，"我的身体我知道，看了也没用"。在我看来，这样的安慰背后，何尝不是恐惧。她更怕的是去一趟医院检查出一身毛病。因此只能自我欺骗，祈祷上天能够眷顾自己。

母亲刚来深圳的时候，我带她去北大深圳医院运动科看她左腿膝盖的顽疾。生拉硬拽带到医院，在年轻的医生面前，母亲用方言一句句陈述自己身上的病痛，陈述自己左腿的疼痛过往，她说一句，我们给医生翻译一句。我心里惊讶于母亲对疾病的描述能力，她向医生诉苦说，在左腿上花的人民币都能做条"钱"裤子了；也惊讶于在我们面前哪儿哪儿都不痛的母亲，在医生面前，每按一处身体部位，她都说很痛。

医生建议她多休息，常做下蹲和扩胸运动。她无法坚持，把医生的建议抛诸脑后，只有在我们表达强烈反对时，才象征性地休息。

我决定给父母做一次全身体检，在2022年国庆假期结束前一天带他们去。

一开始，他们推托不去。当我告诉他们，这是我所在公司的福利时，他们才同意去。

这是父母第一次在大医院里做全身体检。体检在早上9点，医院通知让8点半到。从家到医院，打车十分钟就可以到。

他们头天晚上谨遵嘱咐，晚上10点之后，不进食、不喝水。

第二天早上，我起床去洗手间时，发现母亲已坐在客厅门口，一副完全准备好的样子。我告诉她，为了防止人多，我们8点出门就好，让她接着睡个回笼觉。但也不知道她有没有听，我继续回房睡觉了。

出门的时候，母亲也没有听从我让她穿T恤和运动鞋的建议，坚持穿了在她看来很凉快的宽松衬衫，以及她从老家带来的自己亲手做的千层底黑面布鞋。她认为这样才舒服，并不理会她可能是医院里唯一一个穿布鞋去体检的人。

"没有人会朝你脚上看你穿的什么鞋，舒服就行。"

母亲惊叹于深圳医院里的干净与流程化。在我的引导下，她乖乖排队、抽血、称体重、做心电图、做脑CT。做CT的时候，母亲发现她起了个大早，但耳朵上的耳环却没有摘。她有点焦虑，手忙脚乱的，在我的协助下才终于搞定。

做完体检后，我带父母去莲花山公园散步。深圳短暂的秋天来了，虽然阳光还是明晃晃的，但已经不炽热了。人的心也跟着阳光明亮了起来。公园里正在为深圳每年11月底的簕杜鹃花展做准备。

半个月后，体检结果邮寄到家。报告显示，母亲除了尿道有炎症外，也有冠心病风险。

此外，母亲的子宫里有一个躺了28年的节育环。

节育环两侧带着小巧钩状的阴影，深嵌进肌肉组织，与子宫内壁粘连。这是计划生育留下的产物。我的母亲怀了六次孕，只留下了两个孩子。两次自然流产，失去的是两个女孩；两次被迫引产，被引掉的是两个男孩。

面对我们姐弟俩都远在深圳的现实，母亲不止一次带着懊悔的口气跟我说，如果我多几个兄弟姐妹，他们就不至于没有孩子留在身边，不至于想回老家回不去。

我和母亲生活在一起。面对来自她催生的焦虑，我都会想到她体内的节育环。我想，或许是因为她曾经失去了四个孩子，所以才希望我和弟弟无论多难，都一定要有自己的孩子。

春天的时候，母亲喝了我们买给她的"驴胶补血颗粒"，断了半年的月经，突然来了一次，此后便彻底没了。被母亲称为"祸害"的月经，曾经无数次让她感到羞耻，在月经的前两天总是让她痛得直不起腰，让她不方便在工地上做工，耽误她挣钱。现在身体里的河流干涸了，母亲既感到轻松，也有些伤感。我说，妈妈，你彻底摆脱性别束缚，像你说的，跟个男人一样了。母亲嘿嘿笑。

母亲手机里她最年轻的一张照片是十年前我帮她拍的。她穿着蓝色上衣，站在老屋门口操场边的樱桃树下，左腿还很健康。照片上的母亲与我记忆中像男人一样的母亲很不一样，像一个彻头彻尾的陌生人，虽然留着短发，但不凌乱，没有一根白发。她的身体很敦实，很强壮，她从未化过妆，皮肤看起来白皙饱满，没有皱纹，眉毛修长，带着微微的笑意，眼神意味深长，甚至有些优雅。

十年后，五十四岁的母亲体重比照片上轻了十多斤，身高仿佛也缩短了。她留了长发，并用染发剂染黑，绽放笑容的时候，眼尾的皱纹荡漾开来，像是要跑到头发里去。她的背有些微驼，像个老太太一样自然地背起双手，边走边东看看、西瞅瞅。

母亲常在其他老年人身上看到自己身体的衰老。

在经过广场上一群跳舞的大爷大妈之后，她跟我说，五十多岁这个年纪，就像她年轻时在农村见到的上了年龄的柴油机，往往越是要磨面的时候，越是容易打不上火，"扑通扑通"冒黑烟。这时候，通常的做法就是用打火机点着玉米芯，再去油箱给柴油机点火——"扑通扑通扑通……"终于开始运转。她感慨，现在人生就是到了需要这一把火的时候。要一次次点火，才能运转下去。

父亲则在这次体检中查出了轻度脑萎缩。

他们都老了。我第一次深切意识到这件事。

"挂在树杈上"

有很多细节可以让你一眼辨别出在大街上碰到的阿姨是一位保洁员。她们的头发常常用发网兜住，盘在脑后；她们大部分都很瘦且微微驼背；她们喜欢穿比身体大一号的长袖长裤，有时候直接穿着工服；她们总是走得很匆忙，有些还能明显看出腿脚不灵便；来自湖南、湖北的居多，五十岁到六十岁之间；她们都说方言，面对陌生人更加细致的问询很谨慎；她们有一张疲劳的面孔，伴着黑眼圈和蜡黄的面色。

母亲工作的写字楼位于深南大道上，是一片综合建筑群，于2013年开盘。这片建筑群包含两幢办公楼，一座酒店，两幢商务公寓，还有一个大型商场。

负责将人们运到写字楼各个楼层的电梯分为三种：

货梯、客梯和贵宾梯。这是这栋大楼里人群阶级划分的隐喻，干体力活的走货梯，白领们走客梯，商界、政界要人走贵宾梯。

保洁员们没有权限乘坐白领上班时用的客梯，只能乘货梯。货梯的轿厢四壁被复合木板保护着，上面涂画了各种笔迹。连气味都不一样，带着尘土和汗水的味道。电梯上升和下降的时候，伴随着轰隆隆的噪音。

很明显，这是一部专供像我母亲一样"做工的人"乘坐的电梯：保洁员带着拖把、水桶，快递员抱着摞得比自己脸还高的包裹，拉货员推着装满物品的推车，修理工背着工具袋……他们经常挤在一起，等着各自要去的楼层，脸上的表情总是很焦急。

保洁员没有权限乘坐客梯，但货梯则对所有人开放。尤其是下雨天临近上班打卡的时间，客梯太过拥挤，白领们便在客梯入口处打完卡，转头乘货梯。他们手中拎着雨伞和早餐，人太多的时候，早餐就可能会被挤瘪，跌在地上，鸡蛋破碎，粥洒满一地。

一位四十多岁的大哥坐在轿厢里侧的凳子上，专门负责开电梯。母亲称他为"电梯司机"。每当有人进来，他都会面无表情地问一句：去几楼？得到回复后，帮忙按下按钮，便低头刷短视频。他一天有12个小时得待在这个密闭的空间里，跟着电梯轿厢上上下下。我陪母亲去工作的次数多了，他便认识了我，表情也变得柔和了很多。每次我们进电梯或出电梯的时候，大哥都会调皮地伸出手，并说一句"请上车！"或"请下车！"，仿佛我们乘坐的是一辆顶级豪车。

这辆"顶级豪车"也会偶尔出故障，"说坏就坏"。一次，母亲正和保洁员老刘一起乘货梯下负一楼停车场开会，"哐当"一声巨响，电梯停在了十三楼，一动不动。母亲、老刘以及开电梯的大哥三人面面相觑，还是老刘机智，赶紧给经理打电话，紧急报修。一会儿，专门给写字楼维修电梯、穿着深蓝色工衣的"工程师"小哥用工具打开了货梯门，母亲和老刘在他的帮助下转乘客梯下楼。这样的事情第一次发生时母亲感到害怕，后面就见怪不怪了。

写字楼里的一部部电梯让母亲想到矿井的升降梯，想到十年前在韩城煤矿的日子。早高峰时期，一群群年轻人像乌蚂蚁一样挤进电梯，电梯上升，一层层把他们运输到各自的工位上。下班时间，电梯一层层下降，他们又一个个回到城市里的家。煤矿矿井的升降梯也运送一个个青壮劳动力，只是方向刚好相反，上班是去地底下，下班是往地面上。那些母亲在下班时间遇见的年轻面孔和煤矿上那些脸被煤灰染黑的年轻人一样，眼神里都布满疲惫。

母亲所在的保洁员班组加上大经理和副经理共38人，其中只有8名男保洁，剩余28名都是女性，平均年龄超过五十五岁。男保洁负责写字楼外围卫生，女保洁负责大楼里的楼道、厕所及电梯卫生。母亲在写字楼做保洁，打交道最多的除了班组内的人，就是维修工了。这些全员男性、年龄在三四十岁的维修工们和我们住在一个小区，物业公司为他们租了小区房做宿舍。母亲经常在上下班途中遇到他们，有时候还看到他们在天台上嗑着瓜子喝啤酒。

写字楼里无论什么东西都是有可能坏的，而保洁员们遇到的突发情况就更多了：水龙头像泄气了一样说不冒水就不冒水；被堵塞的马桶，漫出臭烘烘的粪水；被按压多次的洗手液阀门垂头丧气；门锁不听使唤，无法开关；墙顶漏水，地板渗水，墙皮脱落；空调在夏天吹热风或干脆罢工……这时候，保洁员们需要用"报修"的方式来挽救灾难现场。

"报修"有严格的流程：保洁员报给经理，经理报给甲方物业，物业在系统里下单，维修工人收到下单的提示才会去现场查看、维修。如若不走流程，无论情况多紧急，维修工们都会视而不见，不理会保洁员们的请求。报修从轻到重分好几个等级，保洁员们报修的时候，都按最严重的"加急"等级来报，如若不是"加急"，维修工们便慢慢悠悠。可是，所有人都报"加急"，便意味着没有"加急"。有一次，一位维修工小哥跟母亲说："阿姨，你别在周末报修，我们周末也想像那些坐办公室的人一样，休息一下。"母亲表面上同意了，但什么东西要坏之前是不会提前打招呼的，遇上紧急情况，还是得"加急报修"。修理完，被污染过的环境，遗弃的垃圾仍旧是保洁员来处理。

周六、周日是保洁员的大清洁日。

工作日不方便清洗的贵宾梯红地毯要洗干净、晾干，在周日晚上铺好。贵宾梯是专门接待贵客用的，马虎不得。大楼的外墙、地面要用高压水枪冲洗，墙缝、地缝里冲洗不掉的污渍要用刮刀刮干净，或者直接用手去抠。写字楼大堂里的琴叶榕叶片要用毛巾一片片擦干净。大楼里五十二个洗手间要重新清洗一遍，工作日时只需要哪里脏了清洗哪里。

做这些工作的，绝大部分是像我母亲这样的阿姨。

母亲有一位同事姓皮，她的名字常被其他保洁员调侃，因为谐音近似"疲劳女"。阿姨倒是很乐观，她说，名字是我老妈取的，又不是自己选的。

有一天，母亲感叹：皮××，疲劳女，我们都是一样啊。

皮阿姨五十六岁，江西吉安人，比我母亲还大两岁。2021年春天，她被小姑子带到深圳来找工作，之后就没回去过。在老家的儿子和老公说："你连家都不要了。"阿姨解释说，没能回去主要还是因为疫情，行动不便不说，还耽误挣钱。来深圳之前，阿姨在老家帮人采茭白，一天挣150块，因为常年泡在水里，脚得了风湿。再之前，她在九江一家饭店做刷碗工，一个月2200元，阿姨刷了四年。

眼下，除了写字楼这份活儿，她还另兼了一份保洁工作。下午5点半从写字楼的岗位下班后，6点又赶到另一处地点工作至深夜。皮阿姨基本没有休息时间，开会的时候总打瞌睡，经理批评她："你要钱不要命哦！坐下就打瞌睡。"阿姨在睡梦中弹起来，醒了。她很瘦小，一阵风就能吹倒的样子。因为缺少休息，她病过一场，好几天都没能来上班。问她为什么要如此辛苦，她说，儿子没念大学，在老家刷漆，还没娶上老婆；老公还在老家的工厂里，她因为年龄过了五十五岁，厂里不要了，才来深圳。

　　皮阿姨负责写字楼大堂的地板清洁，虽然只需要负责一层楼，但面积也有三四百平米，且人来人往。甲方要求，地板上不能看出有脏印。一个周日，阿姨正在拖地，一队装修工拿着梯子进来了，要修理大堂损坏的灯泡。刚拖完的地板上，赫然冒出两大排脚印，阿姨只得重新去洗拖把，再拖一遍，反反复复，不断地弯腰拖地，用毛巾擦拭，陷入无边无际的忙碌中，没有一点空隙留给自己。就像西西弗斯推石头。

　　写字楼大堂的落地窗前有一个巨大的人造景观：四

只拖着长长尾巴的孔雀落在一棵古老又雄壮的树上，地板上还蹲着两只。树下有一个大水池，水池边有热带绿植，营造出一种西双版纳风情。

这棵"孔雀树"已经有些老旧，孔雀是塑料做的，树干是石灰加褐色的涂料，树叶也是塑料片。打扫孔雀树的是来自四川南充的芙蓉阿姨，她是母亲所在班组年龄最小的阿姨，四十九岁，但出来打工已经二十二年。2000年，她跟着老乡一起进厂，东莞、深圳都待过。芙蓉阿姨上的是下午班，从下午1点半到晚上9点半。上午半天，她在附近一家公司的食堂帮厨，一个月能挣4000多，两份工作的工资加起来有7000多块。

我问阿姨怎么看待自己这二十多年的打工生涯，阿姨笑笑说，其实没挣到钱。

阿姨虽然只有四十九岁，但孙子已三岁了，儿子一家在攀枝花，日子过得尚可。

"孔雀树"一个礼拜打扫一次，主要是擦树干和拖孔雀台（树下面的地板），羽毛上的灰尘掸一掸就可。"这棵已经老化了，可能过段时间要换新的来。"

我问芙蓉阿姨，除了这棵"孔雀树"，打扫卫生的时候有没有碰到别的让人难忘的事。阿姨说，那应该是给大堂里由几万颗水晶石串起来的五棵"水晶树"做清洁。阿姨指给我看，那五棵有着像云朵一样树冠的水晶石假树，被圈在一个大理石墙壁旁，正对着孔雀台。在灯光的照射下，它们亮晶晶的，闪烁着富丽堂皇的光芒。阿姨说，为了让这些珠子更亮，当时她和另一位阿姨用毛巾一粒粒擦拭，整整擦了两天。

在高度城市化和专业分工的今天，我们很难看到，完美的背后，一个普通清洁工的工作现场。我们只能想象，一位四十九岁的阿姨，在两天的时间里，擦了几万颗水晶石。我们对细节无止境的要求，最终的压力都落在了最基层的员工身上。类似的现象，在很多其他工种中也可以看到。我没有问芙蓉阿姨，擦完最后一颗水晶，她感受到怎样的工作价值。

母亲在写字楼工作的一年来，很多保洁员从入职开始就没休过一天假。一个时刻保持干净的超级城市背后，是一群人的过劳。

在所有保洁员里，你能一眼看出夏青的气质跟别人不一样。首先她显得年轻，另外，她化着妆，文了细长的柳叶眉。

她在母亲负责楼层的一家食品公司里做保洁，每周固定来一次，一个月薪水1000多块。夏青是大凉山西昌人，家里有三姐妹，她是老大。阿姨说，她本来在一家会员制超市工作，公司有买社保。2019年前后，因为父亲生病，她经常要请长假回家照顾和处理家事。直到2019年年底，一天，她正在上班，接到亲戚打来的电话，说父亲去世了。她立即买机票回家，跟领导提了辞职。那时候，阿姨已经在那家超市工作十五年了，到五十岁就可以领退休金。

2022年，夏青五十岁。如果三年前她没有辞职，也许现在就不用干这份保洁工作。"老大要承担责任。没办法。"阿姨跟我说。她打了好几份钟点工，这家打扫完，还要去另一家，时间很紧张。

很多阿姨来深圳前一直过的是没有被规则化的农村生活，成为保洁员后，严格的打卡制度、每天的晨会、每隔一个小时的签到，让她们感到"头昏脑胀"。来自四川、有着火爆脾气的冬容阿姨入职前就跟大经理打好招呼："不要让我签字、开会，一开会排队，我脑子就炸了。"大经理应允了。两个月后，副经理不明缘由，让阿姨跟大伙一样，不能例外，否则就要换岗位。她很气愤，转身去工具房拿上自己的背包就离开了，算是辞职。公司没有扣她的钱，几天后她又在附近的写字楼找到了工作。

在母亲的班组里，我是唯一一个进入保洁员休息室，会帮忙打扫卫生的保洁员子女。去的次数多了，大家就都认识了我，不等我问，总是热情地与我分享各种新发生的事情。

以前我不是这样的。在母亲的打工生涯中，我曾多次深入过她的工作现场。那时，我与母亲的同事进行的是表面且客套的交流，我从未觉得我与他们会产生深刻联结。

2013年夏天的一个暑假，我去母亲工作的钒矿看她。母亲的主要工作，是把矿土从车上卸下来，混合了盐、碱、煤后，再铲上分流盘。十四个盘子，上下各七个。按顺序，从头到尾，反反复复。"我都是用膝盖顶住铁锹往盘子上倒，每铲一下，都像是磕一次头。人家说，我磕头一天磕到黑。"工钱按处理的矿渣车数算，一车四百五十斤，从车上铲下来一次，再从地上铲上去一次。母亲经常一天铲六十多车，五六万斤矿土。晚上睡觉时，她甚至无法侧身。

有一天，她问我要不要跟她一起去工地，看看她是怎么"滚球子"的。我拒绝了。

当时四十五岁的母亲，穿得不修边幅，有时候还很粗鲁，遇到不公平的事，还会跟一同打工的男人干架。我在大学学喜欢的专业，坐在明亮的教室里听老师讲文学、哲学和电影，星期天还跟宿舍的姐妹一起购物，去图书馆看书，去参加社团活动——母亲在其中倾注了大量劳动。我正在经历的一切都是她没有经历过的。我在做这些事的时候，她正在忍受劳作时身体上的痛苦。每次，她带着想要说教我的口气说"你不知道你妈有多累"时，我只有短暂的愧疚和短暂地为她感到不公平，过一会儿便抛诸脑后。我似乎是在理所当然地享受当下，故意忽略母亲。

拒绝和母亲去工地上看看的我，或许是因为怕看到母亲的"痛苦"。我上学的学费正是母亲"滚球子"挣出来的。我想到自己在学校毫无成就，甚至带着一些享乐的生活，就无法面对眼前的真实。我沉默面对母亲向我投射的期待目光，选择了不去回应。

我想如今我可以诚实面对母亲的保洁员工作，愿意去倾听保洁员们的分享，本质上是因为我在社会这个大染缸的浸染中逐渐意识到，我和他们有一样的来处。我虽然做的是白领工作，但我们仍处在同一个阶层。

最令我难受的，还是保洁员们老家亲人生病的消息。

来自贵州的云霞阿姨把手机里的照片拿给我看，上面是一张扎满银针、戴着呼吸机、眼睛紧闭的男人的脸。我心底一沉。阿姨告诉我，那是她的姐夫，本来在广州打工，突然脑溢血，在医院已经住了一个多月了，姐姐云朵本来也在写字楼里做保洁，只好辞去工作，去广州医院照顾，天天喊丈夫的名字，但他一直没反应。

其他保洁员围过来，阿姨传着照片，大家除了表示同情也毫无办法。母亲安慰她说，自家大姐也是去年脑溢血，现在连饭都自己吃不到嘴，要人照顾。另一个阿姨插嘴，自己的老公也是脑溢血，在老家休养，好可怜。

虽然把痛苦说出来没什么用，但心里会好受些。当每个人都分享出自己的痛苦，也许痛苦就没有那么令人难过了。

过了两周，母亲告诉我，云朵的丈夫在广州的医院里去世了，运回了老家安葬。"靠营养针维持了一个多月，一直昏迷，没有开口说一句话。"因为变故，云朵彻底辞了职。

也有阿姨直到离开时，大家才知道她背后隐藏着的痛苦。

茉莉花阿姨是母亲班组里唯一一个在深圳拥有一栋楼的，且儿子念了北大。她的骄傲写在脸上，虽然很少跟其他人透露自己的私事，但对于家里在深圳有楼，儿子大学好、工资高这些事，她从不掩饰。

一个周六，母亲和茉莉花阿姨以及另一位叫梅影的阿姨，一起负责做贵宾梯的大卫生。从二十六楼擦到负四楼，整整半天，她们三个人在一起分工合作，一个人擦壁面，两个人擦电梯外面的木质栅栏式装饰。三个人一边擦，一边闲谈。

茉莉花阿姨边擦边说："我啥都会做，这种打扫卫生，只要勤快就行，又有啥'巧'呢？我们这种打扫卫生没什么'巧'！"

梅影阿姨插话说："你这么有钱，为什么还来打扫卫生？"

按照茉莉花阿姨的说法，她确实不缺钱。但她闲不住，一闲下来就打麻将，因此输了好多钱，有时候一天都要输掉大几千。来做卫生，把自己的时间填满，这样就没空去打麻将了。

茉莉花阿姨和她的老公上世纪八十年代来到深圳，靠开宾馆起家。后来买地皮盖了一栋农民房，自此实现财务自由。儿子月薪超过3万，每个月固定给阿姨发2000块的零用钱。母亲问，你有钱，怎么还点儿子的微信红包？阿姨说，我儿子说让我买好吃的，那为什么不点？

梅影的物质条件也不差，早年跟丈夫离了婚，一个人潇洒自在。她的女儿在香港工作，偶尔回深圳，她一个人住着女儿在南山的大房子。她告诉母亲，自己有100万存款，每个月还定期在网上买理财产品。

这个上午，令母亲的生活经验有些被颠覆。她再看梅影和茉莉花阿姨的眼光好像都不太一样了。母亲有些羡慕两位阿姨身上的自在和安全感，那可能是她一辈子都无法获得的东西。

后来梅影因为和业主吵架被开除了。能打破规则、不服从职场不合理的规则背后，是得有底气支撑的——她不像大多数保洁员那样，她有托底。

茉莉花阿姨和梅影因为住处离得不远，又在一起工作，成了好朋友。两人经常约着一起坐地铁回家。梅影被开除后，茉莉花阿姨还坚持在写字楼工作，但独来独往。

一次开会，茉莉花阿姨看着不对劲，身体左右摇晃。经理说，你有糖尿病还不快去休息。母亲这才知道她的身体并不健康。她也有不似表面的地方。

五十五岁的蔷薇阿姨是湖南怀化人，唯一的儿子跟我在同一家公司工作，做程序员，但跟我不在同一座办公楼。阿姨跟我说，她跟儿子住在竹子林附近的小区，儿子工作很忙，她除了做保洁，还帮儿子洗衣做饭。儿子在深圳这样的城市有一份薪水还不错的工作，或许令她感到骄傲。当其他保洁阿姨表示"你很有福气啊"，蔷薇阿姨大方地笑笑。

但蔷薇阿姨总是请假，断断续续地工作，有时好几天不来，有时又突然出现。直到有一天，阿姨在微信群里发了一张高铁票的截图，告知经理，她要回老家了。

原来，蔷薇阿姨患有严重的肾结石，到了要做手术的程度。母亲这才意识到，蔷薇一直在忍着痛做保洁。难怪她的脸色总是发黑，营养不良的样子。总是吃冬瓜，说冬瓜帮助消化。

蔷薇阿姨没再来了。

来自湖北襄阳的芬芳阿姨六十三岁，有两个儿子，大儿子在深圳开工厂，但并未在深圳定居，小儿子是上门女婿。来写字楼做保洁员之前，阿姨带大了大孙子，在大儿子的工厂帮了五年工，还在医院打扫了三年卫生，直到因为超过了六十岁，被医院辞退，才找到现在这份工。

大孙子快读高中了，芬芳阿姨坚持出来工作，让老伴留在襄阳照顾孙子的日常生活。

每到中午吃饭时间，夫妻俩总是微信语音来往不断。老伴把做的菜跟芬芳阿姨分享，芬芳阿姨把丈夫的语音外放给母亲听："你看宝贝，我炒了猪头肉，还有鱼肉，你看你打工吃不上，辛苦了！"

这样互相关心的亲密关系，令母亲羡慕。

母亲感叹："你两口子真好！"

阿姨也感叹："还真是，从年轻到老，没吵过架。"母亲更羡慕了，她想到常在她口中被称为"榆木疙瘩"的我的父亲。

除了在写字楼做保洁，芬芳阿姨在下班后还去餐馆做小时工，洗四个小时的盘子，一小时22块钱。她想攒够40万养老钱，现在只有25万，缺口还很大。

来深圳之前，芬芳阿姨和丈夫在老家种了十几亩地，每年收上万斤麦子，养了两头猪、几百只鸡。

保洁班组里的男性经常会被安排做需要使用机械的活儿，去打扫写字楼外围和做机动工。从外表看，他们也有一些可以被归纳的共同点：都在六十岁上下；因为工作需要，他们都穿黑色的平底鞋，走路总是很快；头发都理得很短，平头或寸头；很少有胖子；都有一双骨节凸出的手和一张历经沧桑的脸。

喜年是母亲所在保洁队伍里的机动工。每当有岗位需要助手，副经理就会喊："喜年去做！"其他保洁员形容他："喜年最听经理的话。"

他来深圳十三年了，当了七年洗碗工，三年保安，眼看着，保洁员的工作也干到第三年了。

我经常在周末碰到喜年拿着高压水枪在马路边冲洗红色地毯，白色水柱击打在地毯上，溅出水花，也冲走了污垢。有时候，他正拿着扫把清扫写字楼外围地板上的落叶；有时候，他在用大抹布擦洗墙壁……他看起来慢条斯理，性格温吞。喜年上连班，从早上7点到晚上11点，共十六个小时。晚上8点之后，白领们下班了，甲方的督管也不会再时不时来检查，他可以稍微松懈一下，不用干什么事。用保洁员们的话来说，临近深夜的这几个小时，就是"混时间"，挣一点"便宜钱"。

写字楼一楼有一个堆放杂物的仓库，大门跟写字楼外墙的大理石壁面一样，因此一般人很少能注意到。仓库里是保洁员们日常做写字楼外围大清洁时要用到工具，还有地毯、纸盒、沙发、椅子、桌子、置物架、简易衣橱、水马（路障）、拖车……

在临近下班的那几个小时，喜年会推门进去。一张放满报纸和明信片的白色桌子在仓库最里面，围绕着桌子的是一圈旧沙发。他在沙发上用自己舒服的方式坐下，开始趴在桌子上刷短视频——这是喜年的一大爱好。他常常分享自己打扫卫生的情景，获得了五万多点赞，还在上面与老乡联系。

喜年眼下最愁的是儿子的婚事。他的儿子三十五岁，性格内向，在东莞一家企业做外包，因为疫情原因，父子俩已经半年没见过面。

喜年是云南楚雄人。他说，近十年，在楚雄的小姑娘出去就不回来了，男孩都是从外面带姑娘回来。"我们那时候过二十五岁就找不到对象了。我很着急，他还不急，现在这个年纪，是人家挑他，他没权利挑别人。"喜年的女儿远嫁到陕西汉中，他去过女儿家一次。"很穷，很差，把我女儿拐跑了，我已经不认这个女儿了。"

他出了30万存款帮儿子在老家县城买了房子，还花了12万装修。儿子每个月还1700元的房贷，但说房子他是不会住的，不想跟父母住在一起，被父母管教。他想试着在广东留下来。喜年再一次感到失望。

喜年老家的房屋已经坍塌，县城的家儿子并不认同，他在深圳只有出租房，老了能去的唯一可称得上"家"的，估计只有花了他大半辈子积蓄的县城新房了。

我认识的许多保洁员都跟母亲和喜年一样，无论男女，总是在子女的婚姻上期待落空。

当其他保洁员问及母亲"你儿子结婚了吗"，母亲总是挂着尴尬的微笑。这已经不是她可以做主的范畴了，她带着忧愁的心情，说出像玩笑一样的方言："我的儿媳妇还挂在树杈上。""挂在树杈上"，一种悬而未决、不稳定的状态。

这时，母亲身边那些儿子三十四五岁还没女朋友的保洁员，便会搭腔安慰母亲："有女朋友就好，让孩子们顺其自然吧。"母亲也是这么安慰自己的。这些出生于上世纪六七十年代的保洁员，婚姻大多被父母包办，传统得像亘古不变的河流。一切的选择的都是跟随"什么年龄干什么事"。当物质在当下农村年轻人的婚姻门槛中被抬升到至高无上的程度时，他们发现，在农村有房后，得在县城有房，还得在大城市有房，物质要求似乎变成了一个无底洞。"儿子没有成家，我都没有奔头了。"不止一位保洁员这么向我表达对生活的失望。有一位保洁阿姨，四十多岁的女儿经历一次失败婚姻后，近些年一直单身。阿姨劝说女儿再找一个，女儿的答复是：不合适，不如一个人过得好。

他们有一样的精神困境，似乎不看到儿子结婚、女儿嫁人，确认儿女获得世俗意义上的"幸福"，作为父母的他们就无法真正获得"自由"。

而我的母亲，即使她的女儿已经结婚，也还是会担心那无法验证的猜测。她旁观我的生活，从一些细枝末节中判断我过得幸不幸福。如果我在婚姻中表现出悲伤或逃避，她总是第一时间站出来对女婿表达失望："她什么都不图你的。"我的母亲用一种"道德绑架"式的语气跟我的丈夫说。

喜年的妻子也在做保洁，负责打扫地下车库的卫生。妻子木讷寡言，呼吸着污浊的汽车尾气，拿着扫帚和簸箕来回穿梭，每当妻子干的活儿被投诉时，经理就会在群里通知喜年大叔，或者打电话给他："快去给你老婆帮忙！"他们没有住宿舍，而是和另外四家人一起在写字楼附近租了一间两室一厅的房子，最多的时候，里面要住12个人，每家每个月房租700块，骑车四分钟就能到上班的地方。喜年对自己每天的晚餐很讲究，要炒一份肉、一份鸡蛋和一份青菜，再配一瓶啤酒。虽然干着体力活，但他的状态并不苦哈哈。

老周是母亲班组的另一个机动工，是那个敢跟副经理拍桌子的人。他今年六十五岁，湖南邵阳人，跟"微信之父"张小龙是同乡。

在去写字楼做保洁前，老周在我居住的小区做垃圾分类。我常常在小区的垃圾房看到老周，他很瘦，总是佝偻着背在忙碌。小区的人把可以回收的纸壳、塑料瓶、玻璃等好分类的垃圾都递给他，他见到人总是笑盈盈的，筋骨很好的样子。

老周的弟弟小周也在深圳做清洁。我经常看到他来给哥哥帮忙，整个小区的废品回收都归这两兄弟，卖出去是一笔可观的收入，据说一个月可以挣到上万元。

2021年夏天，我在小区的天台上碰到过好几次小周。深圳夏天的温度都在30摄氏度以上，几乎每晚，我们一家人都会上天台吹风。风从海边来，我们往往待到10点多才下楼。天台的风景很美，可以望到远处的海。天上有云与月牙，风不断地吹散云，它们像棉花糖一样，变幻着不同形状。

我常常看到小周靠着天台边沿的栏杆，抽烟、给家里人打视频电话、刷手机。他貌似很怕碰到生人。也许看着我们一家人不像是有恶意的样子，他渐渐主动跟我们搭话。

原来，他就住在天台顶楼的杂物间。为了不被管理处赶走，他每天要等楼里的人开始睡了才敢上来。房间只有五六平米，说是房间，其实只是楼梯连接天台的一个狭长过道。里面摆满了他的生活物品，一张废弃的白色床垫就是床。

床头是衣服，床尾放了一个行李箱。桌子上有锅碗和辣椒酱，方凳上有矿泉水。一个小灯泡吊在床头，但他怕被人发现，很少开。东西都是捡来的。他洗澡、洗衣服都在天台上的水箱旁边，那里有一个公用水龙头，有一个用床单搭成的简易遮蔽处，住户在空地边养了不少花草。

除了帮哥哥做垃圾分类，小周还负责打扫小区的卫生，每天早上4点半起床，做一个半小时。6点，他去另一个高档小区打扫车库，做八个小时，下午4点多下班，再回到我们居住的小区继续给哥哥帮忙。

这些工作的工资加起来有6900块。每个月，他一天都不休息，像老黄牛一样，日复一日。之前他租了一个小单间，但上下班要走二十分钟，天气热了，来回很累，为了上班方便，他干脆住在了现在的过道里。

2020年秋天，深圳开始大力推广垃圾分类。每个小区都设置了垃圾分类投放点，新增了写有分类标识的垃圾箱。丢垃圾时，还有穿着红马甲的人来指导应该怎么投放。

这些穿着红马甲的人在官方语境里被称作垃圾分类督导员。但他们的工作并不能保证垃圾真正完成分类，他们大多是在居民将垃圾丢到错误的垃圾桶时提出建议，同时将一些大件垃圾简单分类。而在保洁员的语境里，做垃圾分类督导算是挣一份"便宜钱"，不用花费太多力气，一个小时20元，每天两个小时，一般是晚上7点至9点，大多都被物业或社区安排给相熟的人做——小周和老周首先获得了这个岗位。

做督导员虽然挣的是"便宜钱"，但也是一份处于时刻被监控的临时工作。督导前要在小程序"深分类"上点击"开始督导"，打卡，两小时后在"深分类"上点击"结束督导"，上传完成分类的垃圾桶照片。极少的睡眠和不断上涨的年龄，让老周记忆力减退。尽管他总是强迫自己记住打卡，但有时还是忘记，忘记一次懊悔一次，因为那意味着两个小时白干，无论如何申诉都没用，系统只认打卡记录，街道办按打卡记录付工资。

夏天结束时，小区更换了物业管理方。老周和小周同时离开了，垃圾房里不再有他们的身影，天台的杂物间也清空了。

直到母亲在写字楼的保洁班组里偶遇来入职的老周，才知道他们已经离开了我们居住的小区。问起他的弟弟，他告诉母亲，去了福田另外一栋大厦做保洁。

于是，老周和母亲便成了同事。

算上在写字楼做保洁，现在的老周每天要做三份工：凌晨4点至6点，打扫一处小区的楼梯道及地下车库，每月4800元；早上7点至下午5点半，打扫写字楼外围，每月3300元；6点半至8点半，在一个待拆迁小区做垃圾分类督导，一个小时20元，一个月1200元。老周每天只能完整休息四五个小时，一个月共赚9300元，这在同乡眼中是很高的工资。

这些钱虽然看起来数字很大，但在深圳，这是老周用一天十几个小时的体力劳动以及极其节俭的生活换来的。

我问老周，上班时不困吗？老周说，人年纪大了，睡不了那么多觉。

2002年，老周被在深圳做保安队长的同村老表带过来，二十年来，他一直在做跟清洁相关的工作，在各个物业公司或环境公司流转，还一度做过小经理。一开始，老周的工资只有500块。

一年年过去，做清洁这一行的人，薪水都是维持在比深圳市最低基本工资略高一点的水平。随着城市发展越来越快，对清洁人员的要求越来越高，要做的事越来越多，他们也越来越忙碌，重复做着机械性的动作，像陀螺一样转个不停。相比都市白领，他们更是一群真正用时间和体力换金钱的人。

老周打算再干五年，干到七十岁就退休。在深圳，老周认识二十多个老乡都在做保洁。二十年里，老周用做保洁的钱养大了儿女，帮儿子买房、娶媳妇，现在人老了，挣的钱仍要补贴儿子。

儿子不靠谱的婚姻令老周很苦恼，倒不是儿子找不到老婆，而是已经结了三次婚，结一次生一个孩子。大孙子已经上小学六年级了，学费和生活费由老周出。

一提起儿子，老周便满脸愁容。年轻的时候对儿子陪伴太少，总是用钱弥补，带着愧疚去溺爱，令儿子变得自我放纵。这三年，儿子在老周资助下开的快餐店、肠粉店、美容美发店都倒闭了，后来干脆回老家待着，照顾新婚老婆待产。

面对儿子的境况，作为父亲的老周也不知道该怎么办。儿子开口要钱，他还是会给。他不给，老伴也会背着他偷偷给。他不打算管这些了，眼下就是能多干一天算一天。"老子还管儿子干啥，大了，管不了了！"若碰上一些小病，老周就硬扛。他睡觉的地方正对着空调口，夏天有一段时间，受风面瘫了，口脸歪斜，但老周坚持上班。在工友的劝说下，才去医院买药，用了好长一段时间恢复。

老周的女儿嫁在韶关，偶尔过节时会回老家看看外甥女，倒是给了老周不少安慰。

弟弟小周也是被老周带到深圳来的。他的经历跟老周类似，用做保洁赚的钱给儿子在老家县城买了房和车，年老了，还在工作。

这像是母亲那一代农村人的宿命。他们用苦力换钱，养大了孩子，但孩子并没有如预想中那般，获得争取更好生活的能力。他们流汗到老，仍不得不继续托举家庭。

"'老了'怎么办？"

母亲保洁班组的班长是在换了微信头像后，其他人才知道原来他当过兵。

头像是一张青春的脸庞，穿着军装，戴着正中央贴有五角星的帽子。

"班长"其实是一个虚职，并不掌握实际权力。他的主要工作是负责给这栋楼里的二十四部电梯签到，每个小时签一次。

我是在一个周末帮母亲打扫完卫生，在一楼打卡机旁边等着母亲打完卡下班时，遇到班长的。他排在母亲前面。

班长看到了我，母亲对他笑了笑，告诉他："这是我女儿。"

班长也笑笑，对我说："你妈妈跟我们说过，说她跟你住在一起。"

打卡结束，我们一起走出大门，到了马路边。班长停下来，跟我聊了他的故事。

班长今年六十四岁，2021年10月4日加入现在这家环境公司做保洁，比我母亲早入职三天。他干了没多久，就因为沉着稳定的性格及良好的心理素质被安排当班长，每个月工资3500块。

在来这栋写字楼之前，班长在另一座大厦里当了十年的夜班保安，从晚上7点上到第二天早晨8点。这份工作是他从原单位内退之后，政府安排的，每个月除了保安的基本工资，还有800块的政府补贴。

做到2018年，他六十岁了。按规定，大厦的物业不能再聘用六十岁以上的老人，于是班长正式退休了，每个月可以拿五六千的退休金。

"保洁员们都说你当过兵？"

班长笑了，拿出手机给我看他的微信头像。

班长只念过小学，之后就在老家湖北枣阳务农。当兵是在二十岁，那是1978年1月，体检、政审通过后就正式入伍。一开始在荆门，1981年到锦州，在石油化工六厂。

1983年秋天，班长所在的团跟着大部队南下深圳。他作为一名基建工程兵，专门负责深圳的城市管网建设，他的工种是钳工，主要工作是拧螺丝。就这样，班长成为深圳改革开放城市建设中的一员。

在一份《深圳经济特区四十年大事记》报道里，这么描述1983年的深圳：9月，两万基建工程兵集体转业到深圳，参与深圳经济特区建设。他们用青春和汗水开出一条条马路，筑起一栋栋高楼，创造了三天建一层楼的"深圳速度"。

那一年，班长二十五岁，正值青春年华。

他是两万分之一。

他记得刚来深圳的时候，落脚在福田区竹子林。天天刮台风，住在一个山包上的简易房里，周边全是水稻田，毛花花的。有时候泡面都没得吃，只能找当地老百姓买一点，或者买从香港走私过来的食品。此后几十年时间里，结婚、生孩子，1991年才把孩子接到深圳，并分到房子，定居下来。他的工作一直是跟深圳的城市建设打交道。

班长参与了众多城市建设工程中的室内中央空调安装工作——深圳图书馆、深圳音乐厅、金威啤酒厂、深圳电视台大楼，等等。

2007年，班长被原单位买断工龄，内退做保安，每个月拿固定退休工资，当年说好的股份因为原公司经营不善也没有了。

"按道理你可以不用出来做保洁呀！"

班长摇摇头说，都是为了儿子一家。

他的儿子在给老板做司机，儿媳的工作在幼儿园。一家人的希望都放在孙子孙女身上。

班长告诉我，孙子孙女上幼儿园、上补习班的钱，都是他从退休工资和保洁工资里出。儿子和儿媳的工资负责家庭日常开销，老伴负责做饭、买菜及家务活。一家六口住在原来单位分配的房子里。在深圳几十年，班长只有这一套房。

班长还有两个妹妹、一个弟弟，但他们都留在了湖北。弟弟在襄阳卖菜，收入不错，一个月能挣1万多。两个妹妹嫁到了枣阳，生活也还过得去。上次一大家子在深圳见面，还是儿子结婚的时候。

有一次，母亲问班长："你'老了'怎么办？"在母亲口中，"老了"便是"去世"的意思，她是在询问班长落叶归根的去处。班长回："我老家都没房子了，都塌了，也没有人情往来。老了？老了再说。"

班长已经在深圳生活了三十九年，从身份和心理上，都已是一个深圳人。

自从2021年10月来这栋写字楼做保洁以来，三百天里，班长没有休过一天假。除了中间有一次因为疫情，所有活动都停止了，他带着被褥住在地下车库，被动休息了一天。

班长居住的地方是一片十分老旧的小区。小区里有一个四川来的阿姨，补鞋手艺很好，我常常带着穿坏的鞋子找她修。每次经过那片小区，相异于周边高档楼盘的氛围，总是一下子摄住我的心。每栋楼下方的石桌上都有打纸牌或下象棋的老人，以男性居多，声音洪亮。坐着的人身边还围着一圈看热闹的人。

我跟班长聊起自己看到的场景，班长说，那些人都是他的战友。他们早在十几年前就退休了，生活只剩下了闲暇，每天的日常就是玩拖拉机、斗地主、打麻将……团里的战友们也都落在深圳，分散各处。大家境况遭遇不同，慢慢日常生活中就很难经常联络了。但每年八一建军节，战友们还是要见一次的。

又一个周末，我再次在保洁员们位于写字楼地下二层的休息室里遇见班长。

负二层是地下停车场。保洁员的休息室在停车场的最里侧，一片长条状的区域被隔成了三个房间。经理常常待在里间，中间放清洁工具和杂物，保洁员们待在外面一间。

进门处是一个长方形的冷藏柜，里面放的是保洁员带来的餐食——大部分保洁员并不是像我母亲一样住在写字楼附近，可以中午回家做饭。靠近冷藏柜附近的柜子上有一台可以接热水的饮水机，并排还有两台微波炉，供保洁员们热饭用。房间中央是一张长两米左右的白桌子，相向各放一排椅子。每天早上和中午，保洁员们先到这张长桌子处碰面，然后再一起去室外集合开会。桌子上摆的最多的是保洁员们带来的各种颜色的保温杯，母亲的是银白色。

因为是地下停车场改造而成的房间，保洁员休息室的顶部并排安装着三根巨大的排风管，占满天花板，发出轰轰轰的噪音，一秒都不停。两侧的墙上则贴满了需要保洁员遵守的各项规则，还有两只黑色的摇头风扇。有一个空调，常年处于关闭状态。

距离1点半开会还有十几分钟。

母亲让我坐在班长旁边的椅子上。他剃了头发，恍惚间我有些认不出来。他把手机递给我，让我看相册里他保存的孙子孙女的视频。他说，那是他的希望，他坚信他们会念大学，过上更好的生活，他现在所做的一切都是为此投资。

1点半到了。经理从里间走出来，开始召集保洁员开会。

保洁员们排成两队。经理面向保洁员，站在队伍的正前方。班长站在经理旁边，垂着手。

一个每天都会重复的开场——

经理对保洁员们大声说："下午好！"

保洁员们回："很好！非常好！"说完竖起了大拇指。

有时候保洁员们喊的声音小了，经理会调侃他们说，你们没吃饭吗？要求保洁员们重喊一遍。

经理安排完下午各自要干的活儿，保洁员们就散会，各忙各的。

班长下午的工作仍旧是给大楼里的24部电梯每小时签一次到，附带检查其他保洁员的卫生工作，遇到不干净的地方及时通知纠正。

我本来以为，班长的活儿应该很轻松，毕竟只是签个到而已。但事实不是如此。

每一个在大城市生活的人，每天都需要用到电梯。疫情之后，每天在电梯开门处的侧面都会有一张签到表，它的全称一般是《××××大楼保洁防疫电梯轿厢消毒记录表》。

这张表是需要保洁员来签的。母亲所在的这栋写字楼，需要一小时给电梯消一次毒、签一次到。周日的写字楼没什么人，我决定先陪班长走一次签到流程，再去给母亲帮忙。

班长工作要用到的所有工具都放在一个有盖的竹编篮子里，里面有消毒水、湿纸巾、干毛巾和黑色垃圾袋。因着班长有门禁卡，我得以窥见这栋高档写字楼的电梯内部（母亲和其他保洁员平时都走货梯，他们没有门禁卡）。与我平常见到的电梯最不一样的是，每一个轿厢里面都有一个古朴的实木方凳，上面放着酒精免水洗手液和一包纸巾。

"真不愧是高档写字楼。"我对班长感叹。

每到一部电梯签到，班长要先把篮子放在自动门中间卡着，让电梯多停一会儿，一旦卡的时间过长，电梯就发出警报声。签完一圈下来，我们花了四十分钟，一小时已用去三分之二，紧接着，他又要开始签下一个小时的字。才2点40分，班长的微信步数已经显示超过一万七千。

这样的工作，我体验了一圈就感觉很是重复。班长一天要往返十几趟，不能停。

"签这个脑子还得清楚，不然就乱了，唉，眼睛都花了……"

班长告诉我，有时候，他也会一次性把几个小时的到都签了，但前提是不能让甲方督管投诉，投诉了就倒霉。一个小时消一次毒其实很难做到。周末还好，工作日写字楼人来人往，不断消杀会影响电梯运行效率。有时候碰上大检查，保洁员们实在没办法，就在喷雾器里临时装水，先应付过去。

我们重新回到大堂的时候，眨眼间，班长弯腰捡了个东西，放进了挎在手上的竹篮里。我贴近去看，发现是一根白色的线头。他告诉我，判断地板干不干净的小诀窍：要对着光投射过来的方向，侧着去看，这样大理石上的灰尘、脚印就看得一清二楚。

班长的工作还包括分配物资。每天早上，负责打扫卫生间的保洁员需要从班长手上领取一天的纸巾和消毒液等。有时候，班长还需要帮副经理干一些很细碎的杂活，比如做登记表格。班长很少拒绝。"官大一级压死人。"他说。

我告别班长，去楼上找母亲。

班长在保洁员中口碑不错。

可能母亲这一辈对当过兵的人有天然亲近感，但更重要的是，班长不找保洁员的麻烦，脾气好，很少主动发表意见，也不让人感到高人一等。

一次，他去母亲所在的楼层检查，发现楼梯上有脚印，他招招手让母亲记得打扫。

母亲跟班长说："我们都是打工的，不要彼此为难。"

班长点点头，表示同意。

那天，我问班长，你怎么看自己在保洁班组里面的角色？

班长嘿嘿一笑："我就是个小不点儿。"

"一个红火人"

一个星期四的下午，离保洁员们2点的集合会还有十几分钟。部分保洁员提前到了负二层停车场边角处的休息室，围坐在长桌上喝水，聊天。

六十八岁的木兰阿姨旁若无人地唱起了歌。

南泥湾好地方　好地呀方

好地方来好风光

好地方来好风光

到处是庄稼　遍地是牛羊

当年的南泥湾

到处呀是荒山

没呀人烟

如今的南泥湾

与往年不一般　不一呀般……

　　她的歌声充满激情和力量，身边的同事们很淡定，
对此见怪不怪的样子。一问才知道，木兰阿姨爱唱歌是
出了名的。一边刷马桶一边唱歌都是有的。

　　木兰阿姨是母亲所在的保洁班组里年龄最大的保洁
员。她在2022年春节前几天入职，接替母亲的岗位，打
扫三个楼层的走廊、电梯及洗手间。母亲以要回老家过
年为理由，跟经理请了春节假，木兰阿姨入职那天就是
母亲准备开始休假那天。

　　开晨会的时候，木兰阿姨匆匆跑来，被经理发现没
有穿袜子（按规定，每次晨会要拍一张合照）。

　　"没穿袜子怎么拍照？"

　　木兰阿姨的老伴在写字楼的车库做卫生，归属另一
家环境公司管理。得知母亲要请假，他推荐了自己的老
婆。如若不是因为年底难招人，已经六十八岁的木兰阿
姨是很难被聘的。

　　被斥责没穿袜子的时候，阿姨的老伴刚好就在旁

边，他立马把脚上的黑袜子脱下来给木兰阿姨。"你穿我的吧，赶快穿！"阿姨就这么加入了母亲所在的保洁员班组。

第二天，母亲开始休春节假。直到半个月后，2022年正月，母亲复工后才跟木兰阿姨真正熟悉起来。

母亲重回原来的岗位，木兰阿姨则被安排到更高的楼层，工作内容跟母亲一样。因为都性格刚直，干活麻利，受不了别人眼色，两人很快成了可以聊天的朋友。

木兰阿姨来做保洁前，在附近儿子为她和老伴租住的出租房里带小孙女。她只负责白天，早上把孙女从儿子家接过来，晚上再送回去。正式做保洁后，老伴辞去了在地下车库的清洁工作，回家带孙女。

两个人的角色倒换了。

木兰阿姨性子直，脾气大。小孙女打不得骂不得，经常跟儿子"投诉"："坏奶奶，臭奶奶……"出来工作，对她来说何尝不是一种自我解放。

木兰阿姨是湖北黄冈人。2005年，她跟着儿子南下深圳，那时她还不到五十岁，但已经做了奶奶。阿姨的儿子出生于1977年，九十年代末期，考上湖北的一所师范大学，毕业被分配在离黄冈不远的荆州，工作几年后，觉得人生不应该被困在这样的小地方，且工资太低，便决定辞去教职，下深圳找工作，哪怕是在深圳做零工，也要离开湖北。

上世纪九十年代，一个农民家庭供出一个大学生并不容易。儿子去上学的那年夏天，木兰阿姨和丈夫还在家中摆了酒席，请亲戚朋友们吃饭。

决定离开湖北时，儿子已经结了婚，儿媳妇和儿子是大学校友，也做老师。大孙女刚刚出生，一切都很稳定。眼下儿子却要丢掉他们眼中的铁饭碗。夫妻俩劝不住儿子，但提了一点要求，还是要继续当老师。"考的是什么行业就做什么行业，你的命运自有安排，不是你想干啥就干啥。"

为了照顾大孙女，木兰阿姨和丈夫跟着儿子一家一起迁徙到深圳龙岗。儿子听了母亲的话，在一所中学找到了代课老师的工作，只是待遇比在编老师差不少。在当代课老师的两年里，儿子一边教书一边考在职研究生。

2011年，儿子终于成为福田区一所公立高中有编制的生物教师。第二年，儿媳妇也正式考到教师编制。一家人才算在深圳真正立了足。现在，夫妻俩一个是高三班主任，一个是高一班主任，在临近的惠州买了房，也申请到了公租房。大孙女已经快满十八岁，2023年就要参加高考。

儿子和他的小家庭不断通过自身努力寻找更大发展机会的同时，木兰阿姨则在拼命挣钱。她不仅把大孙女带大，也一直在寻找自己的机会。

大孙女两岁半能走路、会表达的时候，木兰阿姨买了一辆小三轮车。早上5点，洗把脸穿好衣服就出门，去布吉农批市场批发甘蔗和菠萝，拉回来在儿子租住房子附近的街道上摆流动地摊，赚差价。一个菠萝进价7毛，买回来可以切成三瓣，插上竹签，放在装有盐水的玻璃瓶里，一瓣卖5毛，一个菠萝赚8毛。甘蔗要挑关节相距比较长的，关节离得越长越好卖。一车菠萝加甘蔗有四百来斤，能卖三四天，平均下来，木兰阿姨每周去一次农批市场，刨去成本能赚300块。

当流动摊贩也不能耽搁照顾孙女。阿姨买了一根牵引绳，一头系在自个儿腰上，一头绑在孙女手腕上，走哪儿就把孙女带到哪儿。

大孙女六岁上幼儿园后，木兰阿姨找了一份给东北饺子馆洗碗的活儿，一个月900块。孙女五点半放学后，先把孩子接到饺子馆。在饺子馆洗了两年碗，又去宾馆洗，那里的工资更高。

"什么苦都吃过！"在宾馆洗碗的时候，经常有婚宴，一摆就是十几桌。对阿姨而言，婚宴结束，那些脏了的碗筷，便是一场巨大的苦役，得提前计划好怎么去做。"用水把脏碗脏盘子冲湿，放到大塑料盆里，放洗洁精。大小分类，一秒钟捞一个，一秒钟捞一个，三个池子，一个放洗洁精泡过的，一个放基本干净的，第三个池子专门冲水，像流水线。"阿姨洗碗很快，还带了徒弟，要辞职的时候，店长挽留，不让走。

阿姨得出一个自己的真理："管你做什么，专心一项，做得又快又好就是有价值的，一定把它做好。一个人无论在哪里工作，如果你做到让别人舍不得你走就是成功。每在一个地方就留下一个品牌，留下一个能干的印象。"

这一点阿姨也践行到了现在的保洁工作中。入职至今，她从未休假。每次遇上突发事件，经理都喊木兰阿姨去顶岗。母亲被检查出尿结石而请假的那个上午，便是木兰阿姨兼了母亲的岗位。阿姨说，能干就干，又不会累死人。

木兰阿姨虽然年纪最大，但腿脚很好，走起路来飞快。

有一次，她在其他保洁员面前很自豪地说："哪个都做不过我！"

别的阿姨故意回怼她一句："现在是看年龄，又不是看你会做！年龄超了，你也干不久。"阿姨没再说自己能干的事情。

木兰阿姨跟我的母亲一样，没有念到书，小学只上到二年级上学期。字没认识多少，但学会了不少红歌。十五岁，阿姨就和现在的老伴订了亲，二十一岁结婚。丈夫高高瘦瘦，脾气温和。"他得让着我，家里里里外外活儿都是我干，有时候把我惹毛了，我就在家里睡觉，活儿就没人干了，哈哈哈！他吵架了总跟我说，'我是不惹你，不是怕你'。"

年轻的木兰，在水田里插秧，一天能插三亩，不直腰，像机器一样前进。第二天早上起床，背上都是蚊子咬的红疙瘩。因为太能干，村里人形容木兰是人工插秧机和收稻机。村里搞基建，修桥梁，修水库，木兰像男人一样，挖土，挑土，一天要挑几个方。

因为能唱会跳，她还在村里的宣传队待了两年，婚丧嫁娶，她都被请去唱歌。现在，她打扫卫生时常唱的还是她年轻时会唱的那些——《太阳起来照四方》《浏阳河》《赤脚医生向阳花》……

一个周日，我去看母亲，遇到了木兰阿姨。她的工作已经做完了。

"阿姨，听说你唱歌很好听，唱一首听听吧。"

阿姨没有推辞，清了清嗓子，唱起了《赤脚医生向阳花》。

> 贫下中农人人夸
> 一根银针治百病
> 一颗红心呐
> 一颗红心　暖千家　暖千家
> 出诊愿翻千层岭

采药敢登万丈崖

迎着斗争风和雨

革命路上啊

革命路上　铺彩霞　铺彩霞

广阔天地把根扎

千朵万朵红似火

贫下中农啊

贫下中农人人夸　人人夸

广阔天地把根扎

千朵万朵红似火

贫下中农啊　贫下中农人人夸　人人夸

唱完后，阿姨哈哈大笑。"唱歌就是图个乐子。"

充满活力的木兰阿姨告诉我，她有十几件漂亮的旗袍，等不做保洁了，就天天穿。

辞去洗碗的工作是在2011年，那之后，木兰阿姨在龙岗的卫生站找到了做清洁的工作，一干就是八年，一度当了班长。

大孙女渐渐长大，阿姨的空闲时间便多了。2018年前后，她一度陷入"赌博"，白天做清洁，晚上去街边的麻将馆打牌，有时候还买马和斗地主，陆续输掉了3万多块，几乎是打工一年挣的钱。"把老头子都气吐血了。"

"那是怎么戒掉的呢？"

"小孙女儿出生了，要带小孙女儿。"当儿媳妇告诉木兰阿姨再度怀孕的消息时，阿姨很开心，小孙女快出生时，阿姨便辞去了在卫生防疫站做清洁的工作，准备全身心带小孙女。

但实际生活总少不了磕磕碰碰。

为了带孩子，同时兼顾儿子和儿媳的工作方便，一家六口人挤在一起，两室一厅，老两口住在客厅，大孙女住儿童房，夫妻俩住主卧。那时，阿姨主要照顾小孙女，兼顾打扫和做饭，老伴则在母亲工作的写字楼地下车库做清洁。

阿姨脾气火爆，孩子闹情绪的时候，她总是忍不住凶几句。最危险的是有一次，她正在厨房炒菜，转身去客厅拿东西，一回头发现，两岁的小孙女把厨房门从里面关上了，开门的钥匙也留在厨房。

阿姨紧张死了。给儿子、儿媳妇打电话，但远水解不了近渴。阿姨急得要哭："孙女啊，这要是把房子烧了，你赔不起，奶奶赔不起，爸爸妈妈也赔不起啊。"她蹲下来，安抚孩子，指导房间里的孙女站在小方凳上开门，好在，小孙女很聪明，竟顺利打开了门。阿姨冲进去抱起孩子，关了火。儿子赶回家，看着慌乱的母亲，却没有给好脸色。阿姨很生气："孩子我也带了两年多，可以离手了，你们请人带吧，我不带了。"

　　儿子也没想到母亲的态度会如此急转弯。一家人坐下来想了一个折中的办法：木兰阿姨和老伴搬出来住，夫妻俩白天都要工作，小孙女还是不放心交给别人带，那就白天跟着爷爷奶奶，晚上接回自己家。作为父母，阿姨还是心疼儿子，答应了这个方案。儿子给她在家附近小区另租了一个单间，一个月给老两口出2600元，其中1600元是房租，1000元是照顾孙女的生活费。

　　搬出来后，阿姨决定打破男主外女主内的家庭格局，出来工作。她让老伴辞去在车库的清洁工作，代替她去照顾孙女。这一系列决定，阿姨做得丝毫不拖泥带水。这种处理问题的方式是如此"深圳"，讲究效率，务实，用最实用、最划算又最经济的办法解决家庭矛盾，维护利益与平衡。这种用市场经济解决家庭问题的方式，反而使双方都获得了自由。

　　在我小时候生活过的陕西乡村与小城，老一辈如果跟子女分开住，会被认为是遭到扫地出门和子女不孝。木兰阿姨让我想起童年，想起我的奶奶，想起她跟鸡窝的故事。

　　奶奶在我上小学二年级时去世。她一直跟我们一起住在秦岭南麓山脚下的老屋，进门右手边很亮堂的那间房间就是她的。有一段时间，奶奶自己在房间门口搭了鸡窝，养了几只鸡。她在秋天从田里捡来的粮食以此派上用场。那些鸡把鸡屎拉得到处都是，一向很少发脾气的父亲向奶奶发火了，他主要还是考虑到人鸡共处一室很不健康。

　　于是，在一个早晨，父亲好言劝说无效后，把奶奶养的鸡从鸡窝里拿出来全扔在屋外，拆了她的鸡窝，吼了奶奶。记得那天，奶奶把自己的铺盖拿出来，要离家出走。当然，她也没走多远，就在自家的屋檐下。她表示当晚要睡在屋外，父亲没有理会。后来，姑姑回娘家好言相劝，父亲赔礼道歉，奶奶才从屋檐下搬回屋里。

在我童年时，常听到或看到村里有老人离家出走。他们大多是和儿子儿媳闹矛盾，但都走不远，最后又自己回来。邻居家的王姓老人出走一天一夜，他拿了一把镰刀，一路披荆斩棘，把村里人常走的山路收拾得坦坦荡荡，最后又回来了。不像是离家出走，反像是一个侠客。而我的奶奶，在她的认知里，离家出走就是从屋里搬到屋外，让过路的人看看自己的儿子是多么不孝顺，让父亲迫于舆论压力再把自己请进去。最终，父亲还是向他的老母亲妥协了。直到奶奶起不了床，喂不了那些鸡后，那个鸡窝才得以真正被拆掉。

而二十年前，木兰阿姨就已经完全瓦解乡土社会的这套逻辑，学会接受新的生活秩序了。

在南下深圳的这十七年里，木兰阿姨适应了城市生活。但从另一个角度看，这也是她作为父母为儿子牺牲的十七年。她和老伴用自己的勤劳托举起儿子一家在深圳立足，稳定地工作、生活。

但木兰阿姨对自己嫁在老家县城的女儿是有亏欠

的。木兰阿姨三十一岁，小女儿五岁那年，她突然吐血，进了急救病房，查出来是胃的毛病。医生将她的胃几乎切掉三分之一。看着医生端出来的血肉模糊的组织，丈夫吓得大哭："你把我老婆的胃都割完了，吃饭往哪儿里装？还怎么干得了活儿？"

医生安慰："没事，用三个月慢慢恢复，把胃撑起来，就能复原。"一开始阿姨只能喝一点水，过两天能吃一碗粥，再后来能慢慢吃饭，在丈夫的精心照顾下，她逐渐恢复了健康。

母亲是怎么知道这件事的呢？有一次，木兰阿姨和母亲在洗手间碰到，阿姨把衣服撩起来给母亲看腹部的伤疤。那一道竖着的长疤痕像一只蜈蚣趴在她松弛的肚皮上。阿姨跟母亲聊起她的女儿，聊起她内心的愧疚与悲伤。

"我把女儿亏了，"木兰阿姨说，"那时候没有钱，只把儿子供了出来，女儿没上大学，早早嫁人。"女儿生孩子的时候，因为要带孙女，木兰阿姨自觉在养育外孙女的事情上也没帮上忙。

在写字楼工作快一年后，木兰阿姨准备辞职。

9月的一天，阿姨告诉我母亲，她不准备刷马桶了。她要换工作。阿姨找到了两份钟点工，一份是给一家有很多茶室的资产管理公司洗茶杯，一个月700元，早上去干一个小时就好；另一份是给一家公司打扫室内卫生，一个月1500元，不用打卡，干完即走。"一共2200元，我挣这么多钱就行了。"阿姨很有底气，在深圳打工这么多年，他们老两口已经攒够了养老钱。她一年还有1000多块的农村养老金。"能放手就放手，不要那么拼，人生短短几十年，还能活多少年？很早就想通了。"

阿姨一点都不担心经理扣她工资。"他敢扣我工资，我用《劳动法》告他。"

母亲很羡慕木兰阿姨的洒脱。物质条件不差，喜欢跳广场舞，还会玩抖音、唱歌，身体很结实，没什么地方痛。

阿姨的保洁工作辞了两个月才辞掉，每次跟副经理提起辞职，副经理都以没有人手接替而拒绝。

直到两个月后，副经理跟大经理吵了一架，愤而离职。

副经理在晨会上哭着跟保洁员们告别："明天就不来了……"

隔几天，公司招来了一个新的副经理，新经理很自信，开晨会时跟保洁员们说："做经理就要有做经理的样子，金子到哪里都会闪闪发光。"

新经理不怎么管事，接近年底，保洁员的岗位职责越变越多。木兰阿姨趁着新旧经理的交接期，顺势走人了。

阿姨离职那天，母亲专门做了几个陕西的葱油烙饼带给她。阿姨小心地塞进手提包。

我们再次遇到木兰阿姨是在她租住的小区里。一个周末，我陪母亲去回收站打听废品的价格行情。突然听到背后有人喊母亲的名字："春香！春香！"

母亲几乎是要跳起来和木兰阿姨拥抱相认："咋得了哇！碰到你了！"周边的路人被母亲太过开心的表情和惊诧的语气吓了一跳。她们自顾自地大笑、说话，不顾周围人的眼光。

阿姨戴着遮阳帽，身上穿着"公园服务"标识的浅绿色工服。看来她又找了工作，并没有如她之前所说，享受老年生活。母亲问及缘由，她说，现在在公园打扫厕所，只是暂替一位回云南老家的阿姨顶班。

"我带你去我租的房子看看。"不由分说，木兰阿姨拉着母亲的手，下台阶，开锁，进门。一切都乐乐和和的。

阿姨的房子租在破旧居民楼的一楼，房间是被改造过的单间，一个窄长的通间，光线阴暗。进去首先是床，然后是一张靠墙的简易桌子，用来做饭，算是厨房，桌子边上就是厕所。面积不足十平米。

木兰热情地给母亲介绍，母亲一边看一边感叹："这么大一点儿的房子要1600，太贵了，太贵了……这在我们老家200块都没人要……都没有老家的厕所大……"

那一刻，母亲突然明白，为什么同在深圳租房的我弟弟，每次面对她要求去看看他在宝安月租2200元的"家"时，都以各种理由搪塞了过去。

我问母亲，你觉得木兰阿姨是怎样的人？

母亲说，木兰是一个"红火人"。当母亲形容一个人活得热烈，充满希望，她会说那个人是一个"红火人"或"活泼人"。

母亲其实也是一个这样的人。

番外篇

寻找小菊

秋天的晚上，有凉风。

母亲跟我出门散步，她想在临近的几条马路上找找，看能否再遇到她一年前认识的，帮她找到写字楼保洁工作的环卫工小菊阿姨。

母亲已经很久没见到她了，总在我面前念叨。阿姨没有留下电话号码，母亲也没有加上她的微信，就这样失去了联系。

一开始搬到现在所住的小区时，我也经常遇到这位环卫工阿姨。她负责我们小区楼下的马路清洁。有一次，我下班回来，碰到母亲跟她坐在台阶上大声用方言交流。我走过去陪她们坐了会儿。阿姨正在给老家的儿子打视频电话，视频里，她的孩子们正在摘樱桃，红彤彤的樱桃，水灵灵的。

我每次见到她都会报以微笑，她知道我是春香的女儿，我知道她是母亲的朋友，除此之外我们对彼此没有更多了解。她的故事我更多是从母亲口中知道的。

小菊阿姨在深圳扫马路已经十五年了。老公早些年因病去世，留下两个儿子，她靠扫马路帮两个儿子娶了媳妇，让他们在老家成家立业。

近些年，阿姨新找了一个老伴，是四川广安人，在深圳开货车。有好几次，母亲碰到他帮阿姨扫马路。阿姨告诉母亲："一个女人在深圳闲言闲语的，工友介绍，彼此觉得合适，就答应着，一起做个伴，租房子也有人承担一半。"

阿姨每个月还捡一些塑料瓶卖，一个月能额外获得50到100块左右的收入。夏天的时候，有一次，母亲连着三天都没见到她。再次见到，问起来，阿姨告诉母亲，她淋了一场大雨，病了三天。

连着一个月，母亲都没有在小区楼下碰到阿姨，原来阿姨负责的清洁区域，换了一个瘦高又沉默的云南阿姨负责。

母亲开始在我面前念叨。

"她应该是回老家了，她之前跟我说过，退休了就回家带孙子，她已经干够十五年了。有退休金。

"她回去了什么都没给她一点，我不晓得她要走。如果晓得，我把我的袜子给她两双。"

"你哪来的袜子？"我说。

"你给我买的。"

"我给你买的你不穿，给别人。"

"我们是老乡啊！我没有别的给她，要不就是去超市给她买点好吃的。"

我提议，既然阿姨在深圳扫了十五年的马路，肯定有不少工友还在这附近工作，我们去问问，他们也许有阿姨的联系方式。

于是，每天下班后，我跟母亲一起沿着马路散步，询问正在打扫卫生的环卫工，有谁认识扫了十五年马路的陕西阿姨。

打听的过程中，我们结识了环卫工阿姨咏秋。她负责公园对面的那条马路。

那天，她刚好加班到晚上10点准备下班。我和母亲遇见她的时候，她已经在整理工具，所以有时间跟我们聊天。

原来，咏秋阿姨跟陕西阿姨是一个班组的，她们在一起共事了好多年。

咏秋阿姨告诉母亲："她8月就走啦，回去给大儿子带孙子去了！"

"她怎么不说一声就走了，我说怎么找不到她了。"

我加了咏秋阿姨的微信，她把陕西阿姨的微信推给我。

陕西阿姨有一个跟她性格契合的名字：小菊。

我随口问了一句，阿姨你打扫卫生多少年了？

咏秋阿姨告诉我，明年4月就十七年了。

1988年，十八岁的咏秋被姨妈从四川南充带到深圳。咏秋的姨夫是深圳最早一批做基建工程的转业军人，1979年就来深圳了。1987年，姨妈一家把户口迁过，1989年分到住房，在深圳扎了根。

咏秋刚来深圳的时候，我们眼前的双向车道，只有一米宽。她一开始在电子厂打工，工钱5元一天。在工厂上了几年班后，咏秋回家结婚，生了儿子。孩子三岁时，咏秋把他带到深圳，请姨妈帮忙带，她和老公继续进厂打工。到儿子快念小学时，咏秋又把孩子带回老家。陪着孩子念到小学五年级，把孩子托付给公婆。咏秋又来到深圳。

那是2006年，她开始在香蜜湖片区做环卫工，一个月工资700元，单位交社保。一做便是十六年，工资从800元、900元、1000元，涨到现在的5000多元。咏秋其实已经退休了，每个月可以拿到1000多元的退休金。

还在辛苦挣钱的主要原因是为了儿子。二十七岁的儿子在成都打拼，谈了女朋友，尚未结婚买房。她还得偶尔补贴补贴儿子。

咏秋一天要上12个小时的班。从早上6点至下午6点，中午有一小时吃饭时间。今天是例外，她加了4个小时的班，可以多赚80块加班费。

咏秋穿着大街上常见的典型环卫工服，黄色长袖、长裤和反光衣，右胳膊上还别着一个类似红绿灯的发光体，提示车辆和行人。她还随身携带一个长方形的黑色定位器，这是为了防止环卫工偷懒。"长时间不动会发出提醒，看看你有没有移动。"

咏秋还有一辆蓝色代步电动车。车筐里放着一把刚买来的空心菜和一条丝瓜，车头上挂着她打扫卫生要用到的扫把和夹垃圾的钳子。

我问咏秋，车是公司配的吗？咏秋说，不是，是老头跑外卖剩下的。

"你老公还在跑外卖吗？"

"是啊，他今天还没下班"

"他多大年纪，身体吃得消吗？"

"六八年的，跟你妈妈一年的。"

"那他会更辛苦吧？"

"他已经干了好多年了啦！"

"现在每个月可以赚多少钱？"

"七八千吧！"

"那还可以哦。"

"他跑慢一点呗。"（母亲插话）

"对，跑慢一点。"

"这多自由，想歇一天就歇一天。"（母亲插话）

咏秋说，在外卖站点，甚至有些年轻的外卖员还跑不过她五十四岁的老公，因为他在深圳待得时间久，香蜜湖片区，哪里都熟。

在做外卖员之前，咏秋老公在公交站做环卫工。

咏秋说，环卫工大部分都是跟她一样的女人，男人不愿意干，因为这个活儿把人死死捆住了，不自由。咏秋所在的班组有三十五名环卫工，其中只有两名男性。算上加班，咏秋一个月可以拿到6000块左右的工资。

咏秋和丈夫租住的地方，骑电动车五六分钟就能到，一个单间，一个月1200块，在一楼。

咏秋手机里还存着1989年自己在电子厂门口拍的旧照片：穿着白衬衫，褐色长裤，斜跨红色单肩包，留着时髦的短发，面带淡淡微笑。

时间过去三十三年，咏秋把青春和壮年都留在了深圳。

好在，年老的时候，咏秋得到了一份养老保障。

好在，还有亲人在深圳。咏秋的母亲早些年已经去世，带她来深圳的姨妈也已经七十岁，住在咏秋租住的房子附近。有时候，姨妈出来散步，经过咏秋上班的地方，两人还能聊聊天。

"在深圳还有点亲人挺好的，好多人在深圳都是独自漂泊。"

很晚了。我跟咏秋阿姨挥手告别，她骑着电动车离去。

回到家，发现小菊阿姨通过了我的微信请求。我告诉她，我是保洁员春香的女儿，我妈说她很想你。

我帮母亲加上小菊阿姨的微信。母亲发去早前跟她一起拍的自拍合照，附带一长串语音。

小菊阿姨告诉母亲，她回老家，一是因为婆婆去世了，二是想养身体，顺便帮大儿子带带孩子。

阿姨对母亲说："大姐，我也想你了，我身体养好了，找机会还会再来深圳。"

认识咏秋后，母亲会在买菜或去公园散步途中会遇到正在打扫马路的咏秋。遇见了，就会说几句话。但有一天，咏秋阿姨也跟小菊阿姨一样，一连好几天都没有出现在马路上。原来属于咏秋打扫的区域，又换了一个瘦瘦小小的阿姨。

母亲忍不住上前询问，得到的答复是：咏秋出事了，没再做了，但她还在深圳。

我给咏秋发去微信，没有得到回复。

母亲感到失落,她希望咏秋阿姨平安健康,也感叹在深圳,和一个人失去联系很容易,大家都是萍水相逢的打工人。

代替咏秋岗位的阿姨来自泸州,名叫绿枝,四十八岁,但在深圳做环卫工已经快二十年了。年轻的绿枝被在工厂打工的丈夫带到深圳,一开始就是做环卫工,起初工资只有400块。时间过去了,丈夫没有再进工厂,如今在建筑工地上做工,干一天活儿,有一天钱,住在工地。绿枝阿姨和咏秋阿姨一样,住在竹子林的群租房里。

对面的公园刚刚搞完一场相亲活动,被拆卸下来的纸板和空水瓶堆积在靠近公园那条马路的垃圾桶边。绿枝阿姨骑着电动车,把垃圾装进巨大的黑色塑料袋,一趟趟往对面马路的垃圾站点送。

绿枝阿姨以前不会骑电动车,共享单车在深圳出现后,她才去学了骑车。会骑电动车让她的环卫工作变得稍稍轻松了一些。阿姨在电动车的车身上绑了一个边角有破损的红色圆锥体路障。晴天,她把用来遮大雨的车篷收进去,被别人遗弃的路障此时成了一个完美的收纳工具。下小雨的时候，阿姨有一把可以像帽子一样固定在头顶的花伞，10块钱就可以买到。戴上这顶伞，再披上雨衣，就不会淋湿了。我常常在雨夜，看到头顶花伞的环卫工在马路边移动，雨衣随风舞动，像有翅膀的精灵。

因为打扫的区域靠近公园，经常有人在这条马路上遛狗。"有人会用纸巾把狗屎包起来扔进垃圾桶，有人会直接丢进绿化带，还有人会直接让狗拉在路边，"绿枝阿姨说，"我很讨厌那些喂狗的，最讨厌的就是狗屎，处理不完的狗屎。"

绿枝阿姨也是从早上6点开始上班，上到下午6点。但她一般都会争取加班，再从晚上7点上到10点，每小时15块的加班费。这样，阿姨每个月才能挣到6000块。阿姨有一个儿子在成都念大学，每个月都需要生活费。

阿姨说："小孩不亲，小时候跟着在深圳生活了几年，上小学就送回老家了，现在不听话。"

母亲问："孩子不亲妈妈亲谁？"

阿姨说："现在在外面，不知道亲谁。"

这是一个无解的困境，错失的时间永远不再回来。

跟母亲在写字楼工作面临的监管一样，绿枝阿姨也时刻被"监视"。一直有督管骑摩托车在路上巡逻，遇上没打扫干净的地方，电话就会打到绿枝阿姨的手机上。

环卫工只能独立工作，如果巡逻的督管看到两个环卫工在一起聊天，便会拍照，投诉，然后罚款。如果聊天的是路人，环卫工还可以用问路这样的话术圆过去。这让我想到，小学的课堂上因为交头接耳而被体罚的经历。

绿枝阿姨问母亲："你有退休工资吧？"

母亲迟疑了一下："我有啊！"接着说，"我做一天，一天退休工资，做一天，一天退休工资。"

两个人哈哈大笑。

我问过很多像母亲一般年纪来自农村的保洁员一个相同的问题：你为什么要来做保洁？

他们的回答可以总结为两个字：养老。

母亲现在每年都交着陕西省的农村养老保险，一年300元。我的父亲已经超过六十岁，他已经开始领养老金，每个月可以领110块，一年1320块，连负担他从西安往返深圳的高铁票都不够。可以预见，母亲将来的养老金也不会高到哪里去。母亲无法想象，如果他们不趁着能干的时候攒点积蓄，儿女生活压力又那么大，等他们老了需要花钱时找谁？用母亲的话说：喊天天不灵，喊地地不应。

来深圳做保洁后，母亲能一眼辨认出谁是她的同类，也能一眼辨认出在大街上走的深圳老年女性，哪些是手里拿着养老金，不用打工就能安享晚年的。

母亲说，后者都穿得很讲究，不会像保洁员一样总是穿长袖长裤。她们都穿长裙，冬天是羊毛裙加外套，夏天是脖子上有盘扣的中式长裙。更显眼的特征是，她们的头发都是精心打理过的羊毛卷爆炸头。

"垃圾"生意

　　每天晚上10点，车身印有"SHENZHEN"字样橙绿相间的巨型环卫垃圾车会准时出现在老张夫妻所在的垃圾房门口。整理好的厨余垃圾被装在绿色垃圾桶，穿着橘色环卫工服的人将它们一桶桶抬上车，运往垃圾处理厂。

　　当整个城市沉入寂静，垃圾房正进入最后的攻坚时刻。深夜的垃圾房亮着白到刺眼的灯，哪怕垃圾房上头的小区居民楼的灯都灭了，老张夫妻俩仍还深陷垃圾山中。垃圾房在母亲买菜、去公园、散步必经的路上。有时候，母亲还会在垃圾房里碰见老张的小儿子，还有穿着黑白相间深圳校服的大孙子，埋首于垃圾整理中。

　　这座垃圾房位于母亲工作的写字楼旁边豪宅小区的

一层，门朝着马路打开，门口便是公交站台。豪宅小区一共有7栋居民楼，714户人家，每天的生活垃圾经居民们简单分类后，便被运往老张夫妻的垃圾房。

老张夫妻令母亲羡慕，他们在深圳靠卖垃圾月入过万，给儿子置了业买了房。

2022年冬天的一个雨夜，母亲买菜归来，在垃圾房门口像往常一样遇到老张。他正试图把一块木板往停在公交站旁的三轮车车厢上放。

在车厢上面架上木板，就可以摞起更多的垃圾。木板下放破铜烂铁，木板上放纸壳，纸壳上还可以加塑料。小三轮车里的垃圾经常有两个老张那么高。平时，他就是这样开着三轮车，一趟趟把整理出来的可卖钱的垃圾，运往附近的竹子林废品收购点。

但那个雨夜，因为脚痛，老张无论如何努力，都无法保持平衡。他身体趔趄着，摇摇晃晃，木板始终无法搭上。长期熬夜令老张的脸色黑得像锅底一样，雨水在他脸上的皱纹里汇成水沟，顺着脖子流下去。

母亲给老张搭了把手，两人在公交车站的雨棚下聊了几句。原来，老张的脚因为严重的真菌感染，痛痒难忍，所以才总是站不稳。

母亲问老张："为什么今天必须弄完？"

老张说："不弄不中。"

废纸壳淋湿了，回收站不要，也没有额外的仓库。即使当前废纸只值4毛5一斤，但总比一分钱卖不出去要好。母亲又帮着他把几捆纸壳抬到木板上，摞起来，用塑料纸盖着，压住。湿冷的雨，混合着厨余垃圾的脏水，在垃圾房外的马路上淌出很远，行人跨着步子掩鼻而过。

"老张身体坏了。"母亲叹息。

不久后，母亲没有再在垃圾房看见过老张。他离开深圳回老家了。

他的妻子雨虹和小儿子留了下来。

以往，雨虹的主要工作是把垃圾桶里的塑料、纸壳、泡沫、铁制品等可以回收的废品分出来；老张负责把废品捆绑、装车，送往回收站；他们的小儿子则负责把垃圾从垃圾分类点运到垃圾房。现在，三个人的工作，摊给两个人。雨虹把丈夫之前的工作也承担了，开起了三轮车，瘦小的身体载着高过头顶的垃圾飞驰着。

每天，雨虹和小儿子要处理20大桶、体积超过100立方米的垃圾。从下午1点至凌晨2点，他们埋身于垃圾堆。凌晨2点，垃圾全部分完类后，彩虹会先回到出租房睡觉，小儿子继续留守垃圾房，等着凌晨5点另一辆垃圾车拉走"其他垃圾"后，垃圾房才关门。第二天中午，雨虹休息完，吃完中饭，便回到垃圾房，把垃圾拉到大型回收厂卖。

如若将这个豪宅小区比喻成一个巨人，那么垃圾房就是他的排泄口，雨虹一家是处理这些排泄物的人。黑色塑料垃圾桶超过雨虹的身高。她戴着塑胶手套和口罩，身体靠着垃圾桶边沿，麻利地从里面分拣出可以卖钱的垃圾，迅速丢进身边地板上用来分装的空盒子。这些垃圾最后都变成钱，变成一家人在深圳赖以生活的资本。

母亲每次经过垃圾房都跟雨虹打招呼，雨虹会像兔子一样从垃圾堆里快步走出来，自然地和母亲拉手。"嫂子你个子不大，你咋这么有用呢？"母亲说。雨虹不到一米六，86斤。她把上衣撩起来给母亲看，她的腰一只手臂就可以环抱。

五十八岁的雨虹来深圳二十七年了，和丈夫承包豪宅小区的垃圾房也已十二年。

雨虹一家来自安徽淮北。

1996年夏天，三十一岁的雨虹已经有了三个孩子，最小的儿子两岁。当时，雨虹和丈夫都有重型卡车驾驶证，跑运输，最常去的地方是连云港和福建。在那个灿烂的夏日，她在县城的大喇叭里听到蓬勃的男声："深圳开发，欢迎来深圳找工作！"

雨虹的父亲是当地一所中学的校长，母亲是学校的语文老师，早年间从上海被下放至淮北。雨虹有七个兄弟姐妹，前五个都是女孩，她排名老二。父母将他们每一个孩子都供到了初中毕业。

父亲说："你们五姐妹去深圳闯一闯吧！"在当时的淮北，她们成了最早闯深圳的人。

在父亲的帮助下，五姐妹在县城民政局开到了外出务工的介绍信，在公安局办到了有印章的边防证。

雨虹不记得具体是哪天从淮北出发的，只记得从罗湖火车站下车的时候，站台上深圳劳务部门派来的年轻人已经在等着她们。"你们这五朵金花，真漂亮！"

她们被领到当时的罗湖酒店做服务员，一干就是六年。2002年，罗湖酒店着火，装修需要时间，姐妹们一时间都失去了工作。

　　"深圳不是养闲人的地方"。

　　雨虹又去了别的餐馆做服务员。中途听说保姆的工资比服务员更高，一个月可以挣600元，雨虹动了转行的心思，但一直没有机会。

　　不过，生活的转变往往发生在一瞬间。

　　某天，雨虹工作的餐馆里，一个年轻的母亲带着刚会说话的孩子在用餐。女子不断跟站在桌边的服务员重复两个韩语单词："컵"（keob，"杯子"），"물"（mul，"水"）。尽管女子一遍又一遍地说，年轻的服务员还是不知道对方需要什么。

　　雨虹那时喜欢看韩剧，也因此熟悉了一些韩语。情急之下，她自己拿着杯子接了一杯水，递给孩子母亲。韩国女子一个劲儿地双手合十对雨虹说："감사해요 감사해요！"（"谢谢你！"）

　　不一会儿，返回餐桌的女子的丈夫知晓了事情的经过。他用中文告诉雨虹，自己在三星工作，老婆刚从韩国过来，一句中文都不会说，如果雨虹愿意，可以来他的家中做保姆，一个月1100块。

这是一个远远高出雨虹预期的工资。

雨虹当即决定去。韩国人一家姓李，房子就买在如今垃圾房所在的小区。也是从那年开始，雨虹五姐妹陆陆续续都在这个小区找到了保姆或钟点工的工作。2010年，雨虹偶然得到了承包小区垃圾房的机会，她从老家叫来丈夫，一起开启靠卖废品赚钱的日子。

当我的母亲得知雨虹如何主动利用帮韩国人家办业务的机会，与管理处掌握实际权力的人交朋友，如何从对方的谈话中得知垃圾房有空缺，如何勇敢地毛遂自荐时，她感到佩服："嫂子，胆子真大！"

母亲想起年轻时，她和父亲还尚未出门务工。有一次，在县城汽车站开饭店做生意的远房孙姓表叔告诉母亲，他认识的一家面食店要转让，建议父母去城里盘下来，做一个生意人。但那也意味着，他们得放弃在农村的一切，那些庄稼、牲畜，以及熟悉的生活，离开家，去和城市正面交锋，应对那些聪明又体面的城里人。

启动资金需要4万块，他们的积蓄只有270块。不敢贷款，怕还不起，村里只有开药方的赤脚医生王医生家是万元户，但借钱也借不到。迫于现实，他们丧失了勇气，失去了可能是他们一生中最重要的可以跨越阶层、变得富有的机会。

看到雨虹，母亲回想起当初的选择："也不后悔，如果当时去了县城，就没时间陪你俩了，你俩可能书就读不出来。都是命吧！"

在疫情尚未发生以前，雨虹通常是在晚上雇主家里不需要人干活时，来垃圾房给丈夫帮忙。疫情发生后，韩国人一家搬去了香港。因为隔离政策，三年里，雇主一家从2020年初到香港后，便再也没有回深圳，最后干脆陆续卖掉了在深圳的房产，定居香港。

疫情期间，深港不通关，雨虹没法去香港韩国雇主家继续做保姆，也没有回过老家淮北。如若不是我和母亲主动走进垃圾房，怎么也想不到一个整天被垃圾围困的女人，竟然可以说一口流利的韩语，写一手漂亮的韩国字。母亲更是感到惊奇，开玩笑说："嫂子，你教我学学韩语！"

二十年前，当雨虹来到位于香蜜湖的这处小区时，附近十字交叉路口两侧还不是如今令普通人可望不可及的高端楼盘，而是墓地。墓地附近是很小的一座土山，山被铲平，盖上了房子。这令母亲感到震惊："房子盖在墓地上，人还住得挺好，买房照样买！不愧是深圳！"

韩国男主人给雨虹买来双语教材，她一边学韩语的同时，女主人也渐渐学了一点中文。中间有三年，雨虹还跟着女主人一起去深圳大学上语言学校，在女主人学习的过程中，她也跟着重新温习了知识。在做保姆的二十年里，雨虹跟着雇主一家去过无数次香港，还去过两次韩国，其中一次去了雇主的老家釜山。"是个普通的三线城市。"雨虹评价道。令她印象深刻的还是首尔。雇主在首尔的家并不大，"不算太穷，也不算太富，算是上等户吧"。雨虹觉得首尔很干净，比深圳还干净。免税店里的化妆品很便宜，在香港卖几块钱的一张面膜，在首尔只需要4毛钱；深圳上千块的"雪花秀"，在首尔只需要几百。虽然雨虹的韩国菜手艺赢得雇主的称赞，但在首尔，天天吃泡菜还是让她苦不堪言，"韩国人连汉堡里也是加泡菜"。

雨虹从来没跟老家的人提起她去过韩国。雨虹说，说了没什么意思，无论你去了哪里，你还是个打工的，既然还是个打工的，就没什么好说的。她一开始也没跟老家的人说过自己在深圳做的是"垃圾"生意，做的年数多了后才说起。"这是下等人做的活儿，没什么好说的。"

　　雨虹去韩国雇主家里时，雇主家的大女儿才两岁。如今，大女儿已经在首尔大学读完了博士，雇主家的二女儿也已从香港大学毕业，小儿子即将参加高考。可以预见，孩子们都将会走上一条精英之路。后两个孩子从出生起，便由雨虹带着。她不仅是保姆，也是孩子们的中文住家教师。她给孩子们读了无数个睡前童话故事，最小的孩子最喜欢听《卖火柴的小女孩》。雨虹和雇主一家处成了家人，"像是我自己又养了三个孩子，尤其最小的那个，跟我特亲特亲"。有一次，女主人带着小儿子回韩国，第一天坐飞机去，第二天就回了深圳。孩子哭闹着要跟雨虹在一起，四岁了还管雨虹叫"어머니"（"妈妈"）。女主人并不生气，孩子叫什么都好。二十年里，雨虹的工资从当初的1100块涨到了1

万多。

　　疫情期间，雨虹虽然没能帮助雇主照顾家庭，但雇主把深圳几处房产的钥匙都留给了她。遇上有人上门看房的，都是雨虹去现场协调，雇主的房子都是在雨虹的见证下卖掉的。雇主一家在深圳房地产勃发时期多处置业，这些标价上千万人民币的房子，卖出的资本所得令雨虹无法想象。也因为这些房子，雇主一家实现了财务自由。

　　雨虹没有在深圳买房，挣到的钱都拿来养留在老家的三个孩子。孩子大了，存的钱则用来给两个儿子在淮北买房、买车、娶媳妇。她用在深圳的奋斗，换来了在淮北相对殷实的家境。雨虹并不是没有想过在深圳买房，但"胆子太小，没敢贷款"。虽然雨虹夫妇在深圳靠着"垃圾"让儿孙辈在县城拥有了足够体面的生活，但说起自己的垃圾分拣工作，她仍旧觉得是"没什么前途的人才会干的工作"，不值得大肆宣扬。这跟母亲对待她的保洁工作态度一样："娘没什么用了，才只能做保洁。"

　　如今，雨虹的三个孩子都已成家立业。大儿子在不远处的另一小区承包垃圾房，做着跟母亲一样的生意。十三岁的大孙子已经留在深圳念小学。小儿子跟着雨虹。女儿则嫁到了南京，做4S店生意。

母亲以前以为雨虹很可怜，在闲聊中得知她的经历后，母亲佩服得五体投地。"嫂子你也太厉害了，挣到钱了。太有用了。"母亲叹息一番，不忘感叹自己还是来深圳太晚。

1996年雨虹来深圳时，她的三个孩子全部丢给了爷爷奶奶照顾；她只有过年时才回去看看。孩子们不爱读书，雨虹自觉"错过了他们的成长期，尤其是小儿子，说起来是有些亏欠的"。但雨虹很豁达——不是作父母的不供孩子读书，而是孩子不愿意读，那就没办法。说起雇主家学业优异的三个小孩，雨虹说，主要还是孩子们自己爱读书，家里有一整面书墙，孩子们放学回家写完作业都是在读书，有时候喊吃饭都说要先把一本书读完。

到今天的景况，雨虹已经很欣慰了。自己的孩子现在踏踏实实，愿意跟着做这份垃圾回收工作，把自己的小家庭日子过好，也不错。

母亲跟雨虹说话的时候，他的小儿子正来来回回从小区楼栋底层的垃圾分类点运送垃圾桶过来，忙碌又敏捷。母亲问他，年轻小伙子为什么愿意干如此辛苦的工作？他说，有钱赚就行。

其实在跟着父母进入垃圾行业以前，雨虹的小儿子也辗转于各地打了不少工，还跟着姐姐一起在南京做过生意。来深圳时，他已经结婚生子。现在，七岁的孩子跟着妻子留在老家，只有寒暑假才会来深圳住住。"孩子喜欢老家，在老家舒服，老家啥活儿也不用干。"

在2020年9月1日《深圳市生活垃圾分类管理条例》开始实施以前，雨虹的丈夫老张做垃圾回收时，要专门逐栋楼地上门收垃圾。垃圾强制分类后，他便只需要去每栋楼底层空地，将垃圾分类点初步分好类的垃圾运过来。垃圾房变成了"专项垃圾暂存点"，接收家具、电器电子产品、绿化垃圾、年花年橘、花卉绿植等废弃物。实际上，他们一家人的工作量相比以前减轻了。

这座垃圾房伴随着1997年该小区建成而存在，掩映在一片浓郁的竹林里。十二年来，雨虹的家族成员围绕这处小区打转，没有离开过。如今该小区的商品房每平米参考价超过12万元人民币。

站在雨虹阿姨的垃圾房里，可以看到铁门外走路的人、等公交的人、上下车的人、拿着鲜花的少女、骑自行车的中学生，还有站在马路对面远远地向雨虹问路的人。一只黑白相间的奶牛流浪猫时不时来光顾。垃圾房的天花板，像是一条正在蜕皮的蛇，皮肤一层层炸裂，卷起来，似乎风一吹就会落在堆满垃圾的地板上。

白天，垃圾房是无处下脚的，只有到晚上10点之后才能腾出一点缝隙落脚。角落里有一张蓝色的简易单人床，床头放着灰色的被芯，雨虹累了的时候，便去躺一会儿。一个绿色的布面圆凳子，靠着铁门放着，雨虹经常坐在那里把一张张纸壳摞起来，再用绳子捆住。垃圾房的墙上有两只捡来的乳白色钟表，一只是方形的，时间静止在中午12点07分；一只是圆形的，指针正常行走。墙上的《垃圾房日常检查表》里签着雨虹的名字。除了卖这些废品赚钱，雨虹和小儿子每个月还能各拿到小区物业发放的2700元工资。墙上的挂钩上，挂着雨虹常背的包包，一个是印有"平安喜乐"的帆布包，一个是粉红色的单肩包。靠着墙边，捡来的简易木架上，有一只青蓝色的电蒸锅，里面的食物在沸腾。是糯米鸡汤，雨虹拿来做夜宵的。汤里有鸡腿、糯米、枸杞、红枣，黏稠的糯米鸡看起来营养丰富。食物的香气飘过来，冲淡了垃圾散发出的腐败气味。

除了煮在锅里的食物和雨虹的自有物品，垃圾房里的一切都是别人丢弃的废物。站在垃圾房里，我看到的是一个物质充裕的世界。被丢弃的众多物品，有些并不是坏了，只是不被喜欢了，只是主人要更新，或者因为变动的生活无法带走。母亲无法理解的"为什么明明没坏，却要丢弃"的事情，在这里泛滥成灾：崭新的铁锅，花瓶，毛绒玩具，指甲刀，文具，陶瓷碗……应有尽有。这些"废物"，被雨虹以"能卖"和"不能卖"的标准分拣。

雨虹卖废品的收购站在一条隧道的尽头，有营业执照，来自四川的老板夫妇经营着三四百平米的垃圾回收场。他们做垃圾生意二十年了，养有一帮工人，有十辆大卡车将这些收购来的废品运往周边工厂，重新加工使用。

不仅雨虹，周边拾荒者、保洁员、家政工、收购废品的人收集的垃圾，都往四川老板这里卖。母亲捡来的缝纫机就是被上门收购废品的阜阳老高卖到了这里。

和雨虹不同，老高没有自己的垃圾房，常年骑着一辆三轮车上门收购废品。因为不缺斤少两又价格公道，积累了不少熟客，经常会有电话喊他上门收购。母亲也是老高的熟客之一。

2000年，老高和另外两个阜阳老乡一起来深圳收废品，从事这行已二十三年。二十三年里，他过着他口中"自由自在，没有人管"的日子，靠着卖废品赚来的钱供养一双儿女读书，帮儿子娶了媳妇、买了房，现在已经有一个孙子和一个孙女了。老高眼下蹬的这辆蓝色小三轮车已经是第八辆了，早些年，他天天和交警躲猫猫，被没收了好几辆车。

老高今年六十岁，驼背，很瘦，戴着眼睛，见人总是热情地笑。他初来深圳的时候还和老乡们一起在我们现在所居住的小区合住过，那时候的月租才几百块。现在他和老乡们搬到附近更老的一个小区，一个月2000块房租，三个人平摊。老高的货源全仰仗着二十多年积累的人脉，电话一响，确定好地址，他蹬起三轮车就走。能让老高赚到一些钱的主要是大件，如洗衣机、冰箱、饮水机等。

老高总是匆匆忙忙的，雨虹经常碰到他，两人碰见了，微笑着点个头算是打了招呼。

母亲问老高："你咋不去承包一个垃圾房呢？"

老高说："我做自己的老板，一个人多好，想放假就放假，想休息就休息。"

雨虹当下的生活与老高形成了鲜明对照。

春夏秋冬，晴阴风雨，哪怕是在除夕夜，垃圾房都没有关门。垃圾永不停歇，雨虹没有假期。"搞得够够的了。"雨虹感叹。为了挣钱，一家人舍不得放弃这个行当。"要赚钱，现在的社会只要有钱就好。"这是雨虹得出的结论。

一天晚上，我们在垃圾房遇到了雨虹的三妹雨燕，她正在垃圾堆里挑选被丢弃的旧衣服，一件件在自己身上试，喜欢的就塞进袋子里，不喜欢的丢进垃圾桶。她是一个看起来更加风风火火的人。雨虹说，妹妹在小区里给四五户人家做钟点工，每个月赚得也不少。我对雨燕说，你姐姐说你很厉害，做了很多份工。她爽快地笑了："都是在深圳要饭！"

雨虹还跟韩国人学会了美容和护肤，虽然五十八岁了，但她脸上的皮肤紧致，偶尔还会打美容针。美容针是她一手带大的雇主家女儿从韩国寄给她的，她自己注射，从未失手。去美容院一次需要3000多块，自己动手，199块的药品可以用两次。雨虹文着修长的眉毛，有一头乌黑的自然鬈，像极了韩剧《请回答1988》里的"豹子女士"。她极瘦的身材，一方面是因为辛劳，另一方面也是刻意维持。

雨虹的目标是工作到六十五岁。在这之前，她等着通关签证办好的那一天，到时候，她会把垃圾房交给小儿子，再雇佣一个老家的人来帮忙。她还要去韩国雇主家里做保姆，直到觉得钱赚够了的那一天。

到了可以实现"自由"那一天，雨虹真正想去的地方是大理。

她说她要一个人去，不跟任何人一起。不带老公，也不带晚辈。

做保姆的时候，雨虹很少浪费假日。她常常一个人出游，香港、澳门、北京、上海、西安、西双版纳、九寨沟……去得最多的是大理。她不喜欢跟人一起，多一个人就多一个人的需求。"有哪些东西你看上了他没看上、他看上你又看不上，耽误时间。我自己的话想买就买，想走快走。"

雨虹不喜欢被禁锢。在疫情封城期间，小区只出不进。雨虹憋得难受，就申请了去隔壁小区做义工，主要是引导居民做核酸。她做了七天义工，解封后又回到垃圾房。

雨虹说，如若我是在香港街头遇见她，我一定认不出来她是垃圾房里的雨虹。雨虹出游时一定会穿上吊带裙，打扮得漂漂亮亮，拍好看的照片。其实，雨虹不在垃圾房里的时候，从穿着上，也不会有人看出她在做这份体力活。她的装扮完全不像刻板印象中快六十岁的阿姨，牛仔裤、棒球帽、小西装、运动鞋，她总是很轻盈，很有活力。

大理是四季如春，空气清明。雨虹已经考察过了，在那儿的农村里租一个可以种菜的院子，一年其实只需要1万块就够。老了就在大理种菜，看山看海。

有一天，雨虹跟女儿说："去了云南大理，我就再也不回来。"

女儿问："那你要是生病了怎么办？"

雨虹开玩笑说："我去山上找一个岩洞，自我了断。也许你会在新闻上看到我。"

在这点上，我与雨虹相似，我也认为人生如逆旅，我亦是行人。这与我母亲一定要叶落归根的生死观念截然相反。

我问雨虹："但是你挣的钱还是大部分都给了儿子吧？"

雨虹说："对的，也得给儿子。

"话说回来，人生的意义就是干活得干，挣钱得挣，玩也得玩，要开心一点，自己不要亏待自己，人生短暂几十年，千万别亏待自己。

"反正人生不就这样吗？人生苦短，失去再也找不回来。"

有一次，雨虹从一堆垃圾中挑挑拣拣，递给我一个包装盒，要送给我。

盒子上写着"福娃 friendlies"，原来是五个不同颜色的2008年北京奥运会吉祥物。估计是因为其中一个福娃的脸上长了霉斑，才被丢弃。我恍惚间发觉，2008年已过去了十五年。

我把福娃拿回家，摆在了沙发上。

在雨虹的印象里，垃圾真正能卖出钱，也是近十几年的事。电商的普及，让垃圾的体量爆发式增长。骤增的垃圾背后，是一座城市膨胀的财富，以及旺盛的消费能力。

垃圾也分淡季和旺季。一年当中，只有春天是淡季。五一至中秋是比较充足的时期。中秋至春节则是爆发期。一个星期中，周五、周六、周日、周一的垃圾量比另外三天工作日要高。在垃圾房工作久了，雨虹得出一个规律：当人们获得闲暇，便要消费。

这是一个国际化程度很高的小区，雨虹捡到最多的贵重物品，便是花花绿绿的外国钱币，有的夹在书里，有的夹在纸堆里；有的等来了失主，有的交给了物业管理处。

雨虹以前经常打交道的群体也是外国人。因为曾经给韩国人做保姆，她交到的最多的朋友是韩国人，与她们一起聊韩剧、聊美容和养生。进出小区的时候，保安也常误以为她是韩国人。

雨虹跟我说："小姐姐，我可以教你学韩语。"

她教了我三句话。

你好	안녕하세요（annyeonghaseyo）
晚上好	좋은 저녁이에요（joh-eun jeonyeog-ieyo）
谢谢小姐	고마워요 미스（gomawoyo miseu）

雨虹说韩语时嫩秧秧的腔调，跟她说汉语时差异很大，带着羞怯和喜悦，向我和母亲分享。面对母亲说的因为不识字受了很多憋屈的往事时，雨虹鼓励母亲："长到老，学到老，还有三分没学到。"有雨虹这样的榜样在，母亲学起拼音和汉字来就更认真了。

有一次，我和母亲好几天没见到雨虹，她的两个儿子紧闭垃圾房的大门，埋首整理垃圾。后来雨虹出现了，她告诉我出了一趟远门，去了上海、苏州、杭州，还回了合肥弟弟家一趟。

我发现她染了大红色的指甲，很漂亮。她告诉我：
"我喜欢大红色，花了100多块做的。"垃圾房里，面对
整整十一大桶需要重新整理分类的垃圾，雨虹顾不上
新做的指甲，随手抓起一个上面还残留着米粒的快餐
盒，跟我回忆起在韩国时，关于别人如何做垃圾分类的
见闻。

　　去韩国的时候，雨虹特别留意了韩国的垃圾分类。
雇主在首尔和釜山的家中都贴有垃圾分类操作指南，垃
圾按可回收与不可回收，分门别类地放进垃圾袋。塑料
餐盒、奶茶杯子丢弃之前会洗干净，连附着在上面的标
签都会撕下来。一些破碎的玻璃瓶、碗，要一层层用旧
报纸包起来，用胶带缠紧，以防割伤清洁工人的手。木
板、废弃家具不能乱丢，搬运工人上门搬运时，按斤
收费。

　　雨虹一边说，一边把垃圾桶里的可回收塑料挑出来
扔进专门用来装塑料的大纸盒里。她在韩国雇主家做保
姆的时候，雇主刚开始还会严格按照标准去做分类，后
来发现中国没那么严格，也就按照中国的标准来整理垃
圾了。

我跟雨虹说："如果我们也像韩国那样严格执行垃圾分类，罚款到个人，那也许就没有阿姨你现在做的工作了……"

雨虹表示无奈。

深圳付出了巨大人力、物力成本，才保持了城市的干净和整洁，但从另一个侧面来说，这也给一些"边缘人群"提供了工作，让垃圾行业还有一些缝隙存在。

雨虹做保姆的时候，曾经在早上9点去蛇口坐船观光。"花100多块钱，可以坐三个多小时，可以看香港、澳门、珠海。"

现在，垃圾完全把雨虹捆住了。

"一分一秒都离不开。""每天2点回家，要干两杯酒才能解乏。"

雨虹很苦恼，她很想找到接盘的。曾经有老乡来试了几天，因为受不了黑白颠倒的作息，很快就放弃了。另外，因为一旦接手，就得给物业公司交4万块钱的押金，这个门槛也难住了很多人。

尾 声

"到时候看情况"

2022年11月上旬，我们在封闭的间隙搬了家，从那个住了两年多，时常被挤得"龇牙咧嘴"的小两房，搬到了同小区一个更大的房子。

母亲极力阻止我们搬家，因为那意味着我们得付比6000元更多的房租给房东。得知新房租的具体价格后，她立即在心里换算："这比住旅舍还贵，商南最好的旅舍平均下来一天都不要这么多钱。"但她的阻止并不起作用。母亲带着责备的怨气，每天下班后帮我们搬家。搬家的时候，她才意识到自己从外面捡回了多少"破烂"，才终于看到这个小小的出租屋装下的东西一卡车都拉不完。

我们一边扔，一边搬。

搬到新家后，母亲的卧室像是一张满是褶皱的海绵舒展开来。睡觉的时候，她的腿终于可以在床垫上伸直了，想怎么翻身就怎么翻身。躺在床上，抬高枕头，侧身，母亲可以看到窗外从海边起飞的飞机。她依旧没有拉窗帘睡觉的习惯，天气晴朗的时候，还是会一架架数飞机："一会儿冒一架，一会儿冒一架，亮着光，飞机不停地跑，不知道天上每天飞多少人？"她会分析机身的大小、翅膀的开合、飞行的高低，数着数着，就睡着了。有时候，她会在床上看见海边升起的圆月。

厨房也终于有了窗户，站在洗碗槽前洗菜的时候，可以看到对面的豪宅阳台。"那阳台多好，都抵两间屋子那么大。"母亲常看到有人在阳台上喝茶、跳舞。她常想，要是我儿女有一套这样的房子多好，但她很快意识到，这是"想不到"的事情。

每个月，物业贴在门上带有支付二维码的水电费收款单令母亲"心惊肉跳"，隔壁领居门上的"居家隔离"封条令母亲"心惊肉跳"，穿着白大褂的人开着救护车进小区令母亲"心惊肉跳"。我们在"心惊肉跳"中过着家庭生活。

住进新家后不到一个月，母亲跟我一起经历的两年多的疫情防控生活，开始出现变化。每天都要做核酸、没有绿码无法通行的日子结束了。

　　紧接着，我们一家人陆陆续续开始感染。那一周，我始终昏昏沉沉，有一种不知道该怎么度过的感觉。我的朋友圈里有人用"劫后余生，乏善可陈"来形容这一年，我大致也是类似的心境。咳嗽持续的时间最长，我的嗓子像积雪的马路被大扫帚一遍遍扫过，每扫一下我便狂咳不止。

　　在感染风暴中，母亲去常光顾的菜场买了五个大梨子，每天给全家人炖冰糖雪梨。她刷短视频，上面的专家说要喝冰糖雪梨。对她来说，最好的特效药就是那锅冰糖雪梨，而不是我们抢购不到的"奈马特韦利托那韦"。

　　另一款"特效药"是萝卜片煮面疙瘩，她说，小时候感冒，外婆就是做萝卜片面汤给她吃，从来没买过感冒药。母亲总是想到外婆，我问母亲："妈妈，你每天都在想外婆吗？"

　　"每天都想。"母亲说。

她从不说自己"阳了"，她脱口而出的都是"感冒"。

惊奇的是，一家四口人，母亲症状最轻。高烧退了之后，她便恢复了元气，休息了三天便又活蹦乱跳地去上班了。

每次她下班回家看到病快快的我，我都觉得她的表情带着一些歉疚，似乎她不应该去上班，而是应该照顾家中东倒西歪的病号。

但其实我知道她的私心。那几天，她所在班组的保洁员都"感冒"了。一开始有人还瞒着，高烧到脸发红了还坚持上班。当大家都发烧了，也就无所谓了，连经理也请了一周长假。她所在的写字楼更没有什么人坐班。母亲之所以康复后就立马上班，是因为她"算计"着，这是一份"便宜钱"，相比平时，那些天的卫生很好打扫，基本没有什么人去卫生间，这样好挣的工钱她舍不得放弃。

12月31日，母亲获得了一天假期。

感染病毒初愈的一家人去深圳湾看这一年最后的日落，沿海栈道上到处是人。圆圆的太阳低悬空中，金色的阳光洒在海面上，闪着粼粼波光。鱼儿们跃起来，一头扎进水里，又跃起来，再一头扎进水里。母亲也跟着欢欣雀跃，"嘿呀，嘿呀！"拍起手掌，给鱼儿们鼓劲，像是回到了农村，旁若无人。

深圳湾里有很多母亲没见过的鸟：黑脸琵鹭、鸬鹚、大白鹭、苍鹭、池鹭、红嘴鸥、琵嘴鸭、针尾鸭、白眉鸭……这些鸟儿让母亲的眼睛应接不暇，她统一称它们为"鸭子"。

"鸭子"们非常聪明，瞄准，下坠，一条鱼到嘴。有的"鸭子"腿特别长，游累了便单脚站立在礁石上晒羽毛。还有成群的"短腿鸭子"争抢游客丢在水里的面包屑。一排排的"鸭子"像约定好一样，停在海中间的浮球上，一旦有"鸭子"飞起来，另一只就马上占据位置，这令母亲感到惊奇，让她想到，秋天时，每隔一阵便从老家屋顶飞过的大雁队伍。

太阳渐渐沉下去，人群开始倒数，母亲也跟着倒数：10、9、8、7……"一年又过去了。"海面像附着了一层雾霭，对岸星星点点的灯光亮起来。

这一年过完，母亲所在保洁班组里的大部分保洁员都因各种各样的理由辞职或被辞退了。

到母亲也辞职的2023年1月13日（农历腊月二十二），本来三十多人的保洁班组只剩下六个人。

保洁员们主动辞职的理由很简单，回家过年。尤其是2020至2022这三年，很多人已经连着两年没回去了，2023年这一年，无论如何要回去。

对同样在这栋写字楼工作的白领来说，回家过年不至于到需要辞职的程度。但对于在入职时便条件不对等、没有法定节假日的保洁员而言，年底时，辞职就成了那些决心要回家的人的选择。回家本身对他们就是一件要下很大决心的事情，他们离家太久。为了能在汹涌的春运浪潮中买到车票，他们一般会比普通白领提前一到两周返乡。然而，环境公司最长只允许保洁员请一周的假，再长就很难批准，一旦招到新的人，岗位被替代，请的假便不算数了。既然两头都不稳妥，不如就安心回家，来年返回深圳，再重新找工作。

被动离开的理由则五花八门。

伪造身份证将自己年龄改大十岁、一辈子单身的四川圆大伯，在2022年的最后一天被强制劝退了。他主要负责写字楼南侧的外围清洁，在这里做保洁的两年间，他经常被经理批评，小麻烦不断，共计被罚了六七百块的工资。哪怕保洁队伍很缺人，经理也仍旧不会收敛脾气，今天让这个滚，明天让那个滚。被劝退后，圆大伯没有抗争，悄无声息地离开了保洁班组。他私下跟母亲说，还想再做一年，再回老家。

他是一个很活泼且带有幽默感的大伯，我去找母亲的时候，他经常会比划出孙悟空查看前方是否有危险的姿势大声说："你好啊！"这是他跟人打招呼的标志性动作。得知自己要被开除后，他再也没做这个姿势，见人也很少说话。有人想让他介绍工作，问，你这儿好吗？他答，不好，不要往这儿来。

母亲之所以觉得圆大伯可以亲近，是因为他跟自己一样，不认识多少字。母亲是到写字楼工作后才发现，原来保洁员当中，还有人一天学堂都没进过，不会写自己的名字。

来自四川、五十七岁的翠柳阿姨就是其中一个。她不仅不识字，还有严重的听力障碍，前任经理直接喊她"聋子"。她被老乡带到这栋写字楼里做卫生五年了，没换过地点和岗位。签到表上的"姓名"和"时间"栏，翠柳阿姨都是瞎填的，经常会写上16:68、10:76这样的时间，经理派老乡小英阿姨去跟翠柳解释，无论如何讲，她都还是不懂一小时是60分钟。经理只能放弃，让翠柳阿姨以打"√"代替签字。

后来，还是四川老乡告诉母亲，翠柳阿姨是因为小时候得了脑膜炎，耽误了治疗，才引致听力障碍。母亲跟翠柳阿姨常各说各话，牛头不对马嘴，虽然没有完成任何信息交换，但也算是"聊天"了。母亲最开始入职写字楼做保洁时，正是翠柳阿姨带着母亲学习所有流程，算起来，翠柳是母亲的"师父"。在母亲眼里，翠柳并不可怜，她有两个女儿、一个儿子，都成家了。她的生活状态也不差，偶尔还会去广场上跳舞，有漂亮衣服穿。关键是，翠柳的脖子上、耳朵上、手上都戴着金饰，全是儿女买的。那金闪闪的大镯子令母亲羡慕。

因为听力障碍，翠柳很依赖老乡的帮助，在别处也很难找到工作。这一年，她决定先辞职，短暂返乡，回来后再重新入职，继续来写字楼打扫卫生。

刚来深圳的一段时间，母亲不敢在任何同事面前说自己不认识多少字。

我问母亲："妈妈，看到有人比你识的字还少，你是啥感受？"

母亲说："好一点儿，嘿嘿，还有人跟我一样。强一点儿。要是所有人都识字，我不识字，那可难受……"

我问："你觉得找到了同类吗？"

母亲答："那肯定。我想着我们这几个不识字的好笑，我们这一代农村人太可怜了，连个字都不识，原来也不是光我不上学……"

因为读书少，母亲吃尽了没读书的苦头，她身上这也痛那也痛，就是卖苦力留下的印记。她认为老了还要做保洁就是不读书的结果。

我记得在我们姐弟俩还在读书的年纪，她经常吓唬我们："不好好念书，就跟你娘一样做苦力！每天身上脏得像泥巴狗一样！"她就是用做苦力的方式把我们养大。这些保洁员中的大多数，也是做苦力养大他们的儿女。

负责大堂清洁的"疲劳女"皮阿姨干活认真又仔细。年底时，经理接甲方要求：大堂关乎一栋写字楼的门面，要花更高的工钱请更年轻、形象气质好的保洁员干。皮阿姨从写字楼辞职，在附近的小区找到了另一份保洁工作。

皮阿姨的两个江西老乡，一个不得不应儿子要求，回去侍候儿媳妇坐月子；一个因为跟副经理吵架，愤而离职。后者年轻的时候腰部受伤，没做手术，留下后遗症，工作的时候比其他保洁员慢。她跟副经理说，给她安排的岗位太大了，要求缩小岗位。副经理很生气，推搡了她，阿姨气不过，就走人了。

在深圳有房的茉莉花阿姨，因为糖尿病，接连几次在工作中晕倒后，自动离开了。

管理保洁员们时间最长的副经理辞职后，去了深圳机场附近的一处建筑工地做带班，依旧是管理保洁员，打扫空房间。写字楼里有几个因为超龄被辞退的保洁阿姨便去了副经理那里，一个月3300块，副经理还帮她们找到了住处。

这一年，母亲捡到过八次工卡、四次手机，她都主动上交，拍照片告诉副经理，物归原主。这一年，三方加起来管理母亲和她的保洁员同事们的经理超过五个。

在保洁员口中，经理是管理他们的人，是一个代称，虽然他们总是扮演"恶人"的角色，但做到经理的职业路径比一般的职场升迁要吃更多苦头，有时候也是不得不扮演"恶人"。

新来的说"是金子总会发光"的经理，在深圳保洁行业待了十多年。她最开始在酒店做清洁，一个月的工资只有500块。在进入深圳还要边防证的年代，像母亲这样的老年群体是无法进入保洁行业的。深圳的清洁人员开始大规模使用外来老年务工人员也是近十年的事情。随着深圳快速发展、平均工资不断提高、房价不断飙升、人力成本上升，月薪3000元的保洁工作只能留给像我母亲这样的群体。

更真实的原因是，深圳这座超级城市正在经历"人口红利"的消失。曾经的年轻人越来越老，当下的年轻人越来越少，他们不再愿意也不是必须要投身艰苦的劳动。随着人口出生率的降低，这种境况也许将一直延续。

年底保洁人员的不断流失，意味着春节前后这一个月，人手是严重短缺的。母亲和其他仍旧留在深圳的保洁员除了要做自己的本岗位外，还要被抽调来兼顾其他人的岗位，有的阿姨一个人要做六层楼的卫生。垃圾桶里的垃圾堆成小山。但环境公司并没有给这些留下来的保洁阿姨增加工资。

"这些人就跟我的老姊妹一样。"对于每一个离开的保洁员同事，母亲得知后，都会主动跟他们拍一张合照。母亲能做的似乎只有这些，照片至少能证明他们在一起工作过。

留下来的保洁员也各有各的理由。

担心回家后，转年找不到工作，是最根本的原因。经理不止一次在开会的时候说，公司正准备清退六十岁以上的保洁员。虽然环境公司一时找不到人，但对他们来说，雇工里面超过六十岁的工人也给公司带来了风险，他们的健康问题是一个隐患。这就使得身份证上年龄越大的保洁员，越不敢轻易请假和辞职。

有的保洁员为了留下来，甚至托关系去伪造身份证，将实际年龄改小。不过，这个"身份证"只是一张复制卡片，只能勉强应付检查，并不能联网，也无法作其他用途。这一切的背后，不过是想保住一份保洁工作。

菖蒲大叔便是因为超龄而不敢辞职,他六十八岁,是山东济宁人,光头,有着一双大眼睛。菖蒲大叔跟翠柳阿姨一样,有听力障碍,每次别人和他说话,他都要把头使劲侧过来,把耳朵靠近说话人的嘴巴,才能勉强听清。菖蒲大叔很活泼,爱与人打交道,年轻时当过兵。他在这栋写字楼里做了十年保洁。

母亲问菖蒲大叔:"你咋这么能吃苦,做这么多年?"

大叔的回答令母亲意外:"我的目标是在深圳买房子!"

他常把"要在深圳买房子"挂在嘴边,说得多了,其他保洁员都当菖蒲大叔是在吹牛皮。

母亲问菖蒲大叔:"你现在攒的钱能买多大的房子?"

大叔嘿嘿一笑:"连一个厕所都买不到……"

深圳这座城市最流行的口号是:时间就是金钱,效率就是生命。另一句是:空谈误国,实干兴邦。用《向深圳学习》书里的说法,这些老人也跟这座城市一样,要赶在真正老去之前,完成对失去时间的救赎。

深圳由一个渔村变成一座超级城市,是打开大门拥抱世界之后,与失去的时间赛跑的结果。对像我母亲一样从农村来到深圳的保洁员而言，深圳就是一个新世界。

来深圳之前，他们在封闭的农村，在凝固了的时间里，流下汗水和泪水，留下一身伤痛，只赚到了很少的钱。深圳，起码是一个单位时间里劳动力价值更高的地方。他们要么打很多份工，要么一天工作16小时及以上，在保洁工作体系的协同下，把时间占满。保洁员在深圳，但深圳的一切公共设施和文化生活都无法与他们产生连接。他们与已经老去的身体赛跑，用时间换取金钱。每天有一些钱到手对他们很重要。在他们的观念里，没有"退休"一词，问及他们准备什么时候真正休息，他们大多是带着苦笑告诉我："到干不动为止。"

我的母亲也是如此。总结起大半辈子的打工生涯，她说出了一句令人难过的话："一辈子一点儿都没偷过懒，腿都做跛了还要做。"

或许跟公司的经营状态有关，前一年，春节期间保洁员人手不够时，经理还从外面招了钟点工来做辅助。今年不仅没有请钟点工，连让留守的保洁员春节期间工作三天、休息三天的提议都被驳回，更谈不上有什么福利了。这些在一起工作了一年的保洁员们，年终的时候，都没能聚在一起吃一顿饭，母亲感到很失落。至少她以前在工地和煤矿上打工时，老板好歹还会开一个团圆会，感谢大家一年的付出。

另外一些是跟随儿女留在深圳过年的，比如我母亲。

更多的还是想留下来再挣一些钱。"小不点"班长留下来了，喜年大叔也留了下来。他们能留下来，除了踏实肯干之外，还有一个不可替代的理由——他们会操作用来冲洗地面的高压水枪，会开大型扫地车。

我问母亲，做保洁员三年了，在你心里深圳是怎样的城市？母亲没有正面回答，她用方言说："金阁栏，银阁栏，不如自家的穷阁栏。"

四川的小英阿姨和母亲同班组，她是留下来的保洁员之一，不回老家过年。

她留下来的理由是，除了现在这份工，她还在同楼层做了一份打扫办公室的兼职，每天空闲时间去做，两个小时70块，两个半小时90块，一周三次，一个月可以多赚1000多块。这样的兼职机会来之不易，阿姨舍不得丢。

尾声

保洁员做兼职都是偷偷做，不能让经理知道，一旦知道就要被批评或者开除。

有一次，母亲撞见了正在做兼职的小英阿姨。

母亲轻声问她："你在另外打扫办公室吧？"

阿姨点点头，并示意她再小声些。

过后，阿姨还专门给母亲发来微信，提醒母亲不要告诉别人。

小英阿姨的两个儿子都在深圳务工，做装修。他们计划开车回老家，回去之前，来邀请母亲一起坐车回，小英阿姨拒绝了。儿子们有些生气，撂下一句话："你活一百岁哦，打工打一百岁哦！"

幸运的是，在写字楼工作的一年多时间里，或许是因为天天开会都强调"安全第一"起了效果，除了老刘在下班后摔了腰之外，没有保洁员受过工伤。

2022年，是母亲三年里在深圳待得最完整的一年，老家没有发生她必须要回去的事情。一整年，她都在写字楼里做保洁。

一年365天，有330天她都是早上6点40分出门，赶到7点开早会前到达公司，11点半回家吃午饭，1点半又去公司，5点半回家，每天八小时。

　　春夏秋冬，循环往复。每天早上，从家到写字楼路上的七八分钟时间里，母亲通常会遇到楼下在手推车上卖早餐的摊主，遇到环卫工小菊阿姨及其他轮班的阿姨，遇到成群结队去商场、公寓楼、写字楼上班的保安，遇到制服上写着"物业"的年轻人，更多是遇到跟她一样做保洁的阿姨们。偶尔会遇到早起遛狗的人。有时候，母亲出门，楼下的环卫工已经将马路扫完了，在路边打瞌睡，她跟人打招呼："嫂子怪早哦，一早都把马路扫光了。"这反而把对方惊醒。熟悉了之后，母亲才知道，阿姨每天早上4点多就起床开始扫马路，已经扫了二十三年，退休八年了，每个月能领2000多块退休金，还挣6000块工资。阿姨的电动车车身挂着一排塑料袋，里面装着捡来的纸壳、塑料瓶。"比我们老家的小伙子都赚得多。"母亲感叹。母亲问阿姨早餐吃的是什么？阿姨把饭盒打开给母亲看，里面是一块已经撒好调料的干方便面，8点左右，她会把保温杯里的水倒出来，泡一碗面吃。

早高峰时，母亲会遇到在走廊奔走的白领。他们抵达办公室后的第一件事要么是上厕所，要么是拿起水杯冲咖啡或泡茶，匆匆忙忙。我们的咖啡和茶饮广告总是营造着舒缓、闲适、有格调的氛围，然而，在高级写字楼里，咖啡和茶饮只存在于白领们匆忙的脚步之间，功能在于提神，为一天的打工生活开启一个"清醒"的上午。

母亲休过两次长假，一次是年初因疫情居家的那一周，一次是年尾因疫情全家都病了的那一周。

我问母亲，如何总结这一年？母亲的回答让我意外，她说，从年轻到老，打了这么多年工，还是今年在深圳挣的钱最多。

年底时，母亲在老家县城大润发超市买的那两双黑色玛丽珍方口鞋都穿烂了。

母亲拿出鞋底磨出洞的鞋子向我炫耀："女子，你看，划得来吧！穿30块钱的鞋，我挣了几万块。"

我回应母亲："这是两双功勋卓越的鞋！是妈妈的战靴。"惹得一家人哈哈大笑。

还有一个变化。这一年多，虽然母亲的手因为清洁剂的腐蚀变得粗糙，但因为深圳湿润的空气，母亲脸部的皮肤倒变得温润光滑了。母亲从来没感到皮肤像现在这么好过。"在农村，整天都在灰窝里，再好的人都要变成丑八怪，脸都不敢见人，家里来客都要躲起来。"我记得母亲在西安建筑工地上做小工那一年，因为给墙刷漆，导致脸部皮肤过敏，红肿得像熟透的苹果，去医院开了药才治好。那之前，母亲不用面霜，那之后，我会隔一段时间买面霜给她。有好几次，她试探性地向我透露，面霜又快用完了，我便再买给她。在深圳，母亲养成了每天擦面霜的习惯，她为自己脸上有柔和的光泽感到喜悦。

元旦之后，复元后上班的那几天，母亲最想见到的是那位经常在洗手间跟她打招呼的潮汕女孩。

潮汕女孩在母亲工作楼层的基金公司上班。嫁的也是潮汕人。

每次去洗手间，她都会跟母亲打招呼：阿姨好。

暮春的时候，母亲总在洗手间里碰见她，她像是感冒了，不停地干咳。

母亲问："美女，你感冒了？不舒服啊？"

"阿姨，我好想睡啊！"

"你莫不是有喜了吧？"

女孩点点头，压低声音告诉母亲，怀孕还不到三个月，公司里还没人知道。

从春天，到夏天，到秋天，到冬天，母亲看着她的肚子一天天隆起，也算是见证了一个生命逐渐成长。

复工的第二周，母亲再次在洗手间见到了女孩，她的脸捂得严严实实，带着N95口罩。

母亲关切地问："美女，你没有被感染吧？"

"还好，还好，没有感染。"

女孩问母亲："阿姨，你啥时候回去过年？"母亲告诉她，会留在深圳。

女孩悄悄告诉母亲，这次是二胎，吃了很多苦头。婆婆家希望能生一个男孩。母亲说，顺其自然，怀什么就生什么，都是缘分。

女孩比母亲提早三天休假，还有一个月，她的孩子就要出生了。在写字楼做保洁的这一年，母亲看着年轻人来来走走，倒是跟这个女孩有了牵绊。

还有一个女孩，母亲总觉得与她似曾相识。"觉得是这个人，但脸又不是这个人。"一问才知道，女孩在半年里减肥瘦了五十斤。

虽然母亲的清洁区域只是在大楼的走廊和洗手间，但有一种情况可以让她看清窗外的风景。那便是当一家公司从写字楼退场，一切都清空的时候。透过玻璃门和落地窗，母亲能看到窗外四季如一的塘朗山。山上有像窑洞一样一排排的墓地。

有时候还能看见用绳子垂吊着的擦玻璃的工人；看见对面高楼上，绿化工在空中花园里修剪植物；看见有人在商场楼顶的游泳池游泳；看见有人在马路对面小区的楼顶晾晒衣物。在这些喘息的间隙，母亲看到了她保洁工作之外的城市生活镜像。

判断一个楼层还有没有公司存留很简单，看那层楼还需不需要保洁做卫生就知道。

在写字楼工作的一年中，通过这栋写字楼里公司的流动，母亲也用她的眼睛观察到了深圳经济的晴雨表。

这栋高级写字楼共三十七层，是深圳少有的层高在四米以上的办公楼，空间开阔。每层建筑面积将近2000平方米，每层有三到四家公司，每家公司的占地面积在

350至800平米之间。2022年，深圳写字楼的平均租金约每平方米210元。

最热闹、最红火的是卖保险的公司，占地两层楼，员工年龄偏大，以四十岁左右的女性居多。

最土豪的是一家做矿业的公司。它所在楼层连楼梯道都铺着红地毯，墙上贴满了宣传标语。保洁员只能从侧门观察到里面的内景，有着精致雕工的红木座椅、茶几和沙发，巨大的陶瓷花瓶，精美的玉石摆件，地毯，四季不断的蝴蝶兰、发财树，都彰显着这家公司的财富。

到2023年1月13日母亲辞职，她工作的这栋写字楼共有八层是完整空着的。母亲工作的三层楼中，每一层都未能入驻满员。其中有半层自上一家公司搬走后，空置时间长达一整年。 她2021年10月入职这栋写字楼做保洁的时候，一家做证券的金融公司开始搬家，等到她辞职，这半层依旧空着。她就是从这个半层空着的办公楼落地窗，看到窗外城市生活的风景。

写字楼空置也令甲方忧心。所以有客户来看场地，物业就格外热情。经理在开会的时候三令五申：不允许保洁员私自去空置楼层，一旦被发现就要开除和罚钱。

夏天的时候，一次，物业带着客户来看房，好巧不巧，不知哪位保洁员在空荡荡的房子里拉了一个晾衣绳，一条裤子正随风飘荡。客户没说什么，但房子没看上。

物业马上查出来是负责男厕所卫生的保洁员林大伯干的。林大伯是湖北人，六十七岁，在深圳做清洁工作有二十年了，仅在这栋写字楼做保洁就已长达八年。当天下午，林大伯就被开除了，并被罚了1000元工资。面对质询，林大伯给的理由是，铺地毯时太热，衣服汗湿了，便晾在那里。

实际的情况也许更复杂。那段时间为了防止保洁员被封在宿舍，公司要求住宿舍的保洁员统一将铺盖、换洗衣服、洗漱用品等带到地下车库，打地铺过夜。林大伯也被这样安排，这件衣服应该就是为了方便，洗后晾在空置楼层的。

被开除后，林大伯在附近小区的车库又找了一份保洁的工作。地下车库没有空调，干了三天，太热了，他没要工资，另寻机会。几天后，他在附近银行大楼找了一份刮玻璃的工作。2023年春节，他留在深圳，没有回老家。

尾声

林大伯的妻子也在写字楼里做保洁，与他同岁，上连班。

没做保洁前，他的妻子一直在帮女儿带孩子。现在，她的岗位是打扫写字楼外围，丈夫被开除后，她仍旧留下来继续做。夫妻俩有一个儿子、一个女儿，女儿嫁了个潮汕人，在深圳做钢琴培训老师，因为疫情，生意惨淡。女婿没有正式工作，林大伯心疼女儿，但也无力额外资助，因为儿子的情况更令他操心，早些年儿媳出了车祸无法工作，儿子在老家，一个孙子在长大，需要花钱。年轻时，林大伯夫妻俩在湖北种棉花。

还有一件事令母亲印象深刻。年末，在新经理的号召下，位于地下车库保洁员休息室的冰柜终于被清理了。那些不做饭、又舍不得买饭、更加不会点外卖的保洁员，从周边酒店、商场捡来的，存放在冰柜里的盒饭、面包、过期的老干妈、饮料，被一股脑当垃圾丢掉。一些保洁员想阻止，但发现的时候，为时已晚。同时被清理出来的，还有深藏在冰柜犄角旮旯里上百只被冻死的蟑螂。新经理很夸张，对那些阻止清理的保洁员大吼："你们没看到吗？蟑螂都有上万只！"

当母亲发现，这一年，她积累下来的工资超过之前任何一年时，她感到很幸运。来深圳之前，她总是担忧自己因为腿疾无法再工作，成为累赘，那种生活让她感到恐惧和害怕。每当我们带着吓唬的语气告诉她，如果不好好休息，将来可能瘫痪坐轮椅，她就会很生气。

母亲还发现，小区楼下的店铺招牌频繁更换。有一家店，最开始是卖古董、名人画像，后来改卖名烟名酒，再后来卖韶关本地菜……不久，招牌又砸了，店门口用红色水马拦起来。每一项生意都没超过三个月。这家不断摧毁又重建的店铺，是我们正在经历的生活的隐喻——一种在缝隙中求生存的生活。

"我们这一代人造孽，不识字，没有退路了。我们走了，谁来打扫这些卫生？"母亲这样感慨。

但其实，因为要在"签到表"签字，在写字楼做保洁的三年时间里，母亲用碳水签字笔写了几千次自己的名字，已经能把"春香"这两个字从歪歪扭扭写到工工整整了。因为要看我写的故事，她学会了阅读。她还在手机上学会了拼音输入法，首先学会的是我的名字，我弟弟的名字，我父亲的名字……一天，我正上着班，母亲把我们一家人的名字一个个发到我的微信上。

我曾在家门口的公园里，看到了清洁机器人，有着白色长方形箱体，箱体前方有两个大转盘扫把，面部呆萌，两只眼睛可以发光，常在深夜公园没什么人的时候出没，沿着林荫道，一路轰隆隆地驶过，把散落在地上的树叶吞食进肚子里。它会转弯，遇到障碍物或者感知到身体附近有人，就会停下来。

我把这种景象拍下来给母亲看，母亲的评价是："你看它好聪明，现在人咋这么聪明，能造出这东西。有了这些，就不会要我们这些老年人了……"也许有一天，它真的会进化出更高级、更智能的版本，真正替代我母亲所做的保洁工作。

用美国社会学家格雷伯的话来说，我母亲和她工友们所做的工作属于"狗屎工作"，对社会必要且有益，但收入低，工作环境糟糕。但对我的母亲和她的工友们而言，保洁这份工作是必要的，是他们待在深圳最根本的理由。

老年时该何去何从？母亲不知道，我也不知道。

母亲年轻时的好朋友，住在我家上头的邻居谭大姐，现在在老家县城做保洁，一个人打扫三栋居民楼加一个广场，没有假期，一个月工资1700块。即使如此，谭大姐的这份工还是托人走了关系、塞了红包才找到的。"'桥'上没人还找不到，打扫的面积有我在深圳二十个那么大，就这，在县城还是一份好工作。"这么一对比，母亲更加惶惶然，觉得更加不能轻易离开深圳。

在母亲眼里，保洁行业的天花板是那些她在写字楼里看到的用绳子垂吊在高楼楼体上，清洗大楼玻璃和外墙的人，也就是人们口中常说的"蜘蛛人"。

一次，母亲问一个刚做完一面墙清洁，暂时歇息，蹲在地上整理绳索的小伙子："师傅，你在那么高地方，晕不晕？"

小伙子说："习惯了就好。"

母亲问："你这一天多少钱？"

小伙子答："室内600，室外1000多。"

"每天都有活儿做吗？"

"每天都有，按天算工钱。"

"帅哥，你是哪里人？"

"广东的，旁边这个四川的。"

看到那些仍在高楼外墙上手脚并用、来回腾挪做清洁工作的小伙子，母亲说："你们这些人太优秀了，也太辛苦了，给再高的工资都应当。我的儿子我舍不得让他打这种危险的工，太吓人了。"这个场景让母亲想起七年前她在西安建筑工地上做小工，站在三十二层楼高的钢管架上，给大师傅递料，她蹲在钢管上，头晕目眩，不敢朝下看。

母亲说，她以前总想着，人生完成了一个阶段，下一个阶段就好了。

养孩子的时候想着把孩子养大就好了。

孩子养大想着把孩子供出大学就好了。

孩子上了大学想着孩子有份好工作就好了。

……

然而事实上，母亲没有停止"工作"的时候。尤其是她的儿子还没结婚，女儿还没生小孩，"活儿不做有活儿在，有了娃娃有世界"，她对圆满生活的期待还远未实现。这种越来越难按"算计"进展，"八字没一撇、九字没一勾"，悬浮在生活中的恐惧，让她无法放松。她很难让自己闲下来。她跟我抱怨："别人问我，你有几个孙子，几个外孙？我都没法答复……"她总是主动或被动地将自己置于永无止境的劳动中，她迫切感觉到时间在身后穷追不舍。她仿佛心里怀着刀子，在努力抓住六十岁之前还能打工的时光，以免将来无法自食其力。

令她难过的是，她觉得自己的儿女们在读了不少书，获得了所谓的好工作之后，也不过是工作的奴役，并没有所谓的"岸"可上，随时可能会被抛至主流生活之外。她在我对职场萌生退意时，坚决阻止我："只有工作，你才能想买什么买什么，你走了，就再也找不到像现在这么好的工作。"母亲的恐惧是德国社会学家罗萨《加速》一书中"滑溜溜的斜坡"现象的现实印证：似乎在生活的所有领域里，都有一种站在"滑动的斜坡"上或"向下运行的自动扶梯"上的感觉。行为者在永远充满着多维度的变化的条件下进行活动，而通过"不采取行动"或"不做决定"而实现的静止状态是不可能的。如果有人一直不能重新适应持续变化的行为条件，他就会失去连接未来的条件和选择。

"现代社会是越转越快的旋转木马，飞速地在原地踏步。我们舞蹈得越来越快只是为了停留在原地，但是保持跑动着却越来越难了。日常生活变成了浸泡着需求的海洋，在那里看不见岸边。"在一个"加速"社会中，我和母亲的恐惧相同，像黑夜一样的恐惧让我们难以真正闲下来，在休息中获得愉悦与平静。

　　我安慰母亲，让她不必担心。"至少你的女儿会写作，再不济，也可以跟妈妈一样去做保洁养活自己。"母亲表现出不屑，她一定是不相信我能吃这种苦。"你要是做保洁，肯定不如你娘。"

　　母亲辞职后，她对自己2023年的生活计划显得有些模棱两可。跟新经理辞职的时候，经理说，你明年要想来还来。母亲说，到时候看情况。

　　"看情况"这三个字里包含了不少玄机。她有可能还会去，有可能再也不去。

　　"看情况"，也是保洁员们面对"是否辞职""是否换一份工作""是否要回老家""还打算在深圳待多久"这类问题时常用的回答。不要惊讶于他们的选择总是摇摆不定。用母亲的话说，保洁员中的大部分人如同我老家陕南农村父母辈的大多数乡民，都是过着"打头顾头，打脚顾脚"的日子。他们都是没什么可以托底的人，更谈不上有多少社会支持，如若儿女不能成才，就更加愁苦，命运如同一棵长在黄土高原的麦苗，一阵风沙吹来，便能淹没他们的头顶。

母亲把自己投入到为2023年春节做准备的家庭生活与家务劳动中。

连着两年春天，她都去公园找一种叫"黄鹌菜"的野菜，我们陪她一起。

她在林子间的地上像在老家的山坡上一样，麻利地挑选出杂草中的野菜苗，拔完一把，经由父亲传递，放到空地上。我负责摘除它们的根茎，留下叶子。

这些"黄鹌菜"被母亲拿来做凉拌菜，还包了饺子。有苦味，也有甜味。

尾声

妈妈的话

我是2020年来的深圳，女儿一开始要我来我还不来。女儿叫我来看看，我从来没见过这么大的城市。

深圳不冷，空气好，冬天跟春天一样。

深圳这么多高楼大厦，要用多少跟我们一样，从农村来的保洁员？我来深圳遇到好多跟我同年的姐妹，跟我一样做保洁员。这些姐妹大部分和我一样没有文凭。来深圳才发现，深圳的老人都拿工资，农村人在家种地没有钱。我做保洁，为的是能有一点养老钱。

和我一起做保洁的姐妹告诉我，她的孙子孙女在深圳上学很不容易，一个补习班一个小时350元。我的孩子从来没有上过补习班，从七岁开始上小学一路到高中。从小到大，孩子从来没有叫我们开家长会。有一次，我到县城妹妹家，妹妹正好开完家长会，我回家问我孩子，你们没有家长会吗？孩子说，跟你们说了也没用，说了你们也没时间去。

我的孩子每一茬都赶上"苦"时候。上小学的时候，生产组上的学校撤掉，去村上；小学快毕业时，村上的学校撤掉，去乡上；初中刚开始，又把学校撤了去镇上。七八岁，走七八里山路去学校；十一二岁，离家二十里；十四五岁，离家一百里；二十岁，离家几千里。

孩子上一点"苦"学，出来把我带到深圳，要不连来深圳的"梦"都不用做。我年轻的时候想去很多地方，都没能去成。先是想去北京做护理工，后来又想去新疆摘棉花，还动过心思去广州皮鞋厂。直到五十多岁，来了深圳，才算得上第一次出远门。"银钱冷冰冰，儿女疼人心。"跟着女儿在深圳，我看到了很多跟我老家不一样的地方，我这也算是实现了"梦想"。

搬家后，我在女儿租的房子的窗户上可以看到连通香港的大桥，看到车子像乌蚂蚁一样在马路上横穿直穿。晚上可以看到一闪一闪亮晶晶的灯，我不知道大桥有多长，一眼望不到边。

我来深圳快三年，见到了各种各样打工的人：做装修的，养花的，走水电的，粉墙的，做保姆的，做家政的，做理菜员的，修电梯的，还有做绿化的。我之前从来没见过外国人，来深圳见到了好多种颜色皮肤的外国人。

有时候想想，儿女到了深圳，过大城市生活很不容易。深圳是一个钱总是不够用的地方，房子跟黄金一样，物价太贵，一斤玉米面卖5元9毛8一斤，在我们老家能买三斤。来深圳工作好找，但挣的钱大部分又花到了深圳，不管啥都比我们老家贵很多很多。花钱就像打水漂。

我喜欢挣钱。十几岁的时候，我跟我的妈妈上山去挖草药卖钱，挖白鸡、柴胡……我没上学后，妈妈上坡走到哪儿就把我带到哪儿。记得有一次，我们娘儿俩在山上遇到了恶风暴雨，妈妈把我搂在怀里，一边躲雨一边祷告："老天爷，别下了，再下我们娘儿俩就要淋死在坡上了。"我对这件事记得特别清。

我妈妈还跟我说："女儿有个女儿福，送走女儿无剩谷。"我有了孩子后，只想着要好好爱我的孩子。

我现在还是喜欢挣钱。三年里，做保洁的姐妹，来的来，走的走，有一半我留有微信，有的没有微信，就失去了联系。

女儿让我少玩手机，叫我看书写字。现在，我能工整写我的名字。

有一天，女儿跟我说："妈，我要把你做保洁的事写成一本书。"

我说："你那个娃开玩笑啊你！娘都能让你写成一本书？"

女儿说："真的，我想把你写成一本书。"

女儿常常把沙发当桌子，把地板当凳子，趴着身子写。女儿还没大学毕业的时候跟我说过，说她有一个想法，想把我们老家写成一本书。没想到，她先把我写成了一本书。

春香

2023年7月

后记一
挖"笋"

当五十二岁的岳母春香决定来和我们一起深漂时，我们不会想到，接下来的两年多，会经由她的引领，认识到一个完全不同的深圳。

岳母识字不多，也不会说普通话，却自带观察和表达天赋，从不怯于用方言与人攀谈，仿佛全世界的人都应该能自动听懂她的话。

用她自己的话说，她也是一个"红火人"——对生活充满好奇，喜欢交朋友，捞故事，讲起来绘声绘色，有时刹都刹不住。妻子小满这本书中的很多"金句"，就是从她嘴里直接"搬"过来的。

2020年国庆节前夕，一到深圳，岳母观察的雷达就开始启动。特别是在商场找到保洁工作后，晚上回到家，总要给我们讲述她当天遇到的新鲜人和事，分享她的发现和感想。妻子小满一边听，一边补充提问，并鼓励她继续观察。慢慢地，备忘录中记录、积累的素材越来越多，小满就把它们梳理成篇。很快，她写下来的那一篇篇记录，就开始呈现出它们自身的意义了。

随着写作的深入，我们从岳母的个人经历和视角，逐渐看到了深圳保洁员这个庞大的群体，看到维持这座超级城市运转的各个细节背后的人，以及这个群体背后公共性和结构性的问题。

在深圳这个干净整洁的超级城市，我们习以为常的每一个洁净的公园、商场、写字楼、厕所背后，常常是由一群人的过劳在维系的。造成这种过劳的原因，既有清洁公司因为持续缺人或降低成本而让员工上连班（很多人每天工作长达16个小时，且无休息日），也有保洁员为了多赚钱主动打多份工。可以说，这种过劳是一种被动与主动的合谋，是"时间就是金钱"最直接的体现。因为在老家，他们连这样赚钱的工作机会都没有。

如果打开往里看，保洁员面临的共同难题还有更多：养老保障问题（绝大多数都没有五险一金），子女的教育、成家问题，孙辈的抚养问题，落户问题，家乡不断萎缩乃至消失问题等。

这些观察和写作，也让我们对方圆两公里内的"附近"，也有了更加具体、深入的体认和互动交流。就像一把探测仪，切入保洁员、环卫工群体，切入公务员、金融金领和白领，切入小区垃圾房，切入我们平时常常忽视或无法深入沟通的人。

除了为基本生活而奋斗的大多数情况外，我们也看到一些保洁员中的"异类"：从儿子家中"出走"，避开婆媳矛盾，享受个人自由的木兰阿姨；工作日做保姆，周末跑全国旅游，希望在大理独自终老的雨虹阿姨；还有财务自由后，为了避免沉迷打麻将输钱，选择用保洁填满时间的茉莉花阿姨……

我们也透过岳母的眼睛，看到了因工作做不出来而急得频繁蹲厕所的公务员男生，看到了工位下头发越扫越多的年轻女孩，看到了不敢怀孕的焦虑职场女性，看到了埋头写稿汇报、好像要被电脑吸进去的忙碌打工人……

如果把社会比作一个热带雨林生态系统，我和小满这样的白领，凭着一点知识和运气，暂时爬上了树，可以不用再整天为吃的发愁。但当我们从高一点的视角俯瞰，大地上到处都是为生计奔波的父辈和同龄人。如果从更高的视角看，我们的挣扎感受又何其相似，只是领域和程度略不相同而已。

系统中的每个生命，似乎都有自己的磨盘。小满写作的过程，也是我们发现和认识这些磨盘，并从中获得思考和领悟的过程。

凯鲁亚克的《在路上》中，把对一个地方和人群的体认，称之为"挖"（Dig）。"挖"纽约，"挖"洛杉矶，"挖"墨西哥……比照来看，岳母和小满完成这本书的过程，就是在"挖"深圳。"挖"自己，也"挖"别人。

她们俩有一种天然的真诚和亲和力，通过理解之共情，让受访者放下防备，袒露心怀。甚至把很多从未对家人讲过的秘密或不堪回首的往事，不知不觉中都说给了她俩听。

"挖"故事的过程就像挖笋。微微凸起的表面迹象，需要用正确的方式，顺着仔细梳理，才能挖到完整的

"笋"。有的故事扎实饱满，让人惊喜或久久叹息。有的则因为讲述者时间匆匆等原因而显得浅脚浮根，或是挖到一半就断了，深处的根，仍留存在土里，无法示人。

剥开层层笋叶，故事的内核才得以展现。这些故事反过来也在给我们提供营养，让我们看到更广大的人群的故事。在聆听和书写的过程中，和他们一同悲欢沉浮。视野心胸放宽后，一些小我的执着和纠结也就自然放下了。

岳母刚来深圳和我们同住时，我第一次见识到一种高分贝、高能量，表面紧张激烈、如火山般一触即发，内里又互相高度依赖乃至依恋的母女关系。通过两年多的记录与"合作"，特别是对母亲打工史的深入了解，小满逐渐理解了分歧和冲突的原因，母女俩的争吵也越来越少。

更具体的是，她俩和很多保洁阿姨都已成了朋友，关注着彼此的动态。有时在街头偶遇，会有一种"他乡遇故知"的欣喜，一种"原来你也在这里"的安慰。

特别是对小满，有时隔了几天没见，有阿姨就会问岳母："你家'千金'最近怎么没过来玩啦?"这种互相牵挂和念叨,在陌生的大都市里,弥足珍贵。

在深圳这座移民城市,每个人都是一座故事的富矿。小满这本书就像是一本岳母和保洁员版的"人在深圳"。

可以期待的是,母女俩的"挖"故事之旅,仍将继续。因为岳母已经笃定:"我不回老家了。"

饼干

2023年5月

后记二
我想写一本妈妈也能读完的书

2023年初夏，当我完成《我的母亲做保洁》书稿，我问妈妈："妈妈，这一路走来，你感受如何？"

妈妈用微信发来："写书是我女子的梦想，梦想成真。辛苦了。"

2020年秋天来深圳做保洁员的时候，妈妈已经四十年没拿过笔和书本了，几乎算个文盲。因为要看我写的故事，妈妈开始阅读，遇到不认识的字就跳过去，然后盲猜整句话的意思。我每写完一篇初稿，会先打印出来，把字号放大给妈妈看。妈妈的标准很简单也很严格：读不读得通，读不读得完。如果她能读通，又能读完，她就告诉我，还不错。

我每次都怀着忐忑的心情等待妈妈的反馈，我在无数个下班回家后的夜晚，看到妈妈戴着老花镜端着A4纸在沙发上小声默念我的文稿。妈妈语感很好，识字越来越多。她会告诉我哪里写得不对，哪里还需要补充。我也会给她反馈，让她多留心哪些细节、哪些人。妈妈开玩笑说："你从我这里套消息。"再后来，得益于短视频教学，妈妈慢慢学会了拼音输入法，学会了在手机上打字，我们的线上沟通就不再只是长长的语音了。

我听了她的话，用妈妈也能读完这本书的要求去写整本书。我保留了她日常对话中的陕南方言，尽量用比较朴素的语句行文。

妈妈是我这本书的第一个读者。

但我一开始去写妈妈在深圳做保洁的故事，是奔着想解决我们母女关系的危机，想和她达成理解而去的。

当时的我，刚从记者转行进入大厂不久，在职场上，我面临很多挫折和压力，感到自己被"系统"绑架。父母重新跟我生活在一个屋檐下，给我的生活造成了很多不适。在那租来的狭小的房间里，经常爆发争吵，我们母女理直气壮地互相看不惯。一次争吵之后，母亲一把鼻涕一把泪要收拾包袱走人。要不是她不会在手机上买票，又找不到去车站的路，估计会真的离开。

心平气和下来之后，我决定，不再管束她了。试着从了解妈妈在超级商场的保洁工作开始去理解她。妈妈给我带来了非常具体又生动的"附近"素描，一个我很少留意但又处处在接触的保洁员群体的生存境况拼图。

我白天在一个严密的系统里做着"螺丝钉"般的工作，在高速运转中印证自己的价值。我在写字楼上班的时候，我知道妈妈也同时在工作。在晚上，她会给我带来跟我职场体验完全不一样的故事。然后我可以在节假日把故事写出来。在疫情纷纷扰扰的社会大背景下，这种合作让我获得一种宁静的秩序。让我感到我不仅仅只有打工一件事可做，在工作之外还可以有自己的"飞地"。这推动着我更自信地应对本职工作，更多地去行动，让二者互为支撑。

随着妈妈更换工作地点，给我带回来的故事越来越多，我开始在节假日的时候，进入保洁员的工作现场。一开始只是帮她打扫卫生，因为她腿不大好，家里人都认为需要协助她。随着去的次数越来越多，我开始有意识地去观察保洁员这个群体，尤其是那些保洁阿姨们。

了解得越多，尤其是2021年，因为姑姑离世，我们重新回到故乡回望自己的成长，我越来越意识到，我有很多看似努力的行为，看似接触到的圈子，其实不堪一击。我跟保洁员们有一样的来处，都是"无法豁出去"的人。只有诚实地面对自己的出身，我的地基才能足够踏实。

　　我们应该意识到：眼睛没有看到，并不意味着不存在，没有发生；也并不意味着，只要假装没有发生，一切都完美无缺。我们应该警惕用"勤劳""无私奉献"这样的词汇去赞美保洁员对城市清洁的付出，而忽略、无视他们无法被保障的实际性权益——这不合理且荒谬。

　　保洁是一份极致压榨个人时间而获得报酬的工作。如我书中所写，即使如此，却只有深圳这样的城市才能容纳这些老年人。他们都在用"工作"，来为自己赚取养老钱，获得一份摇摇晃晃的安全感。与在工地上有明确的"清退令"不同，保洁世界的"清退令"是模糊的，心照不宣的，隐性的，有腾挪空间，可以协商的。但随着越来越多的"超龄"老人加入保洁队伍，深圳保洁员的生存缝隙在不断被压缩。我所认识的这些保洁员，他们都在用自己的方式，发挥自身能动性，尽力在身体还能动的时候，让自己有"工"可做，不至于连劳动的权利都被剥夺。他们有自己的生活圈子，也知道如何寻找机会，明确知道深圳只是赚钱的地方，很清楚自己在整个阶层划分中的地位。他们是一个庞大的群体，只是总在城市的边缘处。

他们也是这个世界上大多数的我们。

我并不希望引发过度的同情心，而是希望，通过保洁员群体的故事，我们也能关照自身的处境，对自身的生活有所自省。希望我们能多关心这个世界上的"他者"，理解一个人在有限的条件下如何做选择，理解一个人的命运并不仅仅由他"是否足够努力"而决定。

当我逐渐看清维持这座超级城市干净地运转背后的具体的人，我会时刻提醒自己，在上洗手间的时候不要把水滴在地上，纸巾扔在纸篓里，避免增加保洁员的工作量。垃圾尽量做好分类，不只是为了响应政府号召，而是想到这样可以减少类似像雨虹阿姨这样的分拣员的精力。在办公室碰到保洁阿姨，我也会点头致意或简要攀谈，对身边的陌生人尽可能释放善意。

虽然我的出发点是想从妈妈那里获得心心相印的理解，但随着我写作的深入，我发现，真正的理解是做不到的，即使是母女之间。我们依然会因为一些小事争吵，但同时，我们也彼此都更相信对方，更坚定地支持对方。我支持她在深圳继续做保洁工作、阅读、认字，她不遗余力地支持我写作。本质上，是妈妈和我一起完成了这本书。

本书除妈妈"春香"为真名外，其余均为化名。虽然我很想用真名，但他们当中有很多人还在深圳继续做保洁工作，有的保洁员并不想让别人知道他在做保洁。他们很少在老家的人面前说自己在做的工作，我妈妈也是，他们用贬低自己工作的方式来评价自己，并不认同自己所从事的"保洁员"职业，认为这是"下等人"做的事。她总觉得相比那些拿着养老金的老人，她自己没有一点用处。亲戚朋友问起来，妈妈总含糊其辞地说："挣点小钱。"有的阿姨下班后，会先去洗手间把工服换掉，穿上自带的衣服，把发箍摘掉，头发重新扎起来，不想被人认出是一个保洁员。为避免给他们带来不必要的麻烦，一些涉及隐私的地方做了模糊处理。对于我坚持要写上妈妈的真名，妈妈表示："你总归有你的理由，况且老家的人已经瞒不住了。"

这些跟我有过交往，跟妈妈共事过、成为朋友，现在还经常见面打交道的保洁员，大多来自中国大地上某一个普通的乡村，普通的县城。他们来深圳之前，双脚都曾沾满泥土，大部分人在生命力蓬勃的青壮年时期，在官方语境中，他们有一个身份定位——农民工。我给他们取化名的时候，常用的是山川四季、花草树木。感谢他们曾如此真诚地对待一个保洁员的女儿，向我敞开他们的世界。

下面可能是一个遗憾。虽然我读了不少关于社会学和人类学田野调研的书籍，但因为我早早出来工作，在学术上并无积累。自认为，本书如若是一个人类学作者用专业的民族志调研手法来做，可能会更加丰富多元，也更加深刻。但如果是这样的话，我的妈妈也就不一定能读完、读懂这本书了。

实际上，经由保洁员群体，这两年多，我认识的人几乎能构成深圳整个"垃圾"产业链条的完整拼图。在全民倡导垃圾分类的背景下，一座超级城市的垃圾之旅是如何展开的，本书虽有所涉及，但并未深入肌理。我要想看清另一个被遮蔽的世界，便需要投入更多的时间。

世界上没有十全十美的事。我是在高强度的压力与紧张的"劳作"节奏中完成这本书的，如若本书有什么错漏之处，都是作者小满的责任。

接下来是一些感谢的话。

感谢我的丈夫，他曾经是一名文字编辑。他逐一看了我所有的文稿，提出了意见，有些我遵循了，有些我反驳了。他陪着我一起去帮我妈妈打扫卫生，无数次在公园散步的时候一起讨论如何进展下一步。用镜头记录我们一家在深圳的生活。此外，在写作本书的过程中，他承担了很多家务劳动和家庭事务。他毫无怨言，把推进这本书的写作，当作自己事业的一部分。我很幸运有这样的队友同行。

感谢我同在深圳的弟弟，他虽然是一个理工男，但面对文字时很认真。他详细读了两遍文稿，分享了感受，提出了建议。有很多我们共同经历的往事，他为我提供了更生动的细节补充。

沉默寡言的父亲也读了绝大部分文稿，分享了感受。

感谢我的编辑苏本。作为一名素人作者，能遇到赏识自己的编辑是如此幸运。我在春天的北京见到了她。我们之间聊天的句子，像春雨下，田里的玉米苗一样，不用经过刻意的排布，自然地冒了出来。我之前没有多么明确地意识到，这个世界上，会有成长经历跟我完全不同的人被我的写作强烈吸引，而这个人并不是我在原有的圈子里磨合出来的。她就像是夜空中的萤火虫，在我的写作过程中，时而出现，发光，照亮一下我。她推荐了很多书给我，读得越多，我就越对自己的写作没底。我能有的也就是认真地对待，尽量不辜负。

感谢我身边有一帮一直在用不同形式创作的朋友们，他们鼓励过我，给过我写作建议：梁坚、蒋平、苏静、温丽虹、吴呈杰、罗婷、陶琪、王昀、张劼颖……感谢豆瓣、"真实故事计划"等平台推荐"张小满"早期并不成熟的文稿。我的编辑正是通过豆瓣找到我的。感恩我有一份跟写作互为补充和观照的工作，它帮助我抵达更广阔的世界，给予我物质保障，让我更有力量。

张小满是平行世界的另一个我，会一直行走在生活的河流里，记录和书写。

最后，感谢妈妈。我想，我书里的妈妈，身上也有很多人妈妈的影子。希望每个读到这本书的人都多爱妈妈。

（这篇文章之所用"妈妈"这个称呼来写，是因为我感到伴随着这本书的完成，我跟她的连接更紧密了。我日常中也是称呼她为"妈妈"，喊出这两个字，会让我觉得是一种告白。）

张小满

2023年5月

守望思想　　逐光启航

LUMINAIRE
光启

我的母亲做保洁

张小满 著

策划编辑　苏　本

责任编辑　苏　本

营销编辑　池　淼　赵宇迪

封面设计　山川制本 workshop

内文设计　李俊红

出版：上海光启书局有限公司

地址：上海市闵行区号景路 159 弄 C 座 2 楼 201 室　201101

发行：上海人民出版社发行中心

印刷：上海盛通时代印刷有限公司

开本：787mm×1092mm　1/32

印张：12.5　字数：173,000　插页：2

2023 年 11 月第 1 版　　2024 年 1 月第 3 次印刷

定价：59.80 元

ISBN：978-7-5452-1986-9/I·7

图书在版编目 (CIP) 数据

我的母亲做保洁 / 张小满著 . — 上海：光启书局，
2023（2024.1 重印）

ISBN 978-7-5452-1986-9

Ⅰ . ①我… Ⅱ . ①张… Ⅲ . ①纪实文学－中国－当代
Ⅳ . ① I25

中国国家版本馆 CIP 数据核字 (2023) 第 185279 号

本书如有印装错误，请致电本社更换 021-53202430